안녕?! 오케스트라

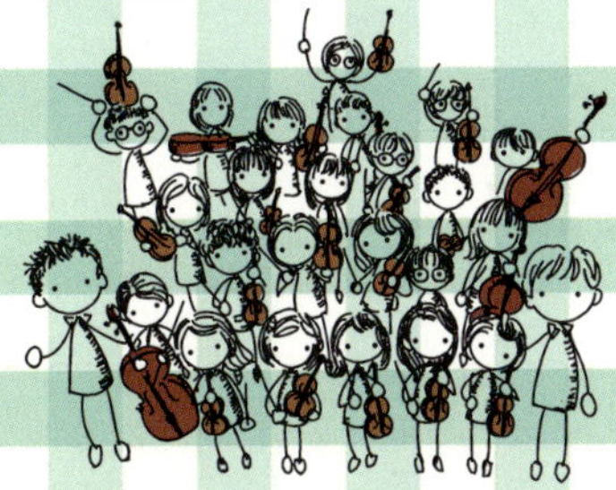

안녕?! 오케스트라

초판 발행 2013년 05월 15일
초판 19쇄 2020년 02월 10일

지은이 이보영
펴낸이 채종준
기획 지성영
편집 한지은
디자인 박능원
마케팅 송대호

펴낸곳 한국학술정보(주)
주소 경기도 파주시 회동길 230 (문발동 513-5)
전화 031-908-3181(대표)
팩스 031-908-3189
홈페이지 http://ebook.kstudy.com
E-mail 출판사업부 publish@kstudy.com
등록 제일산−115호(2000.6.19)

ISBN 978-89-268-4276-8 13810

이담 Books 한국학술정보(주)의 지식실용서 브랜드입니다.

안녕?! 오케스트라

리처드 용재 오닐과 함께한 1년의 기적

글 / 이보영

추천사

 2012년 1월, 이보영 PD에게서 베네수엘라의 저 유명한 엘 시스테마 같은 오케스트라를 이끌어달라는 요청을 받았을 때, 전형적인 '나'(몇몇은 내가 너무 열정적이라고 말한다)는 그 일에 대해서 고민조차 하지 않았다. "저, 하겠어요!"

 '오, 잠시만! 이 프로젝트는 나한테 초등학교 어린이를 가르치라는 것인데…….' "좋다 뭐!"

 '이 아이들은 이전에 음악과 관련된 경험이 전혀 없을 것이고, 악기나 앙상블 기술도 마찬가지일 텐데…….' "괜찮아!"

 '다는 아니지만, 대부분의 아이들이 다문화가정에서 올 거야…….' "고민거리가 아니다. 즉시 만나보자!"

 '어떤 아이들은 아주 가혹한 환경에서 자랐는데 나는 그들을 가르쳐야만 하고 한국어도 잘 못하는 상황이지…….' "온 힘을 다할 겁니다!"

 '그리고 3개월도 안 남은 기간 동안, 아이들이 공연할 수 있도록 준비시켜야만 해…….'

 "이크!!!!"

 이 프로젝트는 아이들뿐만 아니라 나에게도 모험이었다. 가장 확실한 것은, 많은 것이 불확실하다는 점이었다. 어떻게 우리는 경험이 전혀 없는 아이들을 연주하게 할 것인가? 그리고 어떻게 수천 명의 관객 앞에서 연주할 수 있도록 아이들을 준비시킬 것인가? 내 지휘 데뷔도 정말이지 어마어마한 모험이었는데, 음악적으로 경험이 없는 아이들에게 두 곡씩이나 가르친다는 것은 그보다 훨씬 더 어려운 일이었다.

하지만 더욱 어려운 것은, 아이들과 가까워질수록 나 자신도 드러난다는 점이었다. 내가 어떻게 그들의 가장 도전적인 문제를 도와줄 수 있을 것인가? 나는 전문 상담가도 아니었고, 가르치는 일도 대학생 레벨 정도가 전부였다. 하지만 여기에는 학교에서의 괴롭힘 등 내가 다루기엔 벅찬 문제로 고통받는 아이들이 있었다. 내 삶도 그런 문제와 재정적 어려움으로 가득했고, 나는 그런 아이들을 도와줄 만큼 능숙하지 못했다.

그러나 이 아이들이 가지고 있는 용기와 힘, 그리고 그들이 나와 공유하고 있는 이야기와 즐거움은 나에게 힘을 주었다. 그런 관계 속에서 오히려 더 많은 것을 얻고 있는 나로서는 가끔 이런 의문이 든다. 나는 학생인가, 선생님인가?

'안녕?! 오케스트라' 아이들은 내 삶을 바꿔놓았고, 나는 그들이 내게 준 것을 영원히 감사하게 생각할 것이다. 이 책을 통해 나는 당신도 이 프로젝트를 가능하게 해준 놀라운 사람들과 더 가까워질 수 있기를 희망한다. 이 일을 가능하게 해준 모두에게 일일이 감사 인사를 전하지는 못하지만, 이보영 PD와 센미디어의 프로듀서들, 그리고 연왕모 PD에게 진심 어린 감사 인사를 전한다. 당신들은 나의 가족과도 같다.

진심을 담아,
리처드 용재 오닐

감사합니다!

추천사

　　작년 〈손석희의 시선집중〉 연말 특집에 용재 오닐과 아이들이 함께 출연했다. 사전 녹음을 했는데 고백하자면 두 번 녹음했다. 처음 있는 일이었다. 도저히 예상했던 분위기가 나오지 않았기 때문이었다. 나중엔 식은땀까지 흘렸다. 첫 번째 녹음을 끝내고 깨달았다. 짧은 시간에 아이들의 감정을 끌어내느라 나는 녹음 시간 내내 거의 강요를 하고 있었던 것이다. 강요할수록 아이들은 더욱 움츠러들었고 분위기는 점점 더 경직돼 갔다. 나는 방송의 목적에만 매달렸을 뿐, 아이들의 섬세한 감정선을 생각하지 못했다. 또래의 다른 아이들과는 아무래도 주어진 환경이 다를 수밖에 없는 아이들이 일상에서 겪는 느낌들을 나는 달랑 주어진 삼사십 분에, 그것도 만나자마자 끄집어내려 했으니 그게 얼마나 무모한 것인가. 결국 "처음부터 다시 합시다! 대본 없이!"라고 외칠 수밖에 없었다. 그렇게 해서 연말 특집이 방송되었다. 물론 아이들은 많이 풀려 있었고, 방송이 나간 후에는 반향도 컸다. 내가 아이들에게 새삼스레 배운 것이다. 사람의 마음을 열기 위해선 진심이 필요하고, 그러기 위해선 또한 시간이 필요하다는 것. 너무나 당연한 이 기본을 다시 깨우치게 해준 꼬마들에게 감사한다. 이들을 만나게 해준 이보영 프로듀서와 어른 천사 같았던 용재 오닐에게도……

손석희

인생이라는 것은 정말 흥미롭다. 오랜 시간에 걸쳐 우연히 일어난 것처럼 보였던 일들이 어떤 '결정적 순간'과 맞닿으면서 놀라운 기적을 만들어낼 때가 있기 때문이다. 당시에는 그 의미들을 다 알지 못한다. 평범하고 무의미하게 보이는 일들의 수면 아래에서 어떤 비밀스럽고 놀라운 일이 진행되고 있는지 미처 깨닫지 못하다가, 하나의 그림으로 완성되어 우리 눈앞에 나타날 때에야 비로소 우리는 그 기적과 마주하게 된다.

나에게 〈안녕?! 오케스트라〉가 그랬다. 내 인생에 있어 전혀 연관성이 없고 이질적으로 보이던 것들이 어느 날 '결정적 순간'이 찾아오자 자연스럽게 한데 모여 그전까지 존재하지 않던 새로운 것을 창조해낸 것이다.

처음 시작할 때만 해도 그것이 용재 오닐과 카이와 아이들의 인생을 바꾸고, 이 프로젝트에 관여한 모든 사람들의 삶을 뿌리째 뒤흔들게 될 줄 미처 알지 못했다. 지난 1년간 우리 모두를 변화시킨 기적의 시작은 누구도 눈치채지 못할 정도로 아주 희미하고 미약했다.

2011년 늦가을, 단조롭던 화면이 총천연색으로 바뀌는 계절이었다. 짙푸른 초록 한 가지에 회색이 압도적이던 여의도의 삭막한 풍경이 노랑, 빨강, 주황, 갈색의 다채로운 색깔로 변화되던 그 계절, 내 머릿속에는 '다문화'라는 단어가 계속 맴돌고 있었다. 그때 나는 '2012년 MBC 대기획'을 위한 아이템을 찾기 위해 고민 중이었다.

그때만 해도 '다문화'는 내게 그저 어두운 회색 빛깔이었다. 베트남 신부의 슬픈 죽음, 이주노동자의 범죄사건, 불행한 다문화 가족 등 날마다 뉴스 사회면을 가득 채우는 어둡고 우울한 이야기들……. 하지만 그 또한 더 이상 외면할 수는 없는 우리 이웃의 삶인 까닭에 이젠 누군가 나서서 그들의 이야기를 그들의 편에서 말해야 한다고 생각했다. 하지만 '다문화'를 떠올릴 때 느낌은 무겁고 칙칙하기만 했다. 그런 잿빛의 '다문화'를, 환하고 다채로운 빛깔로 느끼게 만들어 준 것은 영화 〈완득이〉였다.

필리핀 어머니와 가난한 아버지를 둔 완득이는 반짝반짝 빛나는 멋진 아이였다. 남모르는 재능과 열정을 감추고 있으며, 겉으로 드러내긴 쑥스러워하지만 가족에 대한 깊은 사랑과 우애를 지닌 속 깊은 아이. 비록 언행은 거칠고 말썽꾸러기처럼 보이나 '진짜' 선생님을 만난 후 점차 변화되고 성장하는 완득이를 보면서 그동안 '다문화'라는 불필요한 껍데기를 씌우고 아이들의 진짜 모습을 보지 못한 것이 아니었는지, 막연한 동정심만 가지고 내 속의 뿌리 깊은 편견은 외면하려고 했던 것이 아닌지 깊이 반성하게 되었다.

어느새 우리 사회에는 15만 명에 달하는 다문화가정 아이들이 있다. 우리는 그들에 대해 얼마나 알고 있는 것일까. 나도 모르는 사이 행해진 시선과 언어의 폭력이 아이들에게 얼마나 큰 상처를 입혔던 것일까. 나와 '다름'에 대해 인색하고, 나와 '다른' 이들에게 손 내밀어 포용하지 못하는 대한민국 국민의 한 사람으로서 나는 그들에게 빚진 사람이었다.

그래서 보여주고 싶었다. 세상에 얼마나 많은 '완득이들'이 있는지, 그 아이들이 얼마나 예쁘고 사랑스러우며 빛나는 존재인지……. 차별과 편견으로 가로막힌 이들에게 바로 당신 곁에 있는 그 아이의 진짜 모습을 봐달라고 말하고 싶었다. 그렇게 해서 '다문화'라는 막연했던 키워드는 '완득이 찾기 프로젝트'라는 구체적인 목표로 바뀌었다. 칙칙하기만 하던 화면이 드디어 화려한 컬러로 바뀌는 순간이었다.

목표를 정하고 나자 마음이 급해졌다. 어디에선가 반짝이고 있을 별들을 최대한 빨리 찾아내야 했다. 아니, 아직까지는 빛나고 있지 않지만 각자의 마음속에 작은 별 하나씩을 가지고 있는 아이들을 찾아내야 했다. 우리가 미처 보지 못하는 곳에 꼭꼭 숨어 있는 그들을 찾아내는 것이 시급한 과제였다.

스포츠, 음악, 미술, 언어…… 다양한 분야가 거론되었다. 무엇보다 중요한 것은 빠른 시간 안에 아이들의 잠재적 재능이 꽃피는 과정을 보여줄 수 있는 분야여야 한다는 것이었다. 그 과정을 통해서 아이들이 치유받고 성장할 수 있는 것도 중요했다. 그 시점에서 오케스트라를 떠올리게 된 것은 개인적인 경험과 무관하지 않았다. 야구나 축구나 합창은 기존의 프로그램에서 여러 번 다루어졌고 더 이상 신선하지 않았다. 그에 반해 클래식이나 오케스트라는 아직 낯선 분야였다.

오케스트라를 만들겠다고 하니 주변의 반대가 만만치 않았다. 시청자들이나 대중의 입장에서 어렵다는 단점이 있었고, 악기를 한 번도 잡아본 적 없는 아이들이 단시간에 음악을 연주하게 되는 것은 불가능하다는 전문가들의 조언도 있었다. 하지만 마음속에서는 계속 '왜 안 되지?'라는 질문이 사라지지 않았다. 그것은 내가 첼로를 통해 받은 기쁨과 치유를 이미 알고 있었기 때문이었다.

세월을 거슬러서 몇 년 전, 〈베토벤 바이러스〉라는 드라마에 푹 빠져 있던 때가 있었다. 독불장군 지휘자 강마에와 오합지졸 오케스트라의 이야기가 마음을 사로잡았다. 한때는 첼리스트를 꿈꾸었지만 힘겨운 현실의 무게를 견디는 동안 꿈조차 잊고 살던 한 중년 여성이 격정적으로 '리베르탱고'를 연주하는 장면에서는 눈물이 멈추지 않았다. 결국 드라마 한 편 때문에 나는 꽤 무모한 도전을 시작하게 되었다. 사실 뭔가 새로운 것을 시도하기에는 적지 않은 나이였다. 그 나이에 현악기를 배우는 것은 바보 같은 짓이라고들 했다. 좀 더 쉬운 악기를 택하라는 조언도 있었다. 하지만 내 마음의 소리를 따르기로 하고 첼로를 시작했다. 그러자 음악이 내게 말을 걸어왔다. 단조롭던 내 인생에 새로운 색채가 칠해졌다.

클래식 음악이 내게 주었던 순수한 기쁨과 치유의 능력, 그것을 직접 체험했기에 아이들에게도 마법처럼 힘을 발휘할 수 있을 거라고 믿었다. 그래서 용기를 내어 오케스트라를 하자고 제안했고, 제작진도 동의해주었다.

만약 그때 드라마를 보지 않았더라면, 첼로를 배우지 않았더라면, 완득이와 만나지 않았더라면 이 프로젝트는 시작되지 않았을지도 모르겠다. 수많은 '만약'의 가능성들이 흩어지지 않고 조용히 기다리다가 '결정적 순간'과 만났고, 그 만남은 커다란 그림으로 완성되었다. 그 후 용재 오닐과 카이가 극적으로 합류하게 되면서 〈안녕?! 오케스트라〉 프로젝트는 자체 생명력을 가지고 움직이기 시작했다.

〈안녕?! 오케스트라〉는 오케스트라의 이름이자, 프로그램의 제목이다. 태어나서 처음으로 클래식을 접하는 다문화가정의 아이들이 모여서 오케스트라를 만들고, 그 아이들이 무대에 서기까지 고군분투하는 1년의 기록을 담은 다큐멘터리이다.

제목에 들어 있는 '안녕'에는 여러 가지 의미가 내포되어 있다. 각자 다른 문화권에서 살아온 아이들이, 서로 다른 모국어를 가진 친구들에게 '안녕'이라고 인사를 건네고, 처음으로 만나게 되는 클래식 음악과 오케스트라를 향해 '안녕'이라고 말한다. 또한 차가운 시선과 말로 자신들을 힘들게 했던, 때로는 국민으로 받아들이길 거부했던 대한민국을 향해 '우리를 봐 주세요'라고, 용감하지만 따뜻한 인사를 건넨다. 그렇게 아이들이 먼저 '안녕'이라고 인사를 시작함으로써 작지만 의미 있는 변화가 이 땅 어디에선가 시작될 거라고, 그렇게 뿌려진 씨앗들이 언젠가는 열매를 맺을 거라고 소망하며 우리의 프로젝트는 그렇게 시작되었다.

이보영

CONTENTS

1악장

음악이
내게
말을
걸었어요

"음악은 음악 그 자체로 모든 이야기를 하지요.
음악은 완전하고 강력한 힘이 있어요."

용재 오닐,
그의 고백

　　　　　　그는 카메라 앞에서 많은 이야기를 했다. 자신이 살아온 삶과 아이들이 겪고 있는 아픔, 음악의 위대함과 인생의 불합리와 고통에 대해……. 때론 눈물을 보이기도, 때론 아파하기도 했지만, 많은 시간 행복해했다.

　그의 이야기는 치열한 시련과 고통의 시간을 이겨낸 사람만이 할 수 있는, 순수하면서도 완벽한 그런 것이었다. 우리 프로그램이 일반적인 다큐멘터리에 비해 해설이 적었던 까닭도 용재 오닐이 우리가 하고 싶은 이야기를 이미 완성된 형태의 문장으로 말해주었기 때문이다. 여기에 기록된 그의 고백은 대부분 용재 오닐 자신의 언어이다.

　그가 태어나고 자란 마을은 비가 오고 흐린 날이 많았다. 비는 직선으로 거칠게 쏟아지기보단 부드럽게 보슬거리며 조용히 내렸다. 사람들은 비가 내려도 뛰어다니지 않았고 우산을 쓰지도 않았다. 그저 자연스럽게 비에 젖을 뿐……. 그 작은 마을은 풀냄새와 바다냄새가 나는 평화로운 곳이었다. 지금 살고 있는 캘리포니아는 매일 좋은 날씨가 계속되기 때문에 사람들이 햇살의 소중함을 잘 모른다. 하지만 그가 자란 마을에서는, 늘 비가 내렸기 때문에 며칠씩 해가 나지 않아도 불평하지 않았고, 환한 태양이 비치면 감사할 줄 알았다.

하지만 그의 유년시절이 행복하기만 했던 것은 아니다. 옆집에 누가 사는지 속속들이 아는 작은 마을에서 그는 유일한 동양인 아이였다. 두드러지게 '다른' 외모와 '다른' 가정환경은 늘 놀림과 차별의 대상일 수밖에 없었다. 어릴 때 열병을 앓은 후 지적 장애를 갖게 된 엄마와, 그런 전쟁고아를 입양한 아일랜드계 조부모님이 가족의 전부였다. 엄마는 일곱 살 어린아이와 같이 천진난만했고, 아빠는 그가 태어날 때부터 '존재하지 않는 사람'이었다.

"제가 어렸을 때는 다른 아이들처럼 살고, 느끼고 싶었어요. 누구나 어딘가에 소속되어 있길 바라고 사랑받길 원하죠. 평범한 사람들은 대개 그렇게 자라게 되는데 (어릴 때) 아버지라는 존재가 없다는 건 정말 힘든 일이었어요."

그의 집은 부유하지 않았다. 어려운 가정형편에도 음악을 사랑한 할머니는 그가 다섯 살이 되던 해에 바이올린을 선물해주셨다. 평생 그의 친구가 될 '음악'을 선물로 주신 것이다. 음악적 재능이 두각을 나타내면서 용재 오닐은 큰 도시에 레슨을 받으러 가게 되었다. 집에서부터 큰 도시까지는 왕복 6시간이 넘게 걸렸지만 여든이 넘은 외할머니는 항상 그 먼 거리를 손수 운전해서 데려다주셨다. 가난 속에서도 할머니는 늘 말씀하셨다. 앉아서 불평하기보다는 행동으로 옮기라고. 실패하든 성공하든 끝까지 도전해 보라고. 그의 강함은 할머니에게 물려받은 것이다. 용재 오닐은 할머니 덕분에 슬픔과 우울은 행복과 희열만큼이나 삶의 일부라고 생각하게 되었다.

자유롭고 아름다운 영혼을 가졌지만 아이를 키우는 데는 서툴렀던 엄마의 부족함을 대신해 주고, 그의 음악적 재능을 꽃피우도록 헌신하셨던 할머니가 돌아가시던 날, 그는 영원한 상실을 경험했다. 온 세상이 끝나버린 것같이 막막했다. 바다를 무척이나 좋아했던 그는 평소 할머니와 자주 다니던 바닷가에 할머니를 묻었다.

"제 인생에서 할머니가 돌아가신 것이 가장 견디기 힘들었어요. 아무것도 준비되지 않았거든요. 어떤 사람도 미리 준비할 수는 없겠지만 저 역시 죽음 앞에서 아무것도 준비되지 못했다는 것을 깨달았죠."

열여섯 살에 집을 떠난 뒤 그는 늘 외로웠다. 그 외로움을 채워준 것이 음악이었다. 그에게 클래식 음악은 깊은 사랑과도 같다. 인생에서는 많은 것들이 변해가고, 사랑하던 것들도 다 떠나가지만, 단 한 가지 그와 음악의 관계는 평생 변하지 않을 것이라고 믿는다. 리처드 용재 오닐이라는 존재와 정체성은 음악을 통해서만 완결될 수 있기 때문이다.

"음악은 음악 그 자체로 모든 이야기를 하지요. 음악은 완전하고 강력한 힘이 있어요. 설명도 필요 없고 그 어떠한 상황에서도 있는 그대로 전해지는 것, 바로 그런 것이 음악입니다."

용재 오닐,
그와의 인연

리처드 용재 오닐, 그의 이름을 처음 알게 된 것은 2004년 어느 다큐멘터리를 통해서였다. 지극히 동양적인 외모지만 한국말은 잘하지 못하는 젊은 음악가. 전쟁고아로 미국에 입양된 한국인 어머니를 위해 동대문 재래시장에서 색동저고리를 고르던, 환한 미소가 인상적이던 청년. 비올라라는 다소 생소한 악기를 연주하는 젊은 남자. 그가 바로 용재 오닐이었다.

그는 단숨에 내 눈길을 사로잡았다. 그에게는 사람을 잡아끄는 강한 힘이 있었다. 너무도 평온하고 선한 얼굴에서 그가 살아온 인생의 고단함이나 슬픔이 느껴지진 않았지만, 그가 웃을 때마다 마음이 아팠다. 그의 삶이 결코 순탄하지 않았음을 알기 때문인지도 모른다. 그 후 그를 잊지 못했다. 그가 있는 곳이라면 어디라도 찾아갔다. 그가 연주하는 비올라 소리에는 신비한 비밀이 숨겨져 있는 듯했다. 작곡가 이안 크라우스가 말한 것처럼 '그는 여태껏 들어 보지 못한 아름다운 소리'를 만들어냈으며, '그가 표현해내는 감성과 힘을 보면 어떻게 사람이 저런 소리를 낼까' 싶었다.

〈안녕?! 오케스트라〉 프로젝트를 위해 가장 중요한 과제는, 오케스트라를 지휘하고 끌고 나가면서 아이들의 진정한 스승이 되어 줄 음악가를 찾는 것이었다. 다문화가정 아이들의 상처를 누구보다 잘 알고 있으며, 또한 그 아픔을 예술로 승화시키는 법도 아는 용재 오닐 이외에는 다른 적임자가 생각나지 않았다.

2012년 설 연휴가 시작되기 전날, 광화문에서 용재 오닐을 만났다. 뉴욕에서 열네 시간 동안 비행기를 타고 밤새 날아온 용재 오닐은 시차와 피곤함으로 연신 하품을 했다. 생각보다 훨씬 가냘픈 몸이었지만 그의 선한 미소와 겸손한 태도는 한결같았다. 우리 프로젝트의 이야기를 듣자 그는 한 번 더 고민할 필요도 없다는 듯 흔쾌히 수락했다. 제안한 사람이 놀랄 정도로 빠른 결정이었다. 바로 그 자리에서 리처드 용재 오닐은 〈안녕?! 오케스트라〉의 예술감독이자 지휘자가 되었다. 그리고 용재 오닐이 지휘자로 데뷔하는 7월 1일 세종문화회관 무대에 우리 오케스트라를 세우는 목표를 세웠다.

만약 그가 없었더라면 이 프로젝트는 완성되지 못했을 것이다.

세상에서 가장 긍정적이고 창조적인 무기, 음악

어떤 처절한 고통이라도 이겨내게 하고, 외로움을 채워주고, 적대적인 세상조차 긍정적으로 맞서게 만드는 강력한 무기, '음악'. 다문화가정 아이들로 오케스트라를 만든다는 이야기를 들었을 때 용재 오닐이 흔쾌히 승낙한 이유는 바로 음악 때문이었다. 용재 오닐은 아이들에게 현실과 부딪쳐 싸워 나갈 힘을 주고, 그들 자신이 얼마나 소중한 존재인지 알게 하고 싶었다. 인생에 아무리 고통스러운 일이 생겨도 스스로 이겨낼 수 있는 무언가를 그들의 손에 쥐여주고 싶었다. 그리고 음악이 그 일을 해낼 수 있을 거라고 믿었다.

"아이들이 어른이 되기까지 얼마나 많은 장애물이 기다리고 있을까요? 그런 아이들에게 우리가 무엇을 줄 수 있을까요? 무엇을 가르쳐줄 수 있을까요? 전 음악이 정말 중요한 역할을 할 거라고 생각해요. 음악은 아이들에게 쉽게 포기하지 않는 법을 가르쳐줄 것이고, 성실히 노력하게 할 것이고, 아무리 열심히 노력해도 매번 좋은 결과가 나오지는 않는다는 것도 알려줄 거예요. 이것은 인생에서 알아야 할 가장 중요한 교훈이지요."

그는 이 땅에서 다문화가정의 아이들이 감내해야 하는 참혹한 현실에 대해 분노했다. 단정하고 평온하던 그의 얼굴이 아이들이 겪은 일에 대해 말할 때면 슬픔으로 일그러졌다. 그가 1년간 이 프로젝트를 진행하면서 가장 견디기 힘들었던 시간은 아이들과 대화할 때였다. 그들의 이야기를 들을 때마다 도망치고 싶을 만큼 괴로워했다. 그것은 자신이 이 프로젝트를 기꺼이 맡겠다고 했을 때 전혀 예상하지 못했던 종류의 괴로움이었다.

이제 겨우 여덟 살, 열 살, 열두 살의 어린아이들. 그 무고한 천사들은 아무 잘못도 하지 않았는데, 자신들이 어떻게 바꿀 수도 없는 현실인데, 박해와 차별과 놀림과 따돌림을 당해야 했다. 결코 들어서는 안 될 심한 욕을 들었고, 후미진 화장실 구석에서 아이들에게 둘러싸이는 공포를 경험했고, 수시로 언어폭력을 당했다. 오로지 '다르다'는 이유였다. 그 아이들이 그런 모습으로 태어나고 싶은 것도 아니었고 그들의 존재가 창피한 것도 아니었지만, 어른들도 선생님들도 그들을 보호해주지 못했다. 아이들은 태어나는 순간부터 무방비로 위험에 노출되어 있었다.

용재 오닐은 의사도, 전문치료사도, 아동심리학자도 아니었다. 그래서 아이들의 이야기가 칼날처럼 와서 박힐 때마다 견디기 힘들었다. 처방전을 내려줄 수도 없었다. 그저 묵묵히 그들의 이야기에 귀 기울이고, 아이들이 편히 울도록 내버려둘 수밖에 없었다. 언어도 잘 통하지 않는 용재 오닐 선생님 앞에서 아이들은 꼭꼭 숨겨두었던 자신들의 아픔을 드러냈다.

"우리 아이들 몇몇은 정말 끔찍한 상황에 놓여 있어요. 하지만 이 아이들에게 제가 뭘 해줄 수 있겠어요. 저는 그냥 한 명의 사람일 뿐인데……. 부정적이고 나쁜 경험들이 그들에게 독이 되지 않도록, 음악을 통해 모두 내보낼 수 있도록 도와줄 수밖에 없었지요."

악기를 잡아본 적도 없고, 악보도 볼 줄 모르던 아이들이 커다란 무대에 서고, 공연을 하는 것도 중요하지만 용재 오닐이 생각하는 정말 중요한 목표는 다른 것이었다.

서로 다른 문화적 배경을 가진 아이들이 어울려 친구가 되고, 편안한 소속감을 가지게 되며, 자신을 믿어주는 사람들과 가치 있는 일을 하면서 느끼는 성취감과 행복을 맛보는 것. 그것이야말로 〈안녕?! 오케스트라〉의 중요한 사명이라고 믿었다. 바깥세상은 여전히 그들에게 우호적이지 않지만 적어도 험한 세상 속으로 함께 손잡고 걸어갈 친구를 얻고, 현실과 맞서 싸울 창조적 무기인 음악을 얻게 된다면 이 프로젝트는 가장 중요한 목표를 달성한 것이다.

음악은 해롭고 악한 것을 걷어내는 힘이 있다. 삶의 어두운 순간에 마음을 정화시키고, 무거운 짐을 덜어내며, 창의적이고 긍정적인 방법으로 벗어날 길을 알려준다. 역사상 많은 예술가들이 이런 과정을 견디며 아름답고 선한 것을 창조해냈고, 그 작품들은 시간이 흘러서도 감동과 치유의 힘을 발휘했다.

훗날 세종문화회관 무대에서 아이들이 만들어낸, 서툴지만 진솔한 음악이 청중에게 잊을 수 없는 순간이자 감동의 기억으로 각인된 것도 그런 이유일 거라고 용재 오닐은 말한다.

"3천 명의 사람들 앞에서 제가 지휘하고 아이들이 연주했습니다. 정말 근사하고 감동적인 시간이었어요. 청중도 그 기적의 순간을 함께했어요. 수없이 많은 편지와 메일과 문자를 받았습니다. 제가 받은 편지에서 어떤 분이 말했어요. 콘서트가 끝나고 집으로 가는 버스에서 내내 울었다고 말입니다. 지금까지 본 최고의 콘서트였다고 하시면서요."

비올라와 달리기, 그리고 요리

용재 오닐의 일상은 단조롭지만 행복하다. 비올라를 연주하고, 달리기를 하고, 요리를 한다. 그는 음악 다음으로 요리와 달리기를 좋아한다. 자신이 좋아하는 지인이나 가르치는 학생들을 집으로 초대해서 요리해주는 것을 즐긴다.

매년 여름, 한 달 가까이 지속되는 〈디토 페스티벌〉을 위해 서울에 오래 머물 때면 주방이 딸려 있는 숙소에서 자신이 직접 요리한 음식을 사람들에게 대접한다. 그는 요리와 음악이 상당부분 닮아 있다고 생각한다. 아이들에게 '연습'의 중요성을 가르치기 위해 그는 24시간 이상 푹 고아야 하는 파스타 소스의 요리 과정을 셀프 카메라로 찍어 아이들에게 보내기도 했다. 그렇게 오랜 시간 정성을 들이는 과정 없이는 맛있는 요리도, 아름다운 음악도 만들어지지 않는다는 것을 알려주고 싶었던 것이다.

달리기는 그에게 있어 삶의 일부이며 호흡과도 같다. 그는 나이 들어서도 멋지게 연주를 하려면 무엇보다 건강해야 한다는 사실을 안다. 육체의 건강은 영혼의 안식과 밀접하게 연결되어 있다. 그래서 그는 시간이 날 때마다 달린다. 길이 있는 곳이라면 마다하지 않고 온몸이 땀으로 젖을 때까지 달린다.

달리기를 할 때면 머릿속에서 음악이 흘러나온다. 이어폰을 낄 필요가 없다. 자신이 원하는 곡이라면 무엇이든지 들을 수가 있다. 수천, 수백의 곡들이 그의 머릿속에 저장되어 있기 때문이다. 생각의 버튼을 누르면 언제라도 듣고 싶은 음악이 흘러나온다. 그것은 음악가만이 가질 수 있는 최고의 보물 창고이다.

음악을 들으면서 많은 생각을 할 수 있다는 것이 달리기의 또 다른 즐거움이다. 조용히 혼자 있는 시간은 그 사람을 강인하게 만든다. 현실에서 떨어져

서 자신의 내면을 들여다보고, 미래의 불확실과 싸우고, 인생의 고통과 맞서는 것. 그 모든 것들은 혼자 달리기를 하는 시간에 이루어졌다. 지금의 용재 오닐을 만드는 데 음악만큼이나 달리기는 중요한 역할을 해왔을 것이다. 고된 달리기로 단련된 아름다운 근육들이 그의 가냘픈 몸에서 그토록 멋진 음을 만들어내는 것인지도 모른다.

용재 오닐은 아이들과 합숙을 할 때면 항상 달리기를 한다. 자신이 알아낸 달리기의 멋진 비밀을 아이들도 알게 되길 바라기 때문이다.

용재의
요리를
맛보다

언젠가 잡지를 뒤적이다 '용재 오닐이 즐겨 찾는 맛집'이라는 제목의 기사를 읽은 적이 있다. 예술의전당 근처에 있는 이탈리안 레스토랑이었는데, 그 글에서 용재 오닐이 요리를 좋아한다는 사실을 알게 되었다. 그가 가장 자신 있어 하는 요리가 이탈리아 볼로냐 지방의 볼로네즈 파스타라는 것도 알게 되었다. 이후 이 프로젝트를 하게 되면서 LA에 있는 용재 오닐의 집으로 촬영을 떠나는 제작진에게 그가 요리하는 장면을 꼭 찍어오라고 부탁했다. 용재 오닐이 만드는 요리가 몹시 궁금했기 때문이다.

그런데 LA에 출장을 다녀온 제작진이 전해준 이야기는 다소 충격적이었다. 파스타 소스 하나를 만드는 데 무려 24시간이 걸리더란 것이다. 마트에서 산 즉석 소스로 20분이면 뚝딱 파스타를 만들던 우리에게 일류 장인이 곰국 끓이듯 오랜 시간을 들여 파스타 소스를 만들어낸다는 것은 경이로움 그 자체였다. 게다가 제작진이 맛본 요리는 초일류 호텔 레스토랑 수준이라고 했다. LA에 가지 못하고 남아 있던 우리는 화면을 보면서 그 황홀한 맛을 상상만 해야 했다.

9월의 어느 날, 추적추적 비가 내리는 가운데 연말 콘서트와 관련해서 제작진과 용재 오닐의 회의가 예정되어 있었다. 그가 머물고 있는 레지던스 호텔 커피숍에서 만나기로 되어 있었는데 갑자기 연락이 왔다. 호텔방으로 올라오라는 전갈이었다. 몸이 피곤한가 걱정하면서 그의 방으로 올라가 문을 여는 순간 믿을 수 없을 정도로 맛있는 냄새가 풍겨 왔다.

식탁에는 예쁜 테이블 매트와 식기류가 세팅되어 있고, 주방 한구석에서는 그 '곰국' 같은 적갈색 파스타 소스가 끓고 있었다. 용재는 만 하루 이상 끓여야 제대로 된 맛이 나는데 시간이 없어서 짧은 시간(그래도 몇 시간이다!)에 만들었다며 미안해했다. 파스타 면도 우리가 흔히 알고 있는 기다란 스파게티가 아니라 예쁜 나비 모양이었다. 전문용어로는 '파르팔레'라고 한단다. 맛은 상상 그 이상이었다. 회의 전에 점심을 잔뜩 먹고 갔음에도 우리는 면뿐 아니라 소스까지 남김없이 먹었다.

좌충우돌
오케스트라
만들기

우리가 오케스트라를 만드는 것은 그 자체로 모험이었다. 제작진 누구도 클래식 음악을 전공한 사람이 없었고, 오케스트라에 대해서는 문외한이었다. 그런 가운데 다문화가정의 아이들 중 악기를 한 번도 잡아본 적은 없지만 음악적 재능이 뛰어나고, 또 열정이 있으면서도 개인적 사연이나 아픔이 있는 아이들, 그런 '놀라운' 아이들을 전국에서 찾아낸다는 것은 그야말로 무모한 도전이었다.

처음에는 전국에 산재해 있는 다문화가족센터와 각 시도에 속한 교육청에 공문을 보내고 아이들을 모집했다. 그러나 아무리 기다려도 지원자는 극히 드물었다. 현실적인 문제도 제기되었다. 오케스트라는 기본적으로 협연이며 합주이다. 정기적으로 같은 공간에 모여서 함께 연습하고, 연주해야 하는데 지역적으로 흩어져 있다면 그 자체가 불가능하다는 것이다. 그래서 일단 특정 지역에 초점을 맞추기로 하고 여러 곳을 물색하던 중 가장 적합한 곳으로 안산시가 떠올랐다.

안산은 서울에서 멀지 않은 곳에 위치하고 있으며, 외국인 이주노동자와 다문화가정이 많이 분포되어 있는 곳이다. 따라서 다문화가정 어린이들을 위한 기본적인 지원센터도 잘 정비되어 있었다. 이 프로젝트를 준비하면서 김현숙 프로듀서는 왕복 4시간이 걸리는 그곳으로 매주 출퇴근하다시피 했다. 함께 오케스트라를 운영할 수 있는 파트너를 찾는 것이 시급했기 때문이다.

안산시청을 찾았고, 안산시 외국인주민센터를 방문해서 담당자들과 수차례 협의를 거쳤다. 다행히 우리 프로젝트에 대해 우호적인 반응을 보여주었다. 마침내 안산 위 스타트(We Start) 글로벌 아동센터와 연결이 되었다. 그곳에서는 다년간 다문화가정의 아이들을 돌보며 방과 후 교실을 운영하고 있었다. 우리 오케스트라가 연습할 수 있는 공간도 확보되었다.

안산 시내 여러 초등학교에도 공문을 보내 선생님들에게 협조를 요청했다. 그러나 제작진이 직접 학교를 찾아갔을 때, 선생님들의 반응은 전혀 예상 밖이었다. 그들은 일단 '방송'이라는 말에 부정적인 입장을 취했다. 그동안 수많은 언론사들이 앞다퉈 '다문화' 관련 취재를 위해 학교와 아이들을 촬영해 갔지만 실제 보도된 내용은 오히려 아이들에게 상처를 주고 현실을 왜곡시키는 일이 많았다는 것이다. 그들에게 언론은 '다문화'를 이용하고 배신감을 주는 믿을 수 없는 존재였다. 상황이 그렇다 보니 아이들의 참여를 요청하는 우리에게 '너희를 믿을 수 없다'는 시선과 태도를 보인 것은 너무도 당연했다.

그날 그들이 들려준 이야기는 이 프로젝트를 진행하는 내내 우리에게 경종의 메시지를 보냈고, 매 순간 스스로를 점검하는 계기가 되었다. 방송이 나간 후 제작진에게 '고맙다, 나조차 몰랐던 아이들의 고충과 아픔을 잘 알게 되었다'라는 말을 전해 왔을 때에야 우리는 비로소 막중한 죄책감과 책임감에서 벗어날 수 있었다.

또 하나의 과제는 오케스트라 단원을 맡아서 교육시킬 수 있는 재능기부 선생님들을 찾는 일이었다. 특별한 보상 없이 안산까지 매주 가서 아이들을 직접 일대일로 가르치는 일은 헌신과 소명의식 없이는 힘들었다. 또한 오케스트라의 수업 과정을 만들고, 직접 교육하고, 재능기부 선생님을 전반적으로 통솔할 수 있는 선생님도 필요했다. 그 과정에서 문화체육관광부 산하 한국문화예술교육진흥원과 연결되었다.

한국문화예술교육진흥원은 음악적 재능이 있으나 형편이 어려운 어린이를 위해 '꿈의 오케스트라'라는 교육사업을 하는 곳이기도 했다. 그들을 만나면서 언젠가 우리 오케스트라가 제대로 뿌리를 내리면 그곳의 지원을 받을 수도 있겠다는 희망을 갖게 되었다. 여러 차례 논의 끝에 한국문화예술교육진흥원 '꿈의 오케스트라'의 수석강사들이 우리 오케스트라를 지원하기로 결정되었다.

이 모든 과정은 결코 순탄하지 않았다. 첫 촬영 열흘 전까지도 오케스트라는 구체적인 형태를 갖추지 못하고 있었다. 오케스트라가 만들어지지 않으면 프로젝트 자체가 무산될 수밖에 없는 위기였다. 바깥 기온이 영하 10도를 밑도는 맹추위에도 우리가 모인 작은 회의실에는 뿌연 아지랑이가 피어오를 만큼 토론 열기가 뜨거웠다.

그 모든 악조건 속에서도 〈안녕?! 오케스트라〉가 탄생할 수 있었던 것은 우리가 예상치 못했던 곳에서 가장 적절한 타이밍에 도움의 손길이 왔기 때문이다. 그렇기에 우리는 이 오케스트라는 태어날 수밖에 없는 운명이었다고 믿는다. 잡초와 돌멩이뿐인 황량한 광야에서도 작은 씨앗은 이미 생명을 잉태해 태어날 준비를 하고 있었던 것이다.

오디션, 그 파란만장 현장

2012년 3월 24일, 드디어 오디션 날이다. 안산 글로벌아동센터에 제작진과 심사위원 선생님들이 모였다. 멀리 LA에서 용재 오닐도 화상통화로 참관했다. 오디션에는 위 스타트에서 담당하고 있는 아이들을 중심으로, 안산시와 경기도 인근에 살고 있는 어린이와 청소년들이 참가했다. 초등학교 1학년부터 고등학생까지 서른일곱 명이 신청했지만 실제 온 아이들은 그보다 적었다. 제작진 입장에서는 실망스러운 수치였다. 스물다섯 명 내외의 단원이 필요했는데 실제 오디션에 참가한 인원이 스물아홉 명이었으니 특별한 이유가 없는 한 대부분 단원으로 선발해야 하는 상황이었다.

결과적으로 현악기를 쥘 수 있는 팔 길이가 되지 않는 아주 작은 아이들을 제외하고는 대부분 선발되었다. 오디션의 탈락 여부가 음악적 재능도 열정도 아닌, 최소한의 신체적 조건이었던 셈이다.

하지만 이와는 별도로 또 하나 중요한 선발기준이 있었다. 아무리 재능이 좋아도, 설사 오케스트라 인원이 부족하더라도 그 기준을 통과하지 못하면 선발될 수 없었다.

오케스트라 오디션을 본다고 오긴 했지만 아이들의 지원 동기나 음악적 경험은 각양각색이었다. 엄마나 선생님의 권유로 온 아이도 있었고, 가수가 되고 싶다고 와서 춤만 추고 간 아이도 있었다. 악기를 다루어본 경험은커녕 악보를 볼 줄도 모르는 아이들이 다수였고, 한국에 온 지 얼마 안 돼서 의사소통 자체가 힘든 아이들도 있었다. 물론 장래희망이 피아니스트이고, 일본의 유명 작곡가 히사이시 조를 좋아하는 아이도 있었고, 중국 전통악기 고쟁을 멋지게 연주하는 아이도 있었다. 기타를 어깨에 메고 인라인스케이트를 타고 온, 대통령이 꿈인 활달한 여자아이도 있었다. 흥미로웠던 것은 아이들의 성장배경이나 음악적 환경이 모두 달랐음에도 불구하고 오케스트라에 참여하겠다는 의사만큼은 모두 강력했다는 것이다.

그런 다양한 아이들에게 심사위원은 똑같은 질문을 던졌다.

"오케스트라를 시작하면 연습시간이 토요일과 수요일 오후예요. 근데 토요일 오후에는 친구들 생일파티가 많잖아. 생일파티하고 연습시간하고 겹쳤어요. 그럼 어디로 갈래요?"

생일파티는 아이들 연령에 따라 놀이동산이 되기도 하고, 다른 외부활동이 되기도 했지만 질문의 요지는 같았다. 아이들이 가장 가고 싶은 모임과 연습시간이 겹쳤을 때 무엇을 선택할 것이냐는 질문이었다. 이것이 바로 우리의 마지막 심사기준이었다. 이 질문에 아이들은 하나같이 심각하고 진지하게 고민했다. 마치 자기 인생에서 가장 중요한 결정을 내리기라도 하듯. 친구나 자매와 함께 온 아이들은 서로의 눈치를 보면서 긴 시간 의논하기도 했다.

"친구 집에 안 놀러 가고 여기 와서 연습할 거예요."

"음…… 놀이동산을 포기할 거예요."

"생일파티에 안 가고 여기 올래요."

그들은 모두 생일파티 대신 연습시간을 택했다. 그건 의외의 결과였다. 무엇보다 그 질문을 가볍게 받아들이지 않고 진지하게 고민하는 모습이 인상적이었다. 이후 아이들은 피치 못할 상황 때문에 간혹 연습에 빠지기도 했지만 대부분 놀라울 정도로 높은 출석률을 보였다. 자신들이 처음에 선생님과 했던 약속을 지킨 것이다. 아이들은 자신이 한 말에 대해 책임을 질 줄 알았고, 정직했으며, 성실했다. 그것은 음악적 재능이나 열정보다 더 훌륭한 오케스트라 단원으로서의 자질이었다. 그렇게 해서 '안녕?! 오케스트라'는 스물다섯 명의 단원을 확정지었다.

열 개 나라의 엄마들, 빛나는 아이들

오디션이 끝난 후 오케스트라 단원의 명단을 정리하면서 우리는 놀라운 사실 하나를 발견하게 되었다. 스물다섯 명 아이들의 엄마(혹은 아빠) 나라가 10개국이나 된다는 사실이었다. 필리핀, 키르기스스탄, 콩고, 중국, 우즈베키스탄, 태국, 파키스탄, 일본, 한국, 러시아. 연령대 역시 아홉 살부터 열네 살까지 다양했다.

제작진이 단원을 선발할 때는 연령도 엄마의 나라도 전혀 고려하지 않았지만 마치 누군가 한 편의 영화를 만들기 위해 구축해 놓은 다양한 인물들처럼 아이들은 각자의 고유한 매력으로 빛나고 있었다. 외모도 성격도 살아온 문화와 언어도 다른 아이들이 오케스트라를 통해 만나는 순간 그들의 이야기는 이미 강력한 힘을 가지기 시작했다. 어느 누가 사전에 치밀한 계획을 가지고 캐스팅을 해도 '안녕?! 오케스트라'를 위해 이보다 완벽한 조합과 구성은 없을 듯했다.

오디션에서
탈락할 뻔했던 선욱이

선욱이가 처음 오디션장에 들어섰을 때 선생님들은 그의 외모에 시선이 갈 수밖에 없었다. 지원서에 따르면 분명 여자아이인데 후드를 쓰고 있는 선욱이는 성별을 가늠하기 어려웠다. 목소리도 중성적인 톤이었다. 선생님들은 후드를 벗도록 요청했다. 선욱이의 얼굴을 보고 싶다고 애교 있게 말하기도 하고, 혹시 머리를 안 감았냐고 장난스럽게 묻기도 했다. 그러나 선욱이는 끝내 모자 벗기를 거부했다. 오케스트라와 관련해서 여러 가지 질문과 답변이 오간 후에 심사위원 선생님이 마지막으로 질문을 던졌다.

"지금 선생님이 모자를 벗어달라고 부탁했는데 거절했잖아요. 그런데 오케스트라를 하다 보면 내가 하고 싶은 것을 포기해야 할 때가 굉장히 많거든. 지금 이런 모습은 오케스트라를 하는 데 있어서 어쩌면 힘든 모습일 수도 있는데 그래도 벗기 싫어요? 혹시 그 이유를 우리에게 말해줄 수 있을까?"

선욱이는 난감해했지만 이유를 말하지 않았고, 자신의 입장을 변명하지도 않았다. 그렇다고 모자를 벗지도 않았다. 바이올린을 잠깐 배운 적은 있지만 다 잊었고, 첼로나 비올라는 모른다고 했다. 하지만 오케스트라에 참여하고 싶은 의지만은 분명하게 밝혔다.

오디션이 끝난 후 심사위원들 사이에 작은 논쟁이 벌어졌다. 오케스트라는 협력과 조화, 타인에 대한 배려가 중요하다. 선생님들은 선욱이가 과연 단체생활에 잘 적응할 수 있을지, 자신이 하고 싶지 않은 일도 하게 될지, 또 무대 위에서 모자를 벗게 될지 여러 가지로 염려했다. 그리고 또 한편 선욱이라는 아이가 궁금했다. 그 아이에 대해 알고 싶었다. 후드로 가려진 가운데서도 반짝반짝 빛나는 눈동자가 인상적이었다. 그 아이가 왜 모자를 벗지 않는지, 그 이야기를 풀어 가다 보면 우리가 듣고자 하는 이야기를 들을 수 있을지도 모른다고 생각했다. 결국, 선욱이는 우려 속에서 오케스트라에 입단하게 되었다. 이후에도 모자를 벗지는 않았지만 비올라 수석으로서 훌륭한 역할을 감당하게 되었다. 그리고 그 누구보다도 음악적 재능이 탁월하고 매 순간 성실하며 타인에 대한 배려와 협조성, 자기희생이 뛰어난 아이임을 알게 되었다.

두근두근
첫 만남!

　　　　3월 말, 산모롱이까지 봄이 왔다지만 그날은 제법 쌀쌀했다. 오케스트라 단원과 용재 오닐, 카이, 재능기부 선생님들이 처음으로 다함께 만나는 합숙캠프의 첫날. 제일 먼저 도착한 용재 오닐은 멀리 따뜻한 나라에서 와서인지 아니면 아이들 만날 생각에 긴장해서인지 계속 떨고 있었다. 한 손에는 한국어로 써놓은 인사말을 쥐고 끊임없이 소리 내어 연습하면서 아이들의 버스가 도착하길 초조하게 기다렸다.

　　"만나서 반가워요. 나는 비올라를 연주하는 사람이에요. 우리는 앞으로 서로 친해지고, 함께 음악을 즐기고 사랑할 거예요."

　　그 시각, 아이들을 태운 버스는 안산을 출발해서 양주 MBC 문화동산을 향해 달리고 있었다. 가장 어린 여자아이는 속이 안 좋다면서 멀미약을 먹고, 장난기가 많아 보이는 두 여자아이는 종이접기를 하면서 놀고, 좀 큰 아이들은 휴대전화로 게임을 하고 있었다. 그때 파키스탄 출신 아버지를 둔 자매가 진지하게 대화를 나누었다.

　　"근데 내가 왜 합격이 됐지?"

　　"나도 이상해. 진짜 창피한 노래를 불렀는데……."

　　그들은 자신이 왜 오케스트라 단원으로 선발되었는지 의아한 표정이었다.

　　드디어 버스가 도착하고 아이들이 내렸다. 버스에서 내리자마자 아이들은

자신들을 반기는 용재 오닐을 보고는 어색해하며 낯설다는 표정을 지었다. 한 여자애는 "저 사람 무서워"라며 용재 오닐을 피해 도망가기도 했다. 민망하고 허탈해진 용재 오닐은 다 같이 밥이나 먹으러 가자고 말했고, 그 말에 아이들은 반색을 하며 식당으로 달려갔다. 그 와중에 한 여자아이가 다가와 용감하게 손을 내밀며 악수를 청했다.

식당에서도 그 여자아이는 서툰 영어로 용재 오닐과의 대화를 시도했다. 그렇지만 대화의 내용이 우호적이거나 친밀하기만 한 것은 아니었다. 용재가 계속해서 영어로 대답을 하자 다짜고짜 "영어 그만하세요!"라고 소리쳤다. 한국말을 잘 못한다는 용재 오닐에게 한국 사람이 한국말을 못한다는 것은 말이 안 된다면서 "반쪽 사람"이라고 놀렸다. 옆자리에 앉아 있던 여자아이도 용재 오닐에게 "몽키 티처"라고 부르고는 자지러지게 웃었다. 그때 용재 오닐의 표정은 난감, 당황, 불안 등이 복잡하게 교차하고 있었다. 어쩌면 용재 오닐에게 있어 그날 저녁 여자아이들과의 대화가 오케스트라 맡은 것을 잠깐이나마 후회할 만큼 힘든 순간이었을지도 모르겠다.

언어도 통하지 않고, 용재 오닐의 진심도 제대로 전달되지 않았던 첫 만남. 아이들은 낯선 클래식 음악만큼이나 낯선 용재 오닐을 어색해했고 불편해했다. 그들은 그가 누군지 전혀 몰랐다. 아직 어른들의 세련된 대화에 익숙하지 않은 아이들은 순수하게 그 불편함을 드러냈고, 때론 직설적이며 거친 대화로 선생님들을 당황시켰다. 하지만 그들이 전혀 다른 눈빛으로 용재 오닐을 바라보게 된 것은 불과 몇 시간 뒤였다.

음악은 언제나 스스로 말한다

저녁식사 후, 허기가 가신 아이들은 다소 여유롭고 느긋한 얼굴이었다. 그렇게 대강당에 모인 아이들은 신나게 뛰어다녔다. 그들이 뿜어내는 에너지 덕분에 썰렁했던 강당은 후끈 달아올랐다. 소음의 게이지가 너무 높아서 바로 곁에 있는 사람과도 의사소통에 어려움을 겪을 정도였다. 용재 오닐은 어떻게든 이 상황을 타개해야 한다고 생각했다. 그가 가지고 있는 유일한 무기는 언제나 '음악'이었다.

마침내 비올라를 들고 아이들 앞에 선 용재 오닐은 먼저 간단한 인사말을 했다.

"여러분 나이 때 나는 이렇게 악기를 연주하는 사람이 될 줄 몰랐어요. 정말 진심으로 말하는데 음악과 비올라가 나를 변화시켰어요. 비올라 덕분에 외롭지 않았고, 내 인생의 가장 소중한 친구들을 만났고, 전 세계를 여행했어요. 여러분도 앞으로 좋은 친구가 될 악기를 만나게 되고 그 기쁨을 알게 되면 좋겠어요."

말을 마친 용재 오닐은 짧은 음악을 연주했다. 그것은 바흐였다. 17세기 독일에서 태어나서, 18세기 서양음악의 본격적인 시작을 알리는 바로크 음악을 완성하고, '음악의 아버지'라 칭해지는 대 작곡가 요한 세바스찬 바흐. 1720년경 그가 작곡한 고전적 선율이 수백 년의 시공간을 가로질러 난생처음 클래식을 접하는 아이들에게 흘러들어 갔다. 어수선하고 번잡하던 분위기에 누가 찬물이라도 끼얹은 듯 일순 고요해졌다. 산만하게 움직이던 아이

들의 눈동자가 한 군데로 고정되었다. 느슨하게 풀어졌던 표정들이 터질 듯 탱탱해졌다. 아이들의 눈빛이 변하기 시작했다.

그것은 마법과도 같았다. 탁한 쇳가루를 반짝이는 황금으로 변하게 하는 연금술보다도 더 놀라운 순간이었다. 그건 착시도 아니었으며, 눈속임도 아니었다. 음악이 음악으로만 불러일으킨 순수한 기적의 순간이었다. 자신들을 한순간에 사로잡아 버린 용재 오닐의 음악을 들은 후 아이들은 그 느낌을 각자의 방식으로 표현했다.

"처음에는 그냥 보통인 줄 알고……. 근데 들어봤더니 진짜 좋은 음악이 나왔어요."

"소리가요…… 꼭 흘러내리는 것 같아가지고……."

"악기의 고수!"

연주가 끝나고 아이들은 그 아름다운 선율을 만들어낸, 1727년에 만들어진 비올라를 들여다보았다. 300살 가까이 된 할아버지 악기가 무척 신기해 보였다. 낡아서 흠집도 있고 오랜 손때를 통해 반질반질해진 나뭇결에 신비로운 윤기가 흘렀다. 용재는 자신의 분신과도 같은 비올라를 아이들이 모두 만져보도록 했다. 비올라의 생년월일이 적힌 작은 종잇조각이 붙은 악기의 몸통 속까지도 보여주었다.

예민한 연주가들은 자신의 악기에 누가 손대는 것을 극도로 싫어한다. 그러나 그날 저녁, 용재 오닐은 아이들에게 마음을 열기 위해 자신의 소중한 악기를 함께 나누어 가졌고, 그의 진심은 음악이라는 도구를 통해 아이들을 변화시키기 시작했다.

자신의 악기와 처음 만나다!

다음 날, 이번에는 대강당에 모든 선생님들이 다 모였다. 바이올린, 비올라, 첼로, 플루트 선생님들이 각자의 악기를 가지고 나와서 간단한 음악을 들려준 후 아이들에게 자신이 들은 음악의 느낌을 그림으로 표현하도록 했다. 아이들은 상상력이 뛰어났다. 그들이 그려놓은 형상과 색깔은 어른들이 미처 보지 못했던 음악의 광활한 세계를 다채롭게 표현하고 있었다. 요리사, 화가, 과학자, 대통령, 연예인 등 다양한 꿈을 가진 아이들은 그들이 꿈꾸는 미래와 악기의 소리를 절묘하게 연결시키기도 했다. 바이올린 소리가 마치 누군가에게 복수하는 것 같아서 빨간색이라고 표현한 아이도 있었다. 아직 드러나진 않았지만 몇몇 아이들의 마음속에는 분명 표출되지 않은 상처들이 내재되어 있는 듯했다.

휴식 시간, 아이들이 캠코더를 가지고 서로를 촬영하면서 노는 사이 선생님들이 모여서 처음으로 합주 연습을 했다. 아이들에게 다양한 악기들이 어울려서 화음을 이루는 '오케스트라'의 본질에 대해 알려주기 위한 짧은 공연이었다. 아이들을 위해 기꺼이 재능기부를 해준 선생님들도 세계적인 비올리스트 용재 오닐과의 협연을 앞두고는 긴장한 모습이었다. 캠코더를 들고 돌아다니던 두 남자아이가 대강당에서 연습하는 선생님들의 합주소리를 들었다. 그중 한 아이가 흥분해서 다른 아이들에게 달려가며 소리를 질렀다.

"선생님들 연주하는 거 우리 다 봤다! 진짜 멋져! 진짜 멋져!!!"

한국에서 태어난 콩고 난민 다니엘이었다. 다니엘에게 클래식 연주는 아주 생소한 것이었다. 솔직히 처음 클래식을 듣고 '진짜 멋지다'라고 생각하는 사람이 몇 명이나 될지 모르겠다. 우리는 대부분 초등학교 음악시간에 바흐나 베토벤을 들으면서 딴생각을 하거나 하품을 하며 졸았던 기억이 있다. 게다가 피아노 반주도 없이 하나의 악기로 연주하는 무반주 첼로는 얼마나 지루했던가.

첫 캠프에서 제작진이나 선생님들을 놀라게 한 것은 이처럼 예상치 못한 아이들의 반응이었다. 클래식을 접해본 적이 없는 아이들이 낯선 음악을 들었을 때, 그것도 꽤나 엄숙하고 고전적인 곡을 들었을 때, 감성적으로, 또 열정적으로 즉각 반응하는 것이 신기했다. 음악에 대한 특별한 설명도 필요하지 않았다. 아이들의 귀를 사로잡고 눈을 사로잡는 음악의 힘은 우리가 기대한 것 이상으로 강력했다.

어쩌면 어른들은 너무도 쉽게 아이들이 가지고 있는 무한한 잠재력과 창의력을 놓치고 있는 것이 아닐까? 어리석은 세상과 아둔한 어른들이 천재성을 가지고 태어난 아이들을 개성 없이 똑같게 만들고 있는 것은 아닐까? 아직 오염되지 않은 맑은 샘에서 천부적으로 주어진 아이들의 재능을 순수하게 퍼 올리도록 돕는 것이야말로 우리 어른들의 책무가 아닐까?

아이들이 악기를 선택할 시간이 되었다. 선생님들의 근사한 합주를 들은 후 오케스트라가 무엇을 의미하는지 깨닫기 시작한 아이들의 눈망울은 초롱초롱해졌다. 아이들은 자신이 원하는 악기 앞으로 가 줄을 서서 기다린 다음 선생님이 시키는 대로 자세를 잡고 첫 활을 현에 그었다. 끽~, 끼잉, 끼끼끼……. 처음부터 좋은 소리를 내는 아이도 있었던 반면, 전혀 소리를 내지 못하는 아이도 있었다. 그래도 다들 즐거워했다. 맨 처음에는 비올라 앞에 긴 줄이 늘어섰다. 용재 오닐이 연주한 뒤 비올라의 인기가 한껏 높아진 덕이다. 하지만 아이들은 모든 악기를 만져보고, 직접 연주해보았다. 몸집이 작은 아이들은 첼로가 무겁다고 툴툴대기도 했고, 어떤 아이들은 뒤에서 맴돌기만 할 뿐 선뜻 선생님 앞에 나서지 못하기도 했다.

시끌벅적한 시간이 흐르고 아이들은 자신이 하고 싶은 악기 1지망과 2지망을 써냈다. 끝까지 고심하면서 결정을 못 하는 아이들도 있었지만 다들 긴장과 설렘으로 상기된 표정이었다. 특정 악기에 많은 아이들이 몰리기도 했고, 어떤 악기는 다소 인기가 떨어지기도 했다. 과연 자신이 원하는 악기를 모두 받게 될지 알 수 없는 상황이었다. 최종 발표는 선생님들이 충분히 협의하고 다음 날 하기로 했다. 아이들에게는 너무도 길고 초조한 밤이 천천히 지나갔다.

캠프 마지막 날, 아이들이 그토록 기다리던 악기를 받는 시간이었다. 한 명한 명 이름이 호명될 때마다 아이들은 극도로 긴장한 모습을 보였다. 발표가 나자 환호성을 지르는 아이, 의기양양하게 주먹을 흔드는 아이, 탄식하는 아이, 친구를 껴안고 슬퍼하는 아이……. 그들의 표정은 각양각색이었다. 1지망으로 원하던 악기를 받은 아이들도 있었고, 원하지 않는 악기를 배정받은 아이들도 있었다. 세상은 간절히 원한다고 해서 매번 좋은 선물을 주지는 않는다. 그것이 오케스트라가 준 첫 번째 교훈이었다.

앞으로 오케스트라를 해나가다 보면 수많은 좌절과 실패가 있을 것이다. 자신의 뜻대로 소리가 나와주지 않는 고집불통 악기와 기나긴 씨름을 해야 할 것이고, 다른 파트와의 불협화음도 있을 것이다. 하지만 그 모든 것은 성장하는 과정이다. 비록 인생의 쓴 교훈을 맛보고 볼멘소리를 하는 아이도 있었지만 그래도 태어나서 처음 받은 자신의 악기를 다들 소중하게 감싸 안고 집으로 돌아갔다. 용재 오닐이 그랬듯이 앞으로 그 악기는 아이들 인생에서 가장 좋은 친구이자, 훌륭한 스승이 되어 줄 것이다.

사흘간의 합숙 캠프를 마치면서 정식으로 '안녕?! 오케스트라'의 단원이 된 아이들은 처음 악기를 받던 순간을 이렇게 기억했다.

"황홀했어요. 완전 제일 간절한 소원을 이룬 것 같았어요."

"특별한 보석 같은 것을 가진 것 같았어요."

"정말 좋았어요. 상장 받는 것처럼 좋았어요."

"완전 신났어요. 그래서 폴짝폴짝 뛰고 싶었어요."

"와! 이게 진짜 내 꺼고 내가 갖는다는 느낌. 이 세상 다른 무엇과도 바꾸지 않을 거예요."

"너무 좋아서 막 다른 사람에게 보여주면서 자랑하고 싶었어요."

가영이가
연주하고 싶은 음악,
'반짝반짝 작은 별'

열두 살 가영이는 눈물이 많은 아이다. 친구들에게 따돌림당하던 얘기를 하면서 계속 눈물을 흘렸다. 잊고 싶었지만 아물지 않은 상처가 자꾸만 눈물이 돼서 흘러나왔다. 하지만 가영이는 음악 욕심도 많다. 처음엔 비올라가 좋았지만 바이올린의 고음, 높이 치고 올라가는 소리에 매력을 느껴서 높은 경쟁률을 뚫고라도 바이올린을 하고 말겠다고 의지를 불태웠다. 마침내 자신이 원하는 악기를 받게 되었을 때는 날아오를 듯 기뻤다.

가영이는 합숙캠프에서 용재 오닐 선생님의 '섬집 아기' 연주를 들으면서 슬프고 무섭다는 느낌을 받았다. 집에 돌아온 뒤에도 오랫동안 그 선율이 기억에 남았다. 그리고 자신도 누군가에게 그렇게 인상 깊은 음악을 들려주고 싶다고 생각했다. 바이올린을 잘하게 되면 가장 먼저 연주하고 싶은 곡은 '반짝반짝 작은 별'이라고 했다. 그 곡이 왠지 모르게 좋았다.

그리고 불과 몇 달 뒤, 가영이는 3천 명의 관객 앞에서 그 곡을 멋지게 연주하게 된다. 그날 가영이는 밝은 조명 아래서 환하게 웃었다. 이젠 더 이상 숨거나 도망가지 않을 것이다. 앞으로도 많은 일들이 가영이를 힘들게 하고, 주변의 괴롭힘으로 고통받을지도 모른다. 하지만 이제 가영이는 자신의 존재가 반짝반짝 빛나는 별처럼 아름답다는 것을 믿기에 더욱 강해졌다.

내 친구,
다니엘

제작진이 물었다.

"형진이에게 다니엘은 어떤 친구예요?"

"저에게는 아주아주 특별하고요. 아주아주 저한테 신비로운…… 아, 말로는 잘 안 될 것 같고요. 완전 저한테 첫 번째로 좋은 친구인 것 같아요."

초등학교 3학년인 형진이와 다니엘은 절친한 친구이다. 오케스트라 아이들 중 형진이는 유일하게 부모님이 모두 한국 사람이다. 그가 이 오케스트라에 참여한 이유는 다니엘이 형진이와 함께하지 않으면 안 하겠다고 했기 때문이다.

올 해 열 살이 되는 다니엘은 한국에서 태어났다. 부모님의 국적은 콩고. 기나긴 내전으로 어려움을 겪던 부모님은 아프리카 대륙을 떠나서 머나먼 동북아시아 한국에 정착했다. 콩고에서는 많은 교육을 받았고 높은 사회적 지위를 가졌던 부모님이지만 이곳에서는 모든 것이 불안정한 난민 신분이다. 그래서 다니엘 역시 여러 가지 신분상의 제약을 가지고 산다. 한국에서 태어났고, 스스로를 한국인이라고 생각하고, 라면과 쌀과자를 좋아하고, 한국을 세상에서 제일 좋은 나라라고 믿지만 대한민국은 아직 다니엘을 받아들일 준비가 되어 있지 않은 듯하다. 벌써 십 년째 다니엘을 한국 국민으로 받아들일지 말지에 대해 까다로운 심사 중에 있기 때문이다.

태어나서 한 번도 가본 적 없고, 어디에 있는지도 모르는 콩고의 난민으로 살아가는 다니엘에게 가장 듣기 싫은 말은, "넌 한국 사람과 다르게 생겼어"
이다. 다니엘의 엄마는 그런 안타까움을 서툰 한국말로 이렇게 전했다.

"다니엘은 말해요. 난 여기서 태어났어. 그러면 난 한국 사람이야. 엄마 고
향 콩고예요. 내 고향 여기예요. 그러니까 다니엘은 자기가 한국인이 아니라
는 사실을 이해하지 못해요. 누가 자신을 한국 사람과 다르다고 얘기하는 걸
정말 싫어해요."

다니엘은 생김새가 다르다는 이유로 친구들의 놀림을 많이 받았다. 어떤
나쁜 친구들은 계속 다니엘을 쫓아다니면서 심한 욕을 하기도 했고, 괴롭히
기도 했다.

"아이들이 막 놀려요. 머리 왜 빡빡이냐고. 얼굴 왜 새까맣냐고. 언젠가 형
진이하고 놀러 갔을 때 어떤 애가 또 저를 놀렸는데 형진이가 막 혼냈어요.
그래서 좋았어요."

형진이는 다니엘에게 가장 든든한 친구이자 보호자이다. 초등학교 1학년
때 만난 이후 서로에게 가장 친한 친구가 되었지만 매일같이 붙어 다니지는
않는다. 각자 다른 친구들과 어울려 놀기도 하고, 자신의 악기에 몰두하기
도 한다. 형진이는 바이올린을, 다니엘은 비올라를 연주한다. 하지만 보이지
않게 서로를 챙겨주면서 한 번씩 툭 치고 지나가고, 씩 웃고 지나간다. '덜
렁이' 다니엘이 연습실에 두고 간 비올라를 형진이가 말없이 챙겨주기도 한
다. 두 사람 사이에는 말이 필요 없다. 신뢰와 애정으로 군건하게 연결되어
있기 때문이다. 이보다 더 아름다운 우정이 있을까 싶다.

대한민국이 수많은 규정과 관습 사이에서 주저하고 있는 사이에 겨우 초

등학교 1학년이었던 형진이는 다니엘을 있는 그대로 받아들여 주었고, 자신의 가장 소중한 친구로 인정해주었으며, 험한 세상과 맞서 같이 싸워주었다. 그건 어른들 누구도 하지 못한 고귀하고 용감한 행동이었다.

다니엘에게 음악이란

사실 다니엘은 음악시간보다는 축구를 더 좋아하는 아이였다. 자신의 이름이 새겨진 축구 유니폼을 즐겨 입고, 공격수의 포지션을 맡고 있어서 네트에 골을 꽂아 넣을 때의 짜릿함도 잘 안다. 팔다리도 길고 유연해서 축구에도 재능이 있다. 그렇게 활동적인 다니엘이 조신하게 앉아서 악기를 연주하는 장면은 어쩐지 상상이 가지 않았다. 적어도 우리 오케스트라를 만나기 전까지는 그랬다. 그런 다니엘에게 큰 변화가 생겼다. 만약 오케스트라와 축구 둘 중 하나만 고르라고 한다면 어떻게 하겠냐고 물었더니 다니엘은 망설임 없이 오케스트라를 선택하겠다고 단언했다. 처음엔 그냥 좋았는데, 그 좋은 느낌이 점점 커지면서 이젠 오케스트라가 제일 좋은 것, 제일 재미있는 것이 되어 버렸다고 했다.

어느 날, 심한 감기에 걸린 다니엘이 열에 들뜬 얼굴로 연습하러 왔다. 누가 봐도 열이 올라서 힘들어 보였다. 선생님이 이마에 손을 대보니 뜨거웠다. 병원 가서 약 먹고 주사 맞아야 할 것 같은데 연습할 수 있겠냐고 물었더니 다니엘은 콧물을 훌쩍이면서도 괜찮다고, 아프지 않다고 했다. 그렇게 오케스트라가 좋으냐고 물으니 다니엘은 그냥 좋다고 했다. 무엇이 다니엘에게 그토록 강한 음악에의 열정을 심어준 것일까?

"저도 악기 가지고요, 한 음악을 만들고 싶어요."

쑥스럽다는 듯 웃으면서 다니엘이 말했다. '음악을 연주하고 싶다'가 아니라 '한 음악을 만들고 싶다'고 했다. 그 말은 직접 작곡하고 싶다는 의미였다. 다니엘이 만들고 싶은 곡은 '기쁜 곡'이다. 슬픈 곡은 싫다는 다니엘. 자신의 곡이 완성되면 제일 먼저 형진이에게 들려주고, 그다음엔 엄마에게 달려가서 엄마를 기쁘게 해드리고 싶다고 했다. 다니엘은 음악이 누군가를 기쁘게 해주고 누군가를 위로할 수 있다는 사실을 본능적으로 알아가고 있었다.

다니엘이 이처럼 음악에 빠져들게 된 직접적인 계기는 용재 오닐의 연주였다. 합숙 첫날 용재 오닐의 비올라 연주를 듣고 다니엘은 비올라라는 악기에 흠뻑 매료되었다. 그날 오후까지도 바이올린을 연주하고 싶다던 다니엘이었는데 말이다.

"용재 오닐 선생님이 연주하는 것 보고 그때부터 비올라가 좋아졌어요. 저는요, 나중에 비올라를 켜는 사람이 되고 싶어요."

다니엘은 비올라 파트장이 되고 싶었다. 그 이유는 파트장이 되면 용재 오닐 선생님과 같이 있을 시간이 많아지기 때문이다. 비록 파트장이 되지는 못했지만 지금도 비올라 연습을 할 때면 늘 용재 오닐 선생님을 생각한다고 했다.

"저는 다니엘을 좋아해요. 그는 관찰력이 뛰어나고, 추진력과 결단력이 있지요. 아이들에게는 친구의 역할이 가장 중요한데 다니엘에게는 형진이라는 좋은 친구가 있어서 정말 다행이에요."

용재 오닐은 다니엘이 가지고 있는 장점을 정확히 알고 있었으며, 형진이가 다니엘에게 어떤 친구인지도 잘 알고 있었다. 지금은 다니엘이 대한민국에도, 콩고에도 소속되지 못한 채 뿌리 없이 허공에 뜬 힘든 시간을 보내고 있지만 음악을 통해, 그리고 이 오케스트라를 통해 다니엘이 소속감을 가지게 되고, 자신의 존재에 대해 긍지를 가지게 될 거라고 믿는다.

첫 번째 생일파티, 열 개의 촛불

2012년 3월 17일, 다니엘의 생일이었다. 한국에 온 이후 정착하느라고 힘겨웠던 엄마는 단 한 번도 다니엘의 생일을 챙겨주지 못했다. 그렇게 아홉 번의 생일이 그냥 지나가버렸다. 아들의 생일을 챙겨주지 못한 것이 마음 아픈 엄마이지만 그녀에게도 지나간 시간은 결코 만만하지 않은 세월이었다.

콩고에서 한국으로 온 이후 엄마는 지독하게 낯선 땅에서 혼자 어린 아들을 키워야 했다. 굳이 말하지 않아도 엄마의 삶은 고단하고 힘들었을 것이다. 그렇게 바쁜 엄마였기에 오케스트라 연습이 끝날 때 시간 맞춰 다니엘을 데리러 오는 것도 쉽지 않았다. 엄마를 기다리다 지쳐 혼자 가는 날도 있었다.

해질녘 공터에서 놀아본 경험이 있는 사람들은 안다. 여러 명의 친구들이 신나게 놀다가 해가 뉘엿뉘엿 기울면, 어디선가 밥 짓는 냄새가 나고, 퇴근하는 아빠들이 보이고, 엄마들이 부엌 창문을 열고 소리를 지른다. "○○야, 들어와서 저녁 먹어!" 같이 놀던 친구들이 하나둘 집으로 돌아가면 점점 마음이 쪼그라든다. 언제 엄마가 내 이름을 불러줄지, 슬며시 걱정이 된다. 사방은 캄캄해지고 마지막 남았던 친구마저 집으로 돌아가 버리고 나면, 괜스레

땅바닥에 쪼그리고 앉아 흙장난을 하며 아무렇지 않은 척을 한다. 하지만 그 쓸쓸함과 막막함을 우리는 기억한다. 나를 불러줄 엄마가 없을 때, 집에서 아무도 나를 기다리고 있지 않을 때 왈칵 눈물이 쏟아지는 경험은 누구나 한 번쯤 있을 것이다. 열 살 다니엘에게는 그런 날들이 많았다.

그래서 이번 생일만큼은 다니엘을 외롭지 않게 해주고 싶었다. 비록 진짜 생일은 챙겨주지 못했지만 5월의 어느 날 바쁜 중에도 하루 시간을 냈다. 엄마는 자신의 고향 친구들과 이웃들을 불렀다. 음식도 장만하고, 아름다운 파티장식도 하고, 맛있는 케이크도 준비했다. 그리고 다니엘이 초대하고 싶은 친구들을 마음껏 부르도록 했다. 다니엘은 형진이와 완우 형, 원태 형, 그리고 선욱이 누나를 초대했다. 모두 오케스트라 친구들이다. 유일한 여자 손님인 선욱이 누나는 다니엘이 가장 좋아하고 또 존경하는 누나이다. 비올라 파트장이 되지 못해 서운해했던 다니엘도 선욱이 누나가 파트장 된 것은 진심으로 기뻐하고 축하해주었다. 친절하고, 착하고, 비올라 실력이 뛰어난 누나이기에 자신의 생일에 꼭 초대하고 싶었다.

그날, 다니엘은 알록달록한 무늬와 커다란 곰돌이가 그려진 고깔모자를 쓰고, 자신을 좋아해주는 사람들에게 둘러싸여 화려하게 장식된 생일 케이크 위의 촛불을 힘차게 불었다. 얼굴 가득 함박웃음을 지으며 자신이 잘 알지 못하는 콩고말로 된 생일축하 노래도 들었다. 내년에도, 그리고 후년에도 어김없이 생일이 찾아오겠지만 다니엘에게는 첫 번째 생일파티였던 그날이 오래도록 행복하게 기억될 것이다.

"오케스트라가 좋은 이유는
연주하는 게 재밌고 즐겁고,
또 캠프를 가면 혼자 있지 않고 친구들과 있을 수 있고,
또 콘서트를 하는 게 재미있기 때문이에요.
진짜 싫고 이 세상에서 사라졌으면 좋겠는 것은 욕, 놀림, 차별입니다.
첫째, 욕이 없는 세상,
둘째, 놀림이 없는 세상,
셋째, 차별이 없는 세상이 되었으면 좋겠습니다." - 다니엘

카이의
음악 수업

　　봄에서 여름으로 가는 사이 아이들은 각자의 악기 연습뿐 아니라 음악의 기초부터 이론 수업까지 병행해야 했다. 명색이 오케스트라 단원인데 악보를 볼 줄 모르는 아이들이 한둘이 아니었고, 아름다운 소리를 만들기는커녕 음정과 박자를 맞추는 것조차 힘든 아이들도 있었다. 첫날 수업을 맡았던 카이는 그야말로 아득하고 막막한 기분이었다. 절로 한숨이 나올 정도로 아이들은 기초적인 지식이 부족했다. 도, 레, 미, 파, 솔, 라, 시, 도. 한 옥타브 여덟 개의 음계를 정확한 음으로 소리 내고, 악보에 수없이 그려져 있는 꼬부랑 표식들을 제대로 된 음표로 읽게 하려면 얼마나 많은 시간이 필요할지 엄두가 나지 않았다.

　　그 와중에 아이들은 아직 걷지도 못하면서 빨리 달리고 싶어 했다. 악보를 읽는 훈련은 하기 싫으면서 악기 연주는 빨리 하고 싶어 했고, 스스로의 개인연습은 소홀히 하면서 합주는 하고 싶어 했다. 단원들 사이에 음악적인 기본기 편차도 컸다. 모든 아이들이 뒤뚱거리면서도 함께 갈 수 있는 길을 카이는 알려주고 싶었다. 잘한다고 먼저 달려가지 말고, 뒤처진 아이들을 기다려주는 그런 마음에 대해 말하고 싶었다.

　　아직 아이들은 카이가 누군지 잘 몰랐다. 합숙 캠프에 와서 함께 놀아주고, 악기를 선택하는 과정에서 이런저런 도움을 주었지만 카이 선생님이 뭐하시는 분이냐는 제작진의 질문에 아이들은 "음악가, 가수, 카레 여왕 만화 캐릭터"라고 답했다. 카레 여왕 만화 캐릭터라니! 이 얼마나 창의적인가!

성악가 출신의 크로스오버 가수이자 라디오 DJ, 뮤지컬 배우 등 다양한 호칭이 있지만 스스로는 그저 '노래하는 사람'이라고 부르기 좋아하는 카이. 이 모든 난제를 한 번에 뛰어넘기 위해 그가 선택한 비장의 무기는 역시나 '노래'였다.

"이 노래는 사랑하는 친구가 힘들거나 아플 때 가서 안아주고 기운을 북돋아주는, 그렇게 멋진 세상을 만들어 가자는 의미를 담고 있어요. 그러니까 앞으로 우리가 오케스트라를 연주할 때 누구 한 명 틀리더라도 '왜 이렇게 틀려!'라고 노려보는 게 아니라 '괜찮아' 하면서 다독여주고 격려해주는 그런 친구들이 되었으면 좋겠어요."

그날 카이가 부른 노래는 '유 레이즈 미 업(You raise me up)'이었다. 어수선하고 시끄럽던 아이들도 숨을 죽이고 그의 노래에 귀를 기울였다. 그리고 그 노래는 많은 아이들 중에서도 유독 한 사람, 바이올린을 연주하는 원태의 마음속으로 파고들었다. 아무도 주목하지 않는 사이에 작지만 특별한 불씨 하나가 만들어졌다. 그 불씨가 어떻게 타오를지 그때는 누구도 알지 못했다. 그날 그 순간, 원태에게 심겨진 작은 불씨는 몇 개월의 시간이 흐른 뒤 활활 타올라 더 많은 사람들의 가슴을 울리게 된다.

You raise me up, so I can stand on mountains
당신이 나를 일으켜 주시기에 나는 산 위에 우뚝 서 있을 수 있고

You raise me up, to walk on stormy seas
당신이 나를 일으켜 주시기에 나는 폭풍의 바다도 건널 수 있습니다.

요한 스트라우스의 봄과 피아졸라의 봄

19세기 오스트리아에서 태어난 요한 스트라우스와 20세기 아르헨티나에서 태어난 피아졸라는 시공간적으로 완벽하게 다른 환경에서 살았던 작곡가이다. 오스트리아의 봄은 3월에 시작되지만 아르헨티나의 봄은 9월에 시작된다. 지구촌의 대부분은 한겨울에 눈 내리는 크리스마스를 맞이하지만 아르헨티나의 크리스마스는 한여름이다. 유럽의 북반부에 위치한 오스트리아와, 아메리카 대륙 남반부에 위치한 아르헨티나는 지리적 · 역사적 · 문화적으로 전혀 공통점이 없다. 게다가 두 사람의 음악 스타일과 색깔 또한 완벽하게 다르다.

카이는 두 작곡가가 각각 '봄'을 주제로 만든 음악을 가지고 아이들의 창조성과 감성적인 능력을 끄집어내고 싶었다. 음악을 듣고 그림을 그리는 일종의 연상 게임을 하기 위해 아이들에게 커다란 도화지와 크레파스, 색연필을 나누어 주었다. 그리고 도화지를 반으로 접어서 왼쪽과 오른쪽에 각기 다른 음악에 대한 느낌을 그리도록 했다. 아이들은 곡의 제목도 작곡가도 모르는 상태에서 음악을 듣고 자유롭게 그림으로 표현했다.

먼저 요한 스트라우스가 작곡한 '봄의 왈츠'에 대한 아이들의 느낌이다.

"자유로운 꽃."

"톰과 제리, 제리가 도망가고 톰이 잡으러 달려가는 느낌."

"신나는 파티 열자!"

"꽃 사이로 윙윙 날아다니는 꿀벌."

"여러 가지 다양한 세상."

다음은 피아졸라가 작곡한 '부에노스아이레스의 사계 中 봄'에 대한 표현이다.

"뒤죽박죽 어둠의 세계."

"요동치는 느낌."

"귀신들의 밤."

"천둥번개 치는 날."

"어두컴컴한 곳에서 살금살금."

아이들의 표현력은 놀라웠다. 비록 음정도 못 맞추고, 악보도 제대로 볼 줄 모르지만 아이들이 가지고 있는 감수성과 음악에 대한 이해력, 본능적인 해석능력이 뛰어났다. 특히 그림이라는 시각적인 도구를 통해 음악이 자신들의 머릿속에 만들어준 빛깔과 형태를 다채롭게 표현할 줄 알았다. 어떤 음악 비평가가 요한 스트라우스와 피아졸라의 봄을 이렇게 창조적으로 대비해서 설명할 수 있을까. 그날 수업은 아이들뿐 아니라 카이에게도 큰 기쁨과 깨달음을 준 시간이었다. 아이들은 음악 수업이 거듭될수록 점점 음악이 주는 매력에 빠져 들어갔다.

카이와 함께 수업에 참여한 재능기부 선생님들도 이들의 빠른 변화에 놀라워했다.

"오늘 겨우 세 번째 수업인데 아이들의 집중도가 매우 높았어요. 아이들의 눈빛이 벌써 호기심으로 반짝반짝 소리를 내기 시작하니까, 그 안에서 더 잘 하고 싶은 열정이 보이더라고요."

"아이들이 합숙 때 용재 오닐 선생님과 약속했던 것, 스스로 편지에 썼던 약속을 지키기 위해 굉장히 노력하는 모습들이 보였어요. 실무랑 이론을 같이 하니까 시너지가 좋은 것 같아요. 오늘 처음으로 합주를 했는데 기대한 것 이상으로 진도가 빨라서 놀랐어요. 3개월 후 우리 오케스트라의 모습이 정말 기대됩니다."

콘서트의 관객이 되어 보기

"얘들아~ 우리 프로젝트 제목이 뭐지?"
카이가 물었다.
"안녕?! 오케스트라요~"
아이들이 대답했다.
"그럼, 오케스트라 연주를 실제 공연장에 가서 본 적 있는 사람?"
서로 힐끔거리기만 할 뿐 조용했다. 그때 누군가 크게 소리를 질렀다.
"한 번도 못 가봤어요!"
그로부터 일주일 뒤, 아이들은 클래식 공연의 초대를 받았다. 카이가 진행하는 성남 마티네 콘서트. 그날의 주제는 브람스였다. 카이는 아이들에게 미리 숙제를 내주었다. 첫째, 무대 위의 악기 배치 알아오기. 둘째, 연주된 곡 중에서 가장 좋은 음악 고르기. 벌써 몇 년째 콘서트 진행을 맡고 있는 카이지만 그날은 아이들 앞이라 그런지 더 긴장되고 설레었다.
1833년 독일에서 태어난 브람스는 17세부터 작곡을 시작했고, 슈만을 만나게 되면서 재능을 인정받아, 동시대 유럽의 많은 음악가들에게 영향을 미친 위대한 작곡가이다. 개인적으로 불행했던 삶과, 낭만적이고 우울한 선율 때문에 '우수와 고독의 작곡가'라고 불리기도 한다. 그날 성남시립교향악단은 대학축전서곡, 바이올린 협주곡, 헝가리 무곡 등을 연주했다. 중간중간 카이는 브람스의 생애와 그의 음악에 대해 친절하고 재미있는 설명을 곁들였다.

중간 휴식시간 없이 90분간 계속된 공연. 초등학교 저학년 아이들은 시간이 흐르자 이리저리 몸을 뒤척이면서 지루해했고 연신 하품만 했다. 꾸벅꾸벅 조는 아이들도 있었다. 하지만 어떤 아이들은 눈을 빛내면서 연주에 집중했다. 단 한 번도 고개를 돌리지 않고 공연에 흠뻑 빠진 아이들도 있었다.

다음은 생애 첫 클래식 공연 관람에 대한 아이들의 생생한 목소리다.

"졸린데 못 잤어요. 너무 시끄러워서."

"음악이 왜 이렇게 졸려요?"

"자다가 깨서 세 번째 곡만 들었어요. 바이올린 소리가 좋았어요."

"저는요, 바이올린 활만 봤어요. 저렇게 연주하다 끊어지면 어쩌나 걱정이 됐어요."

"많은 느낌을 받았어요. 어지러운 것과 슬픔, 무서움과 뺑 뚫린 느낌."

"사람들이 전부 딱딱 맞춰서 연주하는 게 정말 대단해 보였어요. 과연 우리가 저렇게 음을 맞출 수 있을지 걱정됐어요."

"몇 달 뒤에 저희가 저렇게 공연한다고 생각하니까 신기했어요."

"무대 위에 올라가면 정말 창피할 것 같아요. 큰일이에요."

콘서트가 끝나고 관객이 모두 돌아간 텅 빈 공연장. 카이는 아이들을 모두

무대 위로 올라오게 했다. 앞으로 몇 달 뒤면 그곳보다 더 큰 무대에 서야 하기에 아이들에게 무대가 주는 긴장과 두려움, 떨림과 설렘을 알려주고 싶었다. 지루하다고 몸을 비틀던 아이들도, 배고프다고 아우성을 치던 아이들도 막상 무대 위에 올라 자리에 앉으니 조용해졌다. 긴장하는 표정이 역력했다.

"여기에 사람들이 꽉 찼다고 생각해 봐. 엄청 떨리겠지? 자, 지금 너희 앞에 지휘자 선생님이 있어. 우리를 위해 누가 지휘하지? 바로 용재 오닐 선생님이야. 의자에 똑바로 앉아서 오직 지휘자에게만 집중해야 해."

누군가 꿀꺽 침 삼키는 소리가 났다. 바깥은 화창한 봄날인데 공연장 안은 어둡고 서늘했다.

"자, 이제부터 10초 동안 무대 정면을 응시하는 거야."

1층, 2층, 3층. 아주 넓고 높다란, 둥근 지붕을 가진 3층짜리 공연장. 무대 위에 있는 아이들은 광활한 공간의 어느 곳인가를 뚫어져라 응시했다. 그것은 연주자로서 관객석을 바라보는 첫 번째 시선이었다. 어느새 아이들은 진지한 눈빛이 되어 있었다.

그렇게 연주회에 다녀온 후 아이들은 훌쩍 자라 있었다. 다음 수업시간에 오신 선생님들은 아이들의 갑작스러운 변화에 놀라워했다. 평소 집중력이 약하고 연습도 게을리하던 어떤 아이는 열심히 연습을 해 왔고, 눈을 반짝이면서 어려운 부분도 연주하려고 애썼다. 늘 지적받던 나쁜 자세와 버릇을 고쳐 온 아이도 있었다. 무엇보다도 모두들 연습 자체를 즐거워했고, 재미있어했다. 그 모습에 선생님들은 감동했고, 또 행복해했다.

봄과 여름 사이, 카이의 음악 수업은 그렇게 아이들을 성장시켜 갔다.

카이 선생님에게
청혼한 열 살 은아

"저기 있어. 저기 있어."

은아가 친구에게 소곤거리며 말했다. 그쪽 시선을 따라가니 카이 선생님이 들어오고 있다. 하지만 막상 카이 선생님이 "안녕" 하고 인사를 건네자 은아는 까르르 웃으면서 도망간다. 카이는 서운해하면서 말했다.

"용재 선생님만 좋아하고 카이 선생님은 싫어해?"

은아는 멀리서 소리쳤다.

"카이 오빠~ 카이 오빠는 카레 여왕이에요."

어른들은 카레 여왕 만화 캐릭터를 모르니 그 의미 또한 알 도리가 없다.

마티네 연주회 날, 공연이 끝난 후 다 같이 벚나무 아래서 도시락을 먹었다. 카이 선생님 옆자리에 앉아 있던 은아. 무슨 얘기 끝에 카이가 말했다.

"나도 은아 좋아해."

은아가 1초도 기다리지 않고 물었다.

"그럼, 저랑 결혼하는 거예요?"

다들 놀라서 숨을 죽였다. 몇 초 후, 옆자리 평은 언니가 달래듯 말했다.

"은아야, 네가 크면 카이 선생님은 할아버지 돼."

카이가 쑥스러워하며 말했다.

"그렇게 나이 차이가 나진 않는데……."

또 누군가 말했다.

"선생님에게 여자친구 있으면 어떻게 해?"

은아가 정색하고 말했다.

"싫어할 거야."

"저기 핑크색 옷 입고 안경 낀 사람이 여자친군데?"

은아의 얼굴색이 변하더니 서운한 듯 카이 선생님을 바라봤다.

"아냐, 농담이야."

평은이가 까르르 웃으며 카이를 놀렸다.

"선생님은 이제 큰일 났어요. 은아 남자친구 사귈 때까지 평생 솔로로 살아야겠네요."

몇 달 뒤, 은아에게 다시 물었다.

"아직도 카이 선생님과 결혼할 거야?"

은아는 고개를 도리도리 저으면서 말했다.

"요즘은 다른 쌤이 좋아졌어요."

그 '쌤'은 바로 용재 오닐의 통역을 맡고 있는 젊고 잘생긴 대학생 오빠다. 다행인지 불행인지 카이 선생님은 아직도 솔로다.

"오케스트라는 다른 사람들이 속상해할 때 이렇게 좋은 음악을 들려주면, 사람들이 기쁘고 행복해져요. 가족들이 화목해져요. 그래서 저는 사람들에게 '안녕?! 오케스트라'가 절대 끝나지 않을 거라고, 제가 바이올린을 열심히 하고 싶어 한다고 말하고 싶어요." - 은아

헤라와
수하가
건네는 인사,
안녕?!

　　　　　　　헤라와 수하는 참 예쁜 아이들이다. 길을 가다 만나면 무심코 한 번 더 돌아보게 될 정도로 눈에 띄는 그런 아이들이다. 단지 예쁘기 때문만은 아니다. 이국적인 외모가 사람들의 시선을 끈다. 헤라와 수하, 두 자매는 남들과 조금 다른 외모를 가지고 있고, 그래서 아픈 상처도 있다.

"아빠는 한국에 언제 오신 거예요?"

수하는 골똘하게 생각하더니 대답했다.

"제가 아직 안 태어나고, 엄마 배 속에도 안 있을 때요."

"그럼 무지무지 오래된 거네?"

수하는 열심히 고개를 끄덕거렸다.

이제 아홉 살인 수하가 아직 엄마 배 속에도 있지 않을 때, 수하 아빠는 파키스탄에서 한국으로 왔다. 한국인인 수하 엄마를 사랑해서 결혼하셨기 때문이다. 수하에게는 아주아주 먼 옛날이다. 두 부부는 예쁘고 사랑스러운 세 자매를 두었다. 고등학생인 큰딸이 있고, 둘째 헤라는 초등학교 4학년, 막내 수하는 초등학교 2학년이다. 사이좋게 오케스트라에 입단한 헤라와 수하는 다른 외모만큼이나 개성도 다르고 좋아하는 악기도 확연히 다르다.

"어렸을 때부터 첼로를 연주해보고 싶었어요."

간략한 혜라의 답변이다.

"첼로는 소리가…… 그 뭐지? 바이올린보다 지루한 느낌이고, 바이올린은 재잘재잘 웃고 떠드는 악기라서 좋은 느낌이에요."

뭐든지 느낌을 중시한다는 수하가 좀 더 자세하게 악기의 느낌을 설명했다.

혜라는 첼로가 좋기도 했지만 오케스트라에 들어온 이유가 확고했다.

"제가 친구들에게 한국 사람이라고 했어요. 그런데 애들이 자꾸 파키스탄 사람이라고 놀리고 그러니까. 난 한국에서 태어나서 한국 사람이라고 말해도 소용없었어요. 그리고 저보고 '다문화인 주제에'라고 하면서 욕했어요. 그래서 마음에 상처가 남았어요. 저는 오케스트라를 해서 유명해지고 싶어요. 유명해지면 모든 나라 사람들에게 음악을 들려주면서 이렇게 말하고 싶어요. 다문화의 마음이 어떤지 아냐고. 얼마나 놀림을 받고 상처를 받았는지 아냐고. 그리고 자기 종교뿐 아니라 다른 종교에 대해서도 이해해달라고. 그렇게 다 말해주고 싶어요."

혜라 아빠는 파키스탄 출신이고, 그래서 혜라 가족은 모두 이슬람교이다. 아직 어린 혜라나 수하는 이슬람교의 교리에 대해서 잘 모른다. 하지만 어릴 때부터 돼지고기 등 육류를 먹지 않았고, 짧은 치마나 반바지를 입지 못했다. 요즘 혜라는 히잡을 머리에 쓰고 코란을 외우기도 한다. 무슨 뜻인지 이해할 수는 없지만 기도 시간이 되면 엄마와 나란히 앉아서 간절하게 기도한다.

'엄마, 아빠가 늙지 않길, 시험에서 100점 맞길, 그리고 첼로를 정말 잘할 수 있게 되기를…….'

한국에서 이슬람교도로 사는 것이 때론 불편하고 힘들기도 하지만 사랑하는 아빠가 믿는 종교이기 때문에 당연히 따라야 한다고 생각한다. 물론 어릴 때는 아빠를 원망하기도 했다. 엄마에게 울면서 왜 우리 아빠는 파키스탄 사람이냐고 항의하기도 했다. 엄마가 아빠랑 결혼했기 때문에 자신들이 이런 고통을 겪는다고 생각해서 어린 마음에도 아빠를 미워했던 것이다. 하지만 이젠 엄마도 아빠도 이해하려고 애쓴다. 그래도 사람들이 손가락질하고 욕할 때는 여전히 받아들이기가 쉽지 않다. 그럴 때면 고등학생인 모미나 언니에게 위로를 받곤 한다.

"저번에도 어떤 애가 헤라에게 욕을 했어요. 헤라가 울면서 힘들어하더라고요. 그래서 제가 가서 혼내줬어요. 헤라 혼자서는 아직 감당이 안 돼요. 제가 도와줘야 해요. 그 아이들이 하는 욕은…… 다 기억도 안 나요."

언니 모미나는 입으로 옮기기조차 끔찍한 욕을 담담하게 웃으면서 말했다.

헤라보다 먼저 힘든 시간을 견뎌낸 모미나는 자기 또래에 비해 성숙했다. 중학생 때는 모미나도 많이 힘들었다. 그래서 상담을 받기도 했다. 어느덧 분노나 슬픔을 뛰어넘어 버린 초연한 태도가 도리어 보는 이들을 마음 아프게 한다. 모미나는 자신이 겪었던 고통을 사랑하는 동생들이 겪지 않길 바란다. 하지만 현실은 여전히 차갑다. 부디 막내인 수하에게만은 세상이 좀 더 친절했으면, 좀 더 따뜻해졌으면 좋겠다는 바람을 가지고 있다. 부끄럽게도 대한민국은 아직 헤라와 수하에게 '안녕'이라고 진심 어린 인사를 건네지 못하고 있다.

헤라의 첼로, 마침내 날아오르다

오케스트라에서 가장 막내인 수하는 제2바이올린을 연주하고, 헤라는 첼로를 연주한다. 수하는 뭐든지 빨리 배우는 타입이고, 집에서도 연습을 열심히 한다. 선생님들은 수하가 나이에 비해 성숙하고 자기 스스로를 잘 컨트롤한다고 칭찬한다. 그래서 가장 어린 나이임에도 불구하고 바이올린 파트에서 벌써 두각을 나타내고 있다.

그에 반해 헤라는 느리고 유유자적하다. 연습도 누가 시킨다고 하지 않고 자기가 하고 싶을 때만 한다. 혼잣말을 좋아하고 자기만의 세계가 강해서 어떨 때는 주변 사람들이 잘 이해하지 못할 때도 있다. 모미나는 그런 헤라를 '4차원'이라고 설명한다. 그러다 보니 첼로 파트에서도 습득 속도가 가장 느린 편이다.

"둘이 오케스트라를 하면서 화음을 배웠으면 좋겠어요. 오케스트라는 여러 명이 같이 하는 거잖아요. 수하를 볼 때는 잘 어울려서 하는 것 같고요. 헤라가 이번에 자기 자신만 생각하지 말고 옆 사람도 보고 주위를 보면서 그런 것 좀 배웠으면 좋겠어요. 단체생활하는 것도 배우고, 다른 사람에게 양보하는 것도 배우고……."

엄마가 걱정한 것처럼 헤라는 집중력이 낮은 반면 고집은 강하고, 자기 나이보다 어린아이처럼 굴 때가 있다. 선생님들 역시 그런 헤라에 대해 걱정을 많이 했다.

"헤라가 모든 것에 대해 집중력이 짧은 편이에요. 다른 친구들에게는 한

번 얘기해서 될 것도, 혜라는 열 번 정도 설명해줘야 해요. 때로는 어린아이처럼 '이것 해주세요, 저것 해주세요' 할 때가 있어요. 심지어 자신이 할 수 있는 것들도 다 해달라고 해요. 때로는 선생님들의 인내심이 필요하죠."

첼로 파트의 또래 친구들이 악보를 보면서 빠른 속도로 진전을 보일 때, 혜라는 같은 자리에서 맴도는 날이 많았다. 친구들은 인내심을 가지고 혜라가 따라오기를 기다려주었지만 합주를 하기가 쉽지 않았다. 합주연습이 끝나고 선생님들이 모여서 회의를 할 때면 매번 혜라에 대한 걱정이 이어졌다. 과연 7월 1일 무대 위에서 혜라가 연주를 할 수 있을지 회의적인 시각도 있었다. 그렇지만 오케스트라는 다 함께 가는 공동체였다. 선생님들은 혜라를 위해 따로 악보를 만들기로 했다. 쉽고 간단하게 현을 그을 수 있는 악보. 다행히도 혜라는 기분 나빠 하지 않고 그 악보를 받아들였다. 선생님의 간곡한 얘기에 혜라 마음이 움직였기 때문이다.

"혜라가 하는 것은 그냥 쉬운 음을 내는 게 아니라 다른 사람들이 더 아름다운 소리를 낼 수 있도록 도와주는 거야. 혜라가 연주하는 음은 깊고 낮은 음인데 이 소리가 사람들 마음을 굉장히 따뜻하게 만들어주거든. 첼로는 원래 이렇게 낮은 음에서 매력적인 악기야. 그러니까 혜라만의 중요한 파트를 연주한다고 생각하고 열심히 해줘야 해."

혜라의 첼로는 느리게 움직인다. 남들이 두 번 활을 그을 때 천천히 한 번 그었고, 친구들이 복잡한 음표를 보면서 부지런히 왼손과 오른손을 움직이고 있을 때 쉬는 시간이 더 많았다. 하지만 혜라는 포기하지 않았다. 어느 날인가 8명의 우수한 단원을 뽑는 시간에 동생 수하가 뽑히자 구석에서 혼자 눈물을 훔치기도 했다.

"수하가 부러워요."

느리지만 꾸준하게 헤라의 첼로는 친구들을 뒤따라갔다. 자기만의 세계에 있는 시간보다 주변 친구들과 어울리는 시간이 점점 늘어났다. 혼자만의 악보지만 친구들의 소리를 멋지게 받쳐주기 위해 열심히 연주했다. 짜증내거나 우울해하는 날보다 활짝 웃는 날이 많아졌다. 헤라의 밝아진 표정에 가족들 모두 기뻐했다. 자기보다 잘하는 동생 수하를 시샘하고 질투하는 대신 활을 쥐고 연습했다. 심지어 첼로를 안고 잠드는 날도 있었다. 어떤 것도 이만큼 집중해본 적이 없었다.

그리고 몇 개월 뒤, 혼자만의 악보로 7월의 무대를 무사히 마친 헤라의 첼로는 일대 전기를 맞이하게 된다. 여름에서 가을로 가는 동안 누구도 예상치 못했던 놀라운 반전이 기다리고 있었으니, 그것은 기적이었다. 달팽이처럼 더디게 움직이면서도 멈추지 않았던 헤라의 첼로는 마침내 친구들이 기다리고 있는 곳까지 도착해서 아름답게 날아오르게 된 것이다.

12월 콘서트에서 헤라는 더 이상 자기만을 위한 별도의 악보가 필요하지 않게 된다. 복잡하고 어려운 '위풍당당 행진곡'부터 화려한 '넬라 판타지아'까지 매끄럽게 연주하는 헤라의 첼로는 1년 내내 헤라가 흘린 땀과 눈물의 결정체였다.

"저에게 보물 1호는 첼로예요.
제가 힘들 때마다 첼로를 연주하면 속이 시원해요.
제가 괴로울 때면 그 기분을 첼로가 전부 빨아들이면서
제 기분을 좋게 해주는 것 같아요. 그럼 기분이 상쾌해요.
첼로를 하니까 제가 용감해지고 자신감이 생겨서
진짜 첼로가 너무너무 소중해요." - 헤라

원태야,
넌 혼자가
아니야!

처음 만났을 때, 말린 문어다리를 들고 등장한 원태. 입에는 문어다리 하나를 물고 휴대전화로 열심히 게임 중이었다.

"원태, 게임 좋아해? 문어발도 좋아하고? 그럼 둘 중에 하나만 선택하라면 뭘 선택하겠어요?"

"게임."

간결하지만 단호한 원태의 대답이었다.

"하루에 문어발은 몇 개나 먹어요?"

"한…… 다섯 개?"

원태는 입안에 든 문어를 열심히 씹으면서 쑥스러운 듯 웃었다.

"원태는 문어발이 왜 좋은 걸까?"

"어…… 뭔가 딱딱한 걸 계속 씹고 싶어요. 집에서든 학교에서든. 근데 문어발을 씹고 있으면 그 딱딱한 게 기분이 좋고, 또 조금씩 부드러워지는 그게 좋아요."

하루 종일 딱딱한 문어발을 질겅질겅 씹으면서 열세 살 소년이 무슨 생각을 하고 있는지 선생님도, 친구들도, 가족들도 잘 모른다. 딱딱한 문어발이 입안에서 부드러워지는 동안 왠지 모르게 기분이 좋아진다는 소년의 모습은 어쩐지 슬퍼 보인다.

원태는 할머니, 할아버지와 함께 산다. 아빠는 태어나자마자 헤어져서 소식을 모르고, 중국에서 온 엄마는 일 때문에 따로 살면서 가끔씩 찾아온다. 하지만 만나러 오겠다는 날짜에 오지 않을 때가 많다. 원태는 약속을 잘 지키지 않는 엄마가 야속하다. 그런 엄마가 실망스럽기도 하고 때론 밉기도 하다. 엄마를 만나면 좋지만 그게 진짜 좋은 건지, 좋아하는 척하는 건지 모르겠다고, 원태는 무덤덤하게 말한다.

원태에게 아빠는 참 설명하기 어려운 사람이다. 태어나면서부터 아빠라는 존재가 없었고, 그동안 아무 느낌 없이 살았다. 살아계신지조차 잘 모른다. 어느 날 갑자기 아빠가 찾아온다면 혼란스러울 것 같다. 그래도 일단은 진짜 아빠인지 확인부터 할 것이다. 할머니, 할아버지, 엄마, 삼촌에게 데리고 다니면서 이 사람이 진짜 내 아빠가 맞느냐고 물어보고, 다들 맞다고 하면 그때서야 이렇게 생각할 것이다.

"아…… 나에게도 아빠가 있었구나."

용재 오닐은 이런 원태를 보면서 가슴 아팠다. 그에게도 아버지의 부재는 견디기 힘든 고통이자 서러움이었기 때문이다.

"어린 시절 고통스러운 경험이 있다면 그건 스스로에게 독이 되잖아요. 원태가 음악이라는 도구를 통해서 그 독을 내보낼 수 있다면 좋겠어요. 물론 음악이 아버지나 어머니를 대신할 수는 없지만 음악을 통해 내가 좋아하고 나를 좋아해주는 사람들을 만날 수 있다면 얼마나 좋을까요. 그렇게 삶이라는 것은 새로운 공동체를 만들어가는 것이니까요."

얼마 전까지만 해도 원태에게 가장 친한 친구는 게임이었다.

"게임 좋아한다고 했는데 예전엔 얼마나 많이 했어요?"

"쉬는 날이면 한 12시간 정도. 쉬지 않고 했어요."

원태는 학교에 가지 않는 날이면 밥 먹고 화장실 가는 시간 빼고는 바깥이 깜깜해지도록 게임만 했다. 그런 원태에게 잔소리를 하거나 그만하라고 야단치는 어른은 없었다. 그러던 어느 날, 문득 게임을 그만둬야겠다는 생각이 들었다. 이전부터 선생님이나 어른들에게 컴퓨터를 하면 눈이 나빠지고 안 좋다는 이야기를 들어오기는 했다. 하지만 그날 왜 갑자기 그런 생각이 들었는지 원태도 잘 설명할 수가 없다. 한 가지 분명한 것은 그날이 오케스트라를 시작하고 나서 며칠 뒤였다는 사실이다.

그 후 몇 달의 시간이 흘렀다. 그사이 원태는 그렇게 좋아하던 컴퓨터 게임을 끊었고, 휴대전화 게임도 하루 한 시간 이내로 줄여가고 있다. 새로운 친구도 한 명 생겼는데, 그 친구의 이름은 '바린'이다.

상상 속 친구에서 현실의 친구로

원태가 처음 오케스트라를 지원한 동기는 음악을 잘하게 되면 사람들에게 아름다운 음악을 들려줄 수 있고, 웃음과 행복을 줄 수 있다고 생각했기 때문이다. 악기 중에서도 가볍고 소리가 높은 바이올린이 마음에 들었다. 이전에도 악기를 배우고 싶었지만 돈이 많이 들 것 같아서 포기한 적이 있다. 비로소 자신만의 바이올린을 가지게 된 원태는 그 어느 때보다 행복하다.

"원태에게 바이올린은 어떤 의미예요?"

"음…… 저의 베스트 프렌드? 친구나 가족 같은 것? 선생님이 악기를 자기 가족처럼 여기라고 했잖아요. 그래서 저도 그렇게 생각하기 시작했더니, 이젠 진짜 가족같이 생각돼요."

새 친구 바이올린에게 이름도 지어주었다. '바린', 바이올린의 줄임말이다. 특별한 의미는 없지만 '바린'을 만나면서 원태의 밋밋한 일상에도 변화가 일었다. 바린을 만나기 전에도 편한 친구가 있기는 했다. 그 친구는 힘도 세고 멋있고 능력도 있고, 만나고 싶을 때 언제든 만날 수 있는 좋은 친구였다. 그렇지만 원태에게 말을 걸거나, 원태의 손을 잡아주지는 못했다. 힘들 때 등을 두드려주지도 못했다. 그 친구는 상상 속에서 원태가 만들어낸 게임 주인공이었기 때문이다.

"실제 친구를 사귀는 것이 더 낫지 않아요?"

조심스럽게 물었다.

"제가 용기가 없고 자신감이 없어서 실제 친구는 사귀기가 어려워요. 먼저 다가갈 자신감이 없어서……. 그래서 언제든지 나랑 놀자고 할 수 있는 상상 속 친구가 좋았어요. 어디 놀러 갈 때도 '나랑 놀자' 하면 언제든 놀 수 있으니까."

원태는 현실의 친구들에게 "나와 친구하자"라고 먼저 말하지 못했다. 거절당할까 봐 두려웠기 때문이다. 친구들도 적극적으로 다가와주지 않았다. 그러다 보니 원태는 섬처럼 혼자 고립되어 친구들 주변만 빙빙 돌 때가 많았다. 차라리 상상 속 친구가 편했다. 굳이 말을 건넬 필요도 없고, 다툴 필요도 없었다.

그러던 어느 날, 더 이상 상상 속 친구가 필요 없게 되었다. 더 신나고, 더 재미있고, 오래 같이 있어도 지루하지 않은, 그런 멋진 친구가 생긴 것이다. 그 친구는 기쁠 때 같이 웃어주고, 넘어졌을 때 일으켜 세워주고, 슬퍼 울 때 눈물도 닦아주는 진짜 친구였다. 상상이 아니라 실제로 존재하는 친구. 반짝이는 눈동자와 튼튼한 몸과 따뜻한 심장을 가진 친구. 그들은 오케스트라에서 만난 새 친구들이었다.

이제 원태에게는 친구뿐 아니라 동생도, 누나도, 형도 생겼다. 그건 정말이지 신나고 근사한 일이었다. 오케스트라는 원태에게 음악과 함께 새로운 가족을 선물해주었다.

원태의 숨겨진 재능이 빛을 발하다

"저는 아름다움을 구별할 수 있고, 아름다움을 표현할 수 있는 능력을 아이들에게 가르쳐주고 싶어요. 지난 수업시간에 원태라는 친구에게 그랬어요. '낑낑낑낑' 하는 게 아름답니, 아니면 '끼--잉, 끼---잉' 이렇게 하는 게 아름답니? 그랬더니 바로 두 번째라고 하는 거예요. 그래? 그럼 한번 해 봐. 그랬더니 바로 부드러운 레가토로 아름다운 소리를 내지 뭐예요!"

카이가 놀랍다는 듯 말했다.

카이뿐 아니라 원태를 가르치는 선생님들 역시 여러 번 놀란다. 무뚝뚝하고 무표정한 얼굴과 달리 자상하고 따뜻한 마음씨에 놀라고, 뛰어난 음악적 재능에 놀라며, 그 아이가 보여주는 의외의 유머감각에 놀란다.

전에는 누군가에게 친구 하자고 말하는 것이 어려웠던 원태가, 오케스트라에 온 이후 작은 수첩을 가지고 다니면서 선생님들 이름을 빠짐없이 적어넣었다. 수업이 끝나고 나면 한 명 한 명 찾아다니면서 물었다.

"선생님 이름은 뭐예요?"

어느샌가 원태의 수첩에는 선생님들의 이름이 빼곡하게 적혔다. 그리고 다음 시간, 원태는 선생님의 이름을 기억해내고 먼저 다가가서 밝게 웃으며 인사를 건넸다.

원태는 오케스트라에서 제2바이올린을 맡고 있다. 앞으로 용재 오닐 선생님처럼 악기를 잘 연주하게 되면 꼭 하고 싶은 곡이 있다. 자신만의 추억이 깃들어 있는 곡이었다. 5학년 때 좋아하는 선생님이 있었는데 뒤늦게 군대를 가게 되었다. 선생님과 마지막으로 이별하던 날, 선생님은 아름다운 곡을 들려주었다. 그 곡이 바로 카이 선생님이 불러준 '유 레이즈 미 업(You raise me up)'이었다.

바이올린을 배우게 되면서 원태는 그 노래의 악보를 구했다. 서툰 솜씨지만 집에서 시간이 날 때마다 틈틈이 연습했다. 왼손을 어떻게 짚어야 할지, 오른손 활은 어떻게 써야 할지. 모르는 것투성이에 혼자 하려니 힘들었지만 열심히 연습했다. 언젠가 그 곡을 연주할 날을 생각하면 흐뭇해졌다. 누군가 곁에서 들어주는 사람이 없어도 바이올린을 켜고 또 켰다.

카이가 음악 수업을 하러 안산에 왔던 날, 원태는 조용히 카이의 옷자락을 잡고 아이들이 없는 곳으로 갔다. 그리고 쑥스럽지만 용기를 내서 자신이 연습한 곡을 연주했다. 원태가 연주하는 선율에는 남들이 쉽게 흉내 낼 수 없는 애잔함과 섬세한 감성이 스며 있었다. 원태의 연주를 들은 카이의 마음은 깊은 감동으로 촉촉해졌다. 그리고 그 감동은 먼 훗날 연말 콘서트에 온 천여 명의 관객들에게도 그대로 전해지게 된다.

"다 같이 산에 올라갔을 때 너무 힘들었어요.
저, 높은 거 무서워하거든요. 거기 엄청 높잖아요.
하지만 마음속으로 힘내자고, 끝까지 한번 올라가 보자고 생각했어요.
한 번이라도 성공해보고 싶었거든요.
마라톤 할 때도 힘들었는데 끝까지 포기하지 않았어요.
원래 저는 자신감이 별로 없는데 오케스트라 하면서 용기가 조금 생겼어요.
저도 용재 선생님처럼 음악으로 힘든 상황을 이겨낼 수 있으면 좋겠어요.
그래서 계속 오케스트라 하고 싶어요." - 원태

파트장 선발,
그 치열한 다툼

여린 순과 파릇한 새싹들이 쑥쑥 자라나고 초록이 싱그럽게 짙어지는 계절이 되었다. 우리 오케스트라 역시 서툴지만 본격적인 걸음마를 시작했다.

스물다섯 명으로 시작했던 오케스트라는 그동안 제일 어린 친구가 집안 사정으로 빠지면서 스물네 명이 되었다. 그리고 플루트는 여러 가지 어려움으로 제외되면서 현악기 위주의 체임버 오케스트라가 되었다. 정식으로 각자의 악기를 정하고 제1바이올린과 제2바이올린, 비올라, 첼로로 파트도 나누고 나니, 파트별 수석이 필요해졌다. 파트장과 악장은 단원들에게 신뢰와 애정을 받을 수 있고, 리더십도 있고, 음악적 기량도 뛰어나야 했다. 선생님들은 단원들의 투표와 멘토 선생님들의 의견, 최종적으로 지휘자 용재 오닐의 의견을 종합해서 선발하기로 했다.

"오케스트라에는 악기별로 파트장이라고 있어. 파트장이 뭐냐 하면 그 그룹의 대표예요. 그룹의 대표를 뽑는 것인데 어떤 사람이 되어야 할까?"

음악감독을 맡고 있는 김정선 선생님이 단원들에게 물었다.

"리더십이 있어야 해요!"

"악기도 잘해야 해요!"

"맞아요. 악기도 잘해야 되고, 책임감도 있어야 하고, 단원들도 잘 챙겨줘야 하고, 아무리 힘들어도 열심히 해야 된답니다. 친구들에게 화내지 않는 것도 중요해요."

아이들은 자신의 파트에서 누가 리더를 하면 좋을지 일주일 동안 고민해 오기로 했다. 그때 누군가 조심스럽게 질문했다.

"자신의 이름을 써도 돼요?"

그 소리에 아이들의 눈이 반짝거렸다. 모두들 궁금해하는 질문이었던 모양이다.

"당연하죠. 파트장을 하고 싶은 사람은 자기 이름을 써도 돼요. '나는 이러이러한 장점이 있기 때문에 제가 꼭 해야 합니다'라고 쓰고 자기 이름을 쓰세요. 그런데 자신이 정말로 여러 가지 역할을 잘할 수 있는지 곰곰이 생각하고 써야겠지요?"

선생님이 빙그레 웃으면서 대답했다.

아이들이 열심히 고민하는 사이에 선생님들도 모여서 회의를 했다. 바이올린에서는 준마리와 아델리아, 원태, 비올라에서는 선욱이, 첼로에서는 평은이와 지애의 이름이 많이 거론되었다.

"준마리라는 친구는 음악적 재능이 뛰어나요. 악장의 경우는 다른 단원들에 비해 음악적으로 훨씬 더 뛰어난 감각이 필요하거든요. 그런 면에서 볼 때 적합한 것 같고, 평소 조용하고 차분하지만 해야 할 일은 딱 할 줄 아는 그런 리더십도 있고."

"비올라는 선욱이가 적당하다고 생각해요. 솔선수범하고, 뒷정리도 혼자 다 하고, 다른 사람들도 잘 도와주고, 음악 실력도 뛰어나고요."

"원태는 음악적으로 받아들이는 게 굉장히 빠르고, 악기에 대한 욕심도 많고, 열정도 많아서 악장으로나 파트장으로나 적당할 것 같아요."

"첼로는 평은이를 생각했는데 지애도 차분하게 잘하는 것 같아요. 평은이는 활발하고 아이들도 잘 리드하지만 차분하게 연습하는 모습이 더 필요하고, 지애는 소극적이지만 첼로를 안정적으로 연주하고 정확한 운지법이나 활 쓰는 요령도 친구들에게 알려줄 수 있고…… 누가 해도 좋을 것 같네요."

선생님들의 의견이 조금씩 엇갈리는 가운데 긴장된 일주일이 지나갔다. 선생님과 아이들의 생각은 같을 수도, 전혀 다를 수도 있었다. 결과는 예측하기 어려웠다. 그사이에 자신이 파트장이 되고 싶다고 강력하게 어필하고 다니는 아이들도 있었고, 다른 사람들의 추천에도 불구하고 본인은 정말 싫다고 손사래를 치는 아이도 있었다.

드디어 투표 날, 새하얀 종이를 받아 든 아이들은 심사숙고하면서 이름을 적었다. 마치 대통령 선거라도 치르는 듯 심각하고 진지한 분위기에서 투표가 진행되었다. 스물네 장의 투표용지가 걷히고 다들 궁금한 눈으로 종이뭉치를 바라보았다. 같은 시각 카이 선생님과 각 파트 선생님들도 자신들이 적합하다고 생각하는 파트장의 이름을 적어냈다. 선생님들 역시 아이들의 투표결과가 궁금하기는 마찬가지였다.

투표용지를 열자 대단히 흥미로운 결과가 나왔다. 총 24명의 단원 중에서 자신의 이름을 써 낸 아이가 무려 7명이나 된 것이다. 약 3분의 1에 해당되는 아이들이 자신이 파트장에 적합하다고, 자신이 꼭 하고 싶다고 적어냈다. 의외의 결과였다. 하지만 그것은 오케스트라 단원들의 열정과 자신감이 크다는 것을 방증하는 것이기도 해 선생님들은 오히려 기뻤다.

또 하나 재미있는 것은 비올라 파트에서 단 한 명을 제외하고 세 명 모두 자신의 이름을 써냈는데, 쓰지 않은 유일한 한 명이 선욱이였다. 선생님들이 이구동성으로 파트장으로 적합하다고 했던 선욱이는 정작 자신의 이름 대신 비올라 파트에서 가장 나이가 많은 문성이의 이름을 적어냈다. 제2바이올린 에서는 아이들과 선생님의 의견이 엇갈렸다. 아이들 절반가량이 아델리아를 지지한 반면, 선생님들은 대부분 원태를 지지했다. 특히 어린 여자아이들은 전부 맏언니 아델리아에게 몰표를 던졌다. 이에 반해 제1바이올린의 준마리, 첼로의 평은이는 선생님과 아이들 간에 이견이 없어서 쉽게 결정되었다.

결국 남은 것은 제2바이올린과 비올라였다. 자신들의 의견과는 관계없이 아델리아와 원태, 선욱이와 문성이의 경합이 치열했다. 이제 최종 선택은 지휘자 용재 오닐의 손으로 넘어가게 되었다.

용재 선생님과의 반가운 해후, 과연 파트장은 누구?

투표가 끝난 며칠 뒤, 그날은 합숙 이후 한 달 만에 용재 오닐과 아이들이 만나는 날이었다. LA에서 먼 길을 날아온 용재 오닐은 안산시 외국인주민센 터에서 연습하고 있는 아이들을 찾아왔다. 그동안 화상통화와 페이스북 등 을 통해 이야기를 나누고, 서로의 사진도 올리면서 머나먼 거리를 극복해 왔 지만 직접 선생님 얼굴을 보고, 선생님 연주도 듣고, 레슨도 받을 수 있다는 사실에 아이들은 며칠 전부터 흥분상태였다.

심지어 몇 시간 전부터 와서 기다리는 아이도 있었고, 선생님에게 줄 선물을 준비한 아이, 길거리에서 하염없이 선생님이 타고 올 차를 기다리는 아이도 있었다. 그중에는 다니엘도 있었다. 누구보다 제일 먼저 용재 오닐 선생님의 얼굴을 보고 싶었던 다니엘은 조바심이 나 계단을 오르내리고 건물 주변을 서성였다. 2층 난간에서는 고학년 여자아이들이 고개를 길게 빼고 바깥을 내다보고 있었다.

　　"아직 멀었어요?"

　　아이들은 번갈아가면서 제작진에게 물었다.

　　'꼭꼭 숨어라. 어디까지 왔니' 하면서 숨바꼭질이라도 하듯 저 멀리 공항까지, 서울 톨게이트까지, 고속도로까지, 그리고 원곡동 동구 밖까지. 그렇게 선생님이 가까워질수록 아이들의 설렘은 점점 커져만 갔다.

　　드디어 도로에 흰 차가 나타났다.

　　"왔다! 왔어!"

　　제작진이 카메라를 들고 가까이 갈 새도 없이 다니엘이 앞서 달려갔다. 건물 입구에서, 계단에서, 2층 난간에서 기다리던 아이들이 한꺼번에 소리를 질렀다. 각자 부르고 싶은 대로 목청껏 소리쳤다.

　　"티처~~~~"

　　"용재~~~~"

　　"선생님~~~~"

　　"보고 싶었어요!"

　　조수석의 문이 열리자 환한 얼굴로 용재 오닐이 내렸다. 그동안 조바심을 내던 것과 달리 다니엘은 의젓하게 다가가더니 점잖게 악수를 청했다. 제일 먼저 선생님의 손을 잡은 다니엘의 얼굴은 뿌듯함과 행복함으로 발그레 달아올랐다. 어린 여자아이들은 90도로 배꼽인사를 하면서 선생님을 맞이했고, 큰 아이들은 쑥스러워하면서 주변을 맴돌았다.

"보고 싶었어요."

용재 오닐도 수줍게 사랑을 고백했다.

"그런데 선생님이 여러분에게 중요하게 할 말이 있어요. 악기에 대한 이야기예요. 악기는 나무로 만들어져서 연약하기 때문에 항상 주의 깊게 잘 보관하고 관리해야 해요. 여러분이 잘 돌보면 여러분의 아이들과 그 밑의 아들, 딸에게까지도 계속해서 물려줄 수 있어요."

용재 오닐은 반가운 인사가 끝나자마자 제일 먼저 악기관리에 대해 이야기했다. 아이들이 악기를 함부로 대하고, 여러 번 넘어뜨렸고, 또 망가뜨렸다는 이야기를 전해 들었기 때문이다. 그리고 기다리던 중대 발표가 이어졌다.

"제가 여기 온 이유는 여러분을 보기 위해서도 왔지만 특별히 굉장히 중요한 일을 하러 왔어요. 그것은 파트장을 선발하는 거예요. 여러분 투표결과와 선생님들의 의견, 그리고 제 의견을 토대로 다음과 같이 결정했어요."

아이들은 숨을 죽였다.

"첼로 파트장은 평은이."

예상된 결과에 아이들은 손뼉을 쳤고, 평은이는 명랑하게 웃었다.

"비올라 파트장은 선욱이. 선욱이가 됐어요!"

실망한 문성이의 얼굴 옆으로 난감해하는 선욱이의 얼굴이 보였다.

"제2바이올린은 아델리아."

아델리아는 손을 불끈 쥐고 마침내 해냈다는 의기양양한 표정을 지었다. 원태는 평소와 같이 무덤덤한 표정으로 앉아 있었다.

"악장 겸 제1바이올린은 준마리."

준마리는 손으로 입을 가리면서 밝게 웃었다. 결과 발표가 끝나자 비올라 파트의 실망감은 이만저만이 아니었다. 문성이와 바울이, 그리고 다니엘은 자신이 파트장이 되지 못한 것에 대해 적잖이 낙심했다. 반면, 선욱이는 파트장을 맡고 싶지 않아서 괴로워했다. 어쩔 수 없이 용재 오닐과 비올라 파트의 회의가 시작되었다.

"제가 리더로 뽑혔대요. 근데 저는 하기 싫어요. 왜냐하면 자신이 없어요. 세 사람을 잘…… 아니, 할 수 없을 것 같아요."

"내가 할래."

"아냐, 내가 할래."

바울이와 문성이는 서로 파트장을 하겠다면서 다투었다. 제일 어린 다니엘까지 끼어들면서 말했다.

"누나가 안 하면 내가 할래."

아이들의 이야기를 듣던 용재 오닐이 다정하지만 단호하게 말했다.

"선생님은 선욱이가 좋은 리더가 될 수 있을 것 같아. 그러니까 비올라 파트장은 선욱이가 하면 좋겠어요."

긴장된 침묵. 선욱이는 마지못해 고개를 끄덕였고, 파란만장한 선욱이의 비올라 파트장 생활이 드디어 시작되었다.

은희의
불사조
첼로

그날 용재 오닐 선생님이 악기를 잘 다루어야 한다고 이야기할 때 제일 마음이 찔린 사람은 은희였다. 첼로는 악기 중에서도 몸집이 크다 보니 들고 다니기도 힘들고, 관리하기도 쉽지 않았다. 게다가 주변의 부주의한 친구들이 좁은 공간에서 뛰고 달리고 하다 보면 세워놓은 첼로에 걸려 넘어지기도 일쑤였다. 주범은 주로 아델리아였다.

그 탓에 은희의 첼로는 여러 번 넘어지고 망가졌다.

"은희 꺼는 맨날 죽다가 살아나고, 죽다가 다시 살아나고. 불사조 첼로예요!"

남자아이들이 은희의 첼로에 지어준 별명이 '불사조'였다. 은희의 첼로가 넘어진 뒤 이상한 소리가 난다는 이야기를 듣고 용재 오닐 선생님이 은희를 보러 왔다.

"은희, 첼로 고쳤니?"

"아니요……."

은희가 아주 조그만 목소리로 대답했다. 선생님이 첼로 현을 하나하나 튕겨보면서 심각한 표정으로 상처 난 첼로를 만지는 동안, 은희는 눈물을 글썽이면서 곁에 앉아 있었다. 튜닝이 끝나고 다시 아름다운 소리가 울려 퍼졌다. 용재 오닐 선생님이 말했다.

"은희야, 항상 조심해야 해."

어쩐지 은희는 좀 억울해졌다. 울먹이면서 변명하듯 말했다.

"아델리아 언니가요, 제 첼로에 걸려서 넘어졌어요……."

그렇다고 자신의 책임이 모두 사라지는 것은 아니었다. 그건 은희도 잘 알고 있었다.

"은희는 저희 오케스트라에서 가장 작은 첼리스트예요. 저는 은희가 성장하는 모습, 첼로 앞에 앉아 있는 더 큰 모습을 기대하고 있어요."

용재 오닐 선생님이 말했다.

한 달 뒤, 은희의 첼로가 또 넘어졌다. 이번엔 제법 큰 사고였다. 악기를 수리하시는 전문가가 직접 왔고, 은희의 첼로는 큰 수술을 받아야 했다. 선생님이 은희를 불렀다. 상황이 심각했다. 이번엔 그냥 넘어가서는 안 된다고 생각했는지 선생님이 엄하게 이야기했다.

"은희야, 네 첼로 진짜 아프겠다. 그런데 자기 악기는 자기가 책임지기로 약속했었지? 악기가 예뻐야 예쁜 소리가 난다고 선생님이 말했잖아. 그런데 어떻게 하지. 공연이 얼마 안 남았는데 어떻게 하면 좋을까? 은희가 결정해야 할 것 같아."

그날 은희는 많이 울었다. 무대에 설 수 없을지도 모른다는 두려움으로 가슴이 떨렸다. 다행히 대대적인 수술을 받은 은희의 첼로는 다시 살아났다. 역시 놀라운 생명력을 가진 불사조 첼로였다. 은희는 웃음을 되찾았고 새로 태어난 첼로 덕분인지 은희의 첼로 실력도 더 향상되었다. 그 뒤로 아델리아는 은희 주변으로는 조심조심 걸어 다녔다.

"저는 첼로를 혼자 하는 것보다 오케스트라 안에서 하는 게 더 좋아요. 다른 악기들이랑 같이 하면 재미있고, 더 멋있는 음악이 돼요. 저는요, 늙을 때까지, 아니 죽을 때까지 오케스트라를 하고 싶어요." - 은희

첫 번째 무대,
선택 혹은 탈락

의사가 소년의 어머니에게 차갑게 말했다.

"댁의 아이는 다른 아이와 다릅니다."

집으로 돌아오는 길, 소년의 어머니는 힘주어 말했다.

"넌 누구와도 다르지 않아."

어머니가 아들을 따뜻하게 위로했다.

"인생은 초콜릿 상자와 같아서 무엇을 집을지 아무도 모른단다."

영화 〈포레스트 검프〉에 나오는 명대사다.

외모가, 언어가, 엄마나라가 남들과 '다르다'는 이유만으로 마음 한쪽에 상처를 품고 살아온 아이들에게 인생은 결코 달콤한 초콜릿이 아니었다. 하지만 누구에게나 기회가 있다는 것을, 그리고 그 기회는 자신의 노력으로 붙잡을 수 있다는 것을 알려주는 일은 선생님들이 담당해야 할 몫이었다. 상자속에서 어떤 초콜릿이 나올지 아무도 모르기 때문이다.

'안녕?! 오케스트라'가 목표로 하고 있는 7월 1일 세종문화회관 무대는 용재 오닐이 몇 년째 활동하고 있는 클래식 그룹 '디토'가 매년 개최하는 음악 축제 중 한 프로그램이었다. 그 무대에서 비올리스트 용재 오닐은 처음으로 마에스트로(지휘자) 용재 오닐이라는 새로운 이름을 갖게 된다. 오케스트라를 지휘하는 것, 그것은 용재 오닐의 오랜 꿈이기도 했다.

보름 동안 지속되는 〈디토 페스티벌〉의 전야제이자 첫 번째 공연인 '오프 닝 나잇'. 선생님들과 제작진은 그 무대에 여덟 명의 아이들을 깜짝 게스트로 세우기로 했다. '오프닝 나잇'은 디토의 오랜 후원자들과 팬들을 초청해서 연주도 들려주고 함께 이야기도 나누는 훈훈한 자리였다. 큰 무대를 앞두고 있는 아이들에게 좋은 경험이 될 것이며, 또한 강한 동기부여가 될 것이다. 때로는 멋진 목표를 두고 선의의 경쟁을 벌이는 것도 훌륭한 교육의 한 과정이다.

이 모든 계획이 용재 오닐에게는 비밀로 하고 은밀하게 진행되었다. 선택받지 못한 다른 단원들은 관객으로 참여하기로 했다. 누가 최종 여덟 명에 선발되어 달콤한 초콜릿의 맛을 보게 될지는 알 수 없었다. 사랑하고 존경하는 용재 오닐 선생님에게 최고의 선물을 줄 수 있는 자리, 오케스트라 단원에게는 결코 양보할 수 없는 자리이기도 했다.

성남 마티네 콘서트에서 잠깐 무대 위에 올라본 적은 있지만 정식으로 무대에서 연주를 해본 경험은 없는 단원들. 선생님들은 안산 문화예술의전당 무대를 빌려서 합주 연습을 하고, 그 자리에서 여덟 명의 우수단원을 선발하기로 했다. 지난 몇 개월간 아이들의 태도, 연습량, 음악적 재능, 성실성, 집중력 등 다양한 항목에 대한 선생님들의 사전평가가 진행되었고, 무대 위에서 연주하는 자세와 연주 실력, 무대 장악력 등을 모두 감안해서 최종 여덟 명이 선택될 예정이었다.

우린 진짜 오케스트라야!

안산 문화예술의전당은 큰 무대였다. 처음 와보는 아이들의 눈이 휘둥그레졌다.

"1층, 2층, 3층, 4층, 5층!! 와~ 떨려요!"

다니엘이 건물 내부에 들어와 보더니 긴장된 목소리로 말했다.

"여기 두 자리는요, 할머니, 할아버지 자리고요. 여기 세 자리는 삼촌, 누나, 이모. 나머지는 다 친구들이고요. 저 위에는 이웃들이고, 맨 꼭대기는 부모님 자리."

다니엘과 어깨동무를 하고 아래위의 좌석을 둘러보던 원태가 초대하고 싶은 사람의 좌석을 일일이 지정하면서 말했다. 할머니, 할아버지가 가장 좋은 자리였고, 부모님 좌석은 가장 높은 곳의 구석진 자리였다.

"부모님 자리는 왜 저 꼭대기예요?"

"아빠는 돌아가셨고, 아니면 멀리 있을 거고. 엄마는 바빠서 못 오실 거예요."

"만약 오신다면 어떻게 할 거예요?"

"흠…… 만약 온다면 중요한 자리에 앉혀야죠."

할아버지, 할머니 곁의 좌석을 가리키며 원태가 말했다.

"부모님이 오셔서 저를 보시면 기뻐할 것 같아요."

무심한 듯 덧붙이는 원태의 목소리에서 간절한 바람이 느껴졌다.

조명이 켜진 무대 위로 올라가 앉은 아이들. 파트별로 자리를 잡고 나자 어디선가 음악 소리가 흘러나왔다. 아무도 시키지 않았는데, 누군가 연주를 시작한 것이다. 모차르트의 '반짝반짝 작은 별'. 처음엔 첼로 파트에서 소리가 흘러나오더니 다른 파트 친구들도 한 명씩 가세하면서 소리가 커져갔다. 제1바이올린, 제2바이올린, 비올라. 음색이 다르고 개성이 다른 악기들이 하나둘 들어오면서 스물네 개의 악기가 저마다 앞다퉈 자신들의 음악을 표현했다. 생각보다 근사하고 훌륭한 오케스트라 소리가 만들어졌다. 연주가 끝났을 때는 다들 상기된 표정이었다. 회의를 마치고 무대로 들어오려던 카이와 선생님들 역시 감동한 얼굴이었다.

"와~ 이제야 우리 오케스트라 같지 않아요? 얘들아! 우리 이제 좀 오케스트라 같지, 그치?"

첼로 파트장인 평은이가 선생님과 아이들에게 소리 질렀다.

"맞아! 맞아~ 맞아!"

아이들이 시끌벅적하게 떠들어댔다.

"원래 오케스트라가 아니었던가?"

능청스러운 다니엘의 말에 한바탕 웃음이 쏟아졌다.

자신들끼리 무사히 연주를 끝내고 나니 다들 '우리가 해냈다'는 뿌듯함과 자신감으로 무대 위에 앉아 있는 태도가 변했다. 제법 오케스트라다운 기운이 뿜어져 나왔다. 그때 카이 선생님이 앞으로 나왔다.

"이 무대 위에서 너희는 행복하고 즐거워야 하지만 동시에 진지하고 엄숙해야 해. 그런 것들을 오늘 무대에서 꼭 배워 나갔으면 좋겠어. 그러니까 오늘만큼은 진지하게 책임감을 가지고 연주해주길 바랍니다. 오늘의 연주력, 태도, 열심히 하는 노력을 선생님들이 다 채점해서 끝날 때 여덟 명을 발표하게 될 거예요."

이어서 카이는 아이들의 눈을 감게 했다.

"자, 눈을 감아 봐. 지금 관객석에서는 너희의 소중한 사람, 너희를 보러 온 사람들이 박수를 치고 있어. 자, 박수소리가 들리니? 너희의 이야기와 고백을 들어주기 위해 시간을 내서 찾아온 관객들을 상상해보렴."

아이들의 표정이 놀랄 정도로 진지해졌다. 아이들의 귓속에 수천 명의 박수가 들리는 것 같았다.

합주 연습을 마치고 각자의 재능과 끼를 발표하는 오디션이 이어졌다. 악기 연주를 하는 아이, 춤을 추는 아이, 태권도를 하는 아이도 있었다. 드디어 발표시간! 제1바이올린에서는 준마리와 가영이, 제2바이올린의 원태와 수하, 비올라에서는 선욱이와 바울이, 첼로의 지애와 릿타. 이름이 호명될 때마다 탄식과 환호성이 엇갈렸다.

무엇보다 충격적인 것은 첼로 파트장 평은이와 제2바이올린 파트장 아델리아의 탈락이었다. 이름이 불리지 않은 미경이와 한위는 울음을 터뜨렸고, 아델리아와 평은이 역시 충격으로 창백해졌다. 그럼에도 평은이와 아델리아는 애써 자신들의 감정을 추스르면서 자신들의 연습과 집중력이 부족해서 떨어졌다고 의젓하게 말했다. 하지만 아이들의 표정에서 서운한 마음을 감출 길은 없었다.

"이번이 마지막 기회가 아니잖아. 우린 공연을 계속 할 거야, 그치? 7월 1일 무대가 기다리고 있어. 그리고 인생에는 또 좋은 기회가 올 거야. 다음에는 미경이가 그 기회를 잡을 수 있어. 그렇지?"

서럽게 울고 있는 미경이의 등을 두드리며 선생님이 위로했다.

선생님을 위한 최고의 선물

마침내 그날이 되었다. 아무것도 모르는 용재 오닐은 객석에 있는 아이들을 보자 대단히 반가워했다. 비올라를 한 손에 들고는 눈짓과 손짓으로 계속 인사를 했다. 얼마나 활짝 웃는지 눈매가 반달꼴로 작아졌다.

그 시각, 막중한 책임을 가진 여덟 명의 아이들은 마지막 맹연습 중이었다. 파트장까지 탈락시키면서 뽑힌 제2바이올린의 원태와 수하. 첼로의 릿타와 지애는 누구보다 부담감이 컸다. 게다가 수하는 이제 겨우 아홉 살 막내였다. 객석에서 지켜볼 친구들 생각을 하니 등에서 식은땀이 흘렀다. 용재 오닐 선생님과 친구들 앞에서 연주를 해야 한다. 조금이라도 실수를 하거나 연주를 망치면 모든 사람들에게 너무 죄송하다. 그런 생각을 하자 입안이 바짝 타들어갔다. 아이들이 연주할 곡은 모차르트의 '반짝반짝 작은 별'이었다. 그 곡은 7월 1일 무대에서 연주할 곡이기도 했다.

공연이 시작되고 용재 오닐과 디토 멤버들의 멋진 연주가 이어졌다. 객석에 앉은 아이들에게도, 무대 뒤에서 초조하게 기다리는 아이들에게도 그들의 하모니는 정말 근사했다. '언젠가 우리도 저런 소리를 낼 수 있을까?' 생각만으로도 온몸이 짜릿해졌다. 디토의 연주가 끝나고 진행자가 용재 오닐에게 갑작스러운 질문을 던졌다.

"자, 다음에는 특별한 순서가 기다리고 있는데요. 그 전에 먼저 리처드 용재 오닐 씨께 여쭤보겠습니다. 아이들과 함께하는 특별한 프로그램이 있다고 들었는데 조금만 소개해 주시겠습니까?"

용재 오닐은 환한 아빠 미소를 지으면서 오케스트라와 아이들에 대해 설명했다. 단원 한 명 한 명에 대한 애정과 자부심이 듬뿍 묻어 나왔다.

"자! 여러분~ 몰래 온 손님 코너입니다! 용재 오닐 씨가 함께하고 있는 '안녕?! 오케스트라' 아이들을 소개합니다. 힘찬 박수를 보내주십시오!"

용재 오닐은 깜짝 놀라 토끼 눈이 됐다. 무대 앞으로 각자의 악기를 든 여덟 명의 아이들이 걸어 나왔다. 긴장한 표정이 역력했다. 용재 오닐은 놀람과 기대감으로 벌써부터 눈가가 촉촉해졌다.

처음에는 다소 불안하게 연주가 시작되었다. 그러나 점차 각자의 소리에 집중하면서 안정적인 음악이 만들어졌다. 아이들이 연주를 하는 동안 용재 오닐의 눈시울이 붉어지더니 눈물이 흘러내리기 시작했다. 용재 오닐은 어린아이처럼 연신 손등으로 눈물을 닦아내면서도 세상에서 가장 행복한 미소를 지었다. 곁에 앉은 디토 멤버들 역시 감명 깊은 표정으로 아이들의 연주를 들었다.

어두운 객석에서는 미경이가 마치 바이올린을 들고 있기라도 하듯 왼손을 턱 밑에 대고 오른손으로 열심히 연주를 했다. 미경이의 귀에는 자신이 연주하는 바이올린 소리가 들리는 듯했다. 아델리아는 자신도 모르게 흘러내리는 눈물을 닦으면서 밝게 웃었다. 그 눈물은 질투의 눈물이 아니라 감동의 눈물이었다. 혜라와 다니엘도 자신이 직접 무대 위에서 연주라도 하듯 신나는 표정을 지었다. 그렇게 밤이 깊어갔고, '안녕?! 오케스트라'의 깜짝 무대는 모두에게 잊을 수 없는 아름다운 추억을 선사했다.

2악장

모든
별들은
음악소리를
낸다

"오케스트라는 저에게 색깔이에요.
세상에는 색이 모두 다르게 있잖아요.
색깔 중에는 좋은 색도 있고, 보기 싫은 색도 있잖아요.
하지만 그 모든 다른 색깔들이 같이 합쳐지면
뭔가 달라지면서 더 멋진 색깔이 나오잖아요."

카이,
그의 고민

　　　　　　　노래하는 카이, 정기열. 그의 목소리를 처음 들은 것은 라디오에서였다. 한 젊은 남자가 나와서 그 이른 아침 시간에 라이브로 노래를 불렀다. 도입 부분의 피아노 선율부터 귀를 사로잡았다. 쇼팽의 발라드 1번을 샘플링한 곡 '벌'이었다. 약간 목이 쉰 상태였는데도 그의 음색은 슬프고 낭만적이고 가슴을 먹먹하게 만드는 매력이 있었다. 그는 자신을 노래하는 카이, 정기열이라고 소개했다.

　카이, 일본 만화 『피아노의 숲』의 주인공 이름과 같다. 일본어로 'Kai'(海)는 바다라는 뜻이다. 한 번도 바다를 보지 못했던 소년의 엄마가 지어준 이름. 그 이름에는 미지의 세상에 대한 동경, 남루한 현실을 뛰어넘고 싶은 간절한 열망이 내포되어 있다. 거대한 숲의 한 자락에 위치한 빈민가에서 자란 천재 피아니스트이자 신비로운 매력을 지닌 미소년 카이, 듣는 이들 모두 감동하게 만드는, 마법 같은 음악을 연주하는 소년 카이. 노래하는 카이, 정기열은 그 이미지와 상당 부분 겹쳤다.

　어려움 없이 살았을 것 같은 귀공자풍의 외모와 달리 그에게는 아픔이 있었다. 그중에서도 볕이 들지 않는 지하 셋방에 살며 힘든 형편에도 자신이 음악을 계속 할 수 있도록 헌신한 어머니의 이야기는 감동적이었다. 그의 음반 뒤편에는 자신을 위해 새벽마다 기도하는 어머니에 대한 감사의 글이 적혀 있다. 그는 또한 예술의 경계와 벽을 허무는 사람이었다. 그래서인지 도전적이고 진취적인 열정이 그의 노래 속에는 담겨 있다.『피아노의 숲』에서 자신의 현실을 뛰어넘고, 음악을 만난 소년처럼 노래하는 카이는 성악의 울타리를 넘어 새로운 도전을 하고 있었다.

오케스트라는 다양한 악기와 음악과 사람들이 만나서 화음을 이루어가는 과정이다. 용재 오닐이 지휘자 겸 예술감독을 맡았지만 오케스트라에는 지휘자만 필요한 것이 아니었다. 아이들과 자주 만나서 교감하고, 음악의 기본 교육을 시킬 수 있고, 아이들에게 선생님처럼, 때론 친구처럼 함께 있어 줄 든든한 '멘토'가 필요했다. 미국에 거주하는 용재 오닐과 수시로 소통하면서 상처 뒤에 숨겨져 있는 아이들의 재능과 열정을 수면 위로 끌어올려 줄 사람, 그 모든 일을 기쁨과 소명의식으로 감당할 수 있는 사람, 그가 카이였다.

처음 우리 프로젝트에 대한 이야기를 들었을 때 카이는 고개를 갸웃했다. 프로그램 제목 속 '안녕?!'에 물음표 하나와 느낌표 하나가 있는 게 의아했던 모양이다. 카이는 그 의미에 대해 혼자 고민했다. 누군가에게 물어보는 대신에 스스로 해답을 찾으려고 했던 것이다. 그렇게 진지한 고민 끝에 내린 결론에는 깊은 성찰이 담겨 있었다.

"이 아이들이 음악을 통해 하나가 될 수 있을까? 악기를 연주하면서 음악이 주는 순수한 기쁨을 알 수 있을까? 그 모든 질문이 물음표 안에 담겨 있는 것 같았어요. 이후에 아이들이 오케스트라를 하면서 '음악으로 모든 게 가능하구나! 음악을 통해 나의 존재가치를 알게 되었구나!'라고 깨닫게 되는 것, 물음표가 느낌표로 변하는 그것이 이 프로젝트의 목표이자 과정이라고 생각했어요."

그는 그런 사람이었다. 어떤 문제가 생길 때마다 손쉬운 해결책을 찾기보다 스스로 부딪치고, 고민하고, 상처받으면서 자신이 납득할 수 있는 해답을 찾으려는 사람. 음악에 대한 열정이 뜨겁고 진취적이지만, 장난꾸러기 아이들 앞에서는 어찌할 바를 몰라서 쩔쩔매는 사람. 지휘자 용재 오닐과 악기를 가르치는 재능기부 선생님들 사이에서 자신이 맡은 역할에 대해 고민하고 또 고민하는 사람. 좋은 형이나 오빠가 되고 싶지만 때로는 아이들에게 화를 내고 꾸짖기도 하는 무서운 선생님 역할을 해야만 했던 사람.

그래서 카이는 프로젝트의 모든 과정에서 가장 고민을 많이 했던 사람이다. 그런 그가 따뜻하지만 엄격한 '멘토'로서 우리 오케스트라를 지켜주었기에 아이들은 한 차원 더 높은 진짜 음악을 향해 나아갈 수 있었다.

카이와 어머니

카이의 어린 시절은 정서적으로 풍요로웠다. 그는 음악 선생님이었던 어머니를 통해 자연스럽게 클래식 음악을 접하게 되었는데, 그것은 큰 축복이었다. 그가 처음으로 받은 악기는 리코더였다. 유럽 여행을 다녀온 어머니가 모차르트라고 쓰여 있는 황금빛 리코더를 사 오셨다. 동네 문방구에서 파는 흔한 까만색 리코더와는 격이 달랐다. 그날 밤, 정말 좋아서 리코더를 꼭 품에 안고 잠을 이루지 못했다. 이 세상에서 가장 귀한 보물을 선물로 받은 느낌이었다.

그의 인생에서 떼어놓을 수 없는 고마운 멘토이자 세계적 소프라노 조수미와의 인연 역시 어머니를 통해 시작되었다. 초등학교 4학년, 속셈학원에서 공부하고 있던 카이를 찾아온 어머니는 어리둥절해하는 아들의 손을 붙잡고 조수미 콘서트를 찾았다. 공연이 끝난 후 어머니는 어린 아들의 손을 잡고 말했다.

"언젠가 저분과 함께 꼭 무대에 설 수 있도록 기도할게."

어머니의 기도는 강력한 힘을 발휘했고, 훌륭한 성악가이자 크로스오버 가수로 성장한 아들은 2009년 조수미의 전국 투어 파트너로 낙점되어 그녀와 함께 꿈에 그리던 무대에 섰다. 그 자리에서 어머니는 감격의 눈물을 흘렸다.

음악에 대한 진지함과 열정 역시 어머니에게 빚진 바가 컸다. 어머니는 재능 있는 아들을 자주 무대에 세우셨고, 카이는 자연스럽게 콩쿠르나 경연대회에도 나가게 되었다. 무대 위에서의 경쟁은 누구보다 자기 자신과의 치열한 싸움이었다. 그 과정을 통해 그는 자신의 내면에서 음악에 대한 지속적인 동기가 부여되는 것을 경험했다. 집중하면 할수록 그 매력에 점점 빠져들게 되었다.

그러나 풍요로웠던 어린 시절은 생각보다 일찍 막을 내렸다. 청소년기, 가정에 위기가 찾아왔다. IMF외환위기의 여파로 경제적인 어려움이 커졌다. 그가 다닌 사립 예술 고등학교는 등록금이 비싸기로 유명했다. 제때 등록금을 내지 못해 친구들 앞에서 민망할 때가 많았고, 겉으로는 씩씩한 척했지만 남모르는 상처를 입기도 했다. 성악 레슨비를 벌기 위해 방과 후에는 편의점이나 레스토랑에서 닥치는 대로 아르바이트를 했고, 그 달에 필요한 돈이 마련되지 못했을 때는 급식비를 레슨비로 내기도 했다. 하지만 어머니의 눈물겨운 헌신과 희생을 알기에 삐뚤어질 수도, 꿈을 포기할 수도 없었다.

어머니는 아들을 위해 아픈 몸을 이끌고 보험 외판을 하셨다. 음악 선생님이었던 어머니에게 그 일은 결코 녹록지 않았다. 하지만 아들의 꿈을 이루기 위해 누구보다 절박했던 어머니는 보험여왕의 자리에까지 오르셨다. 어머니 이야기를 하던 끝에 그가 밝게 웃으면서 농담처럼 말했다.

"언젠가 그 생명보험 회사의 모델을 꼭 하고 싶어요, 어머니와 함께. 그 보험회사가 제 꿈을 키워준 것이나 마찬가지니까요."

가볍게 던진 그의 말 뒤에는 그와 어머니가 겪어 온 거친 세월이 스쳐 지나갔고, 그 뒤로도 오랫동안 여운이 남았다.

음악의 진지함에 대해

오케스트라를 하면서 카이가 가장 중요하게 생각한 것은 음악에 대한 태도였다. 카이는 모든 음악에 있어서 연주자는 나이에 상관없이 진지해야 한다고 믿는다. 무대에 섰을 때 자신이 만들어내는 음악에 대해 책임을 져야 하며, 그것은 우리 오케스트라 아이들도 마찬가지라고 생각했다. 연주자가 진지하지 못하면 관객들 역시 진솔하게 음악을 받아들이기 어렵기 때문이다.

그는 다양한 방식으로 음악을 가르쳤다. 콘서트에 아이들을 데려가서 음악회라는 것이 어떤 것인지, 좋은 관객이 되기 위해서는 어떤 태도를 가져야 하는지 가르쳤다. 음악을 그림으로 표현하는 수업을 진행하던 날, 그 어느 때보다 진지하게 음악을 대하는 아이들의 모습에 감동했고, 그들의 상상력에 감탄했다.

"수업 시간에 피아졸라의 탱고음악을 들려줬어요. 음악을 듣고 나서 아이들의 반응이 흥미로웠어요. 무서웠다, 번개가 치는 것 같다, 쫓기는 것 같다. 이런 다양한 느낌을 그림으로 표현하더라고요. 탱고 하면 그저 춤이라고 생각하는 어른들과 달리 아무런 편견 없이 자신이 들은 음악에 대해 진솔하게 말하는 걸 보고 놀랐죠. 제 스스로 음악을 한다고 하면서 고정관념에 매여 있었구나 하는 반성도 하게 되고, 아이들에게 오히려 배우게 되고, 아이들의 창의력도 보게 되었지요."

처음 만났을 때는 일부러 심술궂게 굴어서 그를 당황시키던 아이들, 감정의 기복이 심해서 어떻게 대응해야 할지 어려운 여자아이들, 자신만 보면 수시로 달려들어서 업히고 매달려 체력의 한계를 맛보게 하는 남자아이들. 사랑스럽기는 하지만 아이들의 애정 표현 방식은 투박하고 거칠었다. 원기 왕성한 아이들과 몇 시간을 뒹굴다 집에 돌아가면 그대로 쓰러진 적도 많았다.

"근데 이상하죠? 아이들과 만나고 나면 피곤하고 힘들기도 한데, 이 아이들이 중독성이 있어요. 어디를 가나 애들 생각이 나고 아주 많이 보고 싶더라고요."

'중독성' 강한 그 아이들은 카이 선생님과 함께 한 해를 보내면서 어느새 음악에 대해 깊이 고민하고 자신이 만들어내는 화음의 기쁨을 아는 작은 음악가들로 성장해 있었다. 무대에서 가슴이 벅차오르는 긴장과 흥분을 맛보고, 청중의 박수를 받으면서 희열을 느끼고, 그래서 또 다른 꿈을 꾸는 아이들. 그렇게 무대가 주는 기쁨을 느끼며 아이들은 한 단계 성장해 나갔다.

"7월 1일 무대에 섰을 때는 코끝이 찡하더라고요. 저는 객석이 아닌 무대 뒤에서 아이들의 옆모습을 지켜봤는데, 그들의 눈빛을 훔쳐보면서 감동스러웠어요. 진지한 표정으로 용재 선생님 지휘에 열심히 맞추는 아이들이 정말 아름다워 보였고, 지난 시간이 헛되지 않았다는 생각을 했습니다."

상처를 딛고 일어서다

카이는 다문화라는 말을 좋아하지 않는다. 언젠가는 사라져야 할 단어라고 생각한다. 그 말에 이미 차별과 편견이 들어 있기 때문이다. 우리와 다르다고 규정해놓고 '저 아이들은 다문화야'라고 쉽게 단정 짓는 것이 싫다. 그가 생각하는 다문화는 '나와 우리'가 포함된 개념이어야 한다. 그것은 정말 중요한 부분이었다. 혹시라도 '다문화'라는 단어가 우리 아이들을 호기심이나 구경의 대상으로 만들지 않도록, 그들과 우리를 구분 짓는 벽이 되지 않도록 조심해야 했다.

처음에 카이는 아이들이 받은 상처와 그들이 처한 현실을 알기에 조심스러웠다. 하지만 시간이 흐를수록 자신이 틀렸음을 깨달았다. 물론 아이들이 받은 고통은 혹독했으며, 시간이 흐른다고 치유될 수 있는 것도 아니었다. 하지만 아이들은 '다문화'이기 전에 아이들이었다. 밝고 순수하고 열정적이고 음악에 대한 준비가 되어 있는 아이들. 자신과 다른 문화를 쉽게 받아들이고, 서로의 악기가 다르다는 것을 솔직하게 인정하고, 서로 배려하고 맞춰가는 아이들. 그들을 바라보면서 카이는 스스로가 변해가는 것을 느꼈다. 아이들은 서로의 '다름'을 인정함에 있어 어른들보다 성숙했으며, 이들이 바라보는 세상은 훨씬 열려 있었다.

그에게도 시련의 시간이 있었다. 대학교 3학년 때 성대 결절이 온 것이다. 전국의 유명한 의사들을 다 찾아다녔지만 다들 고개를 흔들면서 노래를 포기해야 한다고 말했다. 그는 절망했다. 그러던 어느 날, 한 의사 선생님이 해준 이야기가 그에게 새로운 희망이 되었다. 의사는 발레리나 강수진 씨의 발을 본 적이 있냐고 물었다. 유명한 축구선수들이나 마라톤선수들의 발을 본적이 있냐고도 했다. 한 분야에서 위대한 업적을 남긴 사람들은 누구나 그 흔적을 상처로 가지게 된다는 의미였다. 현악기를 연주하는 음악가들은 턱에 흉터가 있고, 손가락에는 굳은살이 박여 있다. 발레리나는 발톱이 다 망가지고 뒤틀린다.

그날부터 카이는 자신의 성대 안에 생긴 상처를 열정과 노력의 결실이라고 생각하기로 했다. 또 자랑스러워할 훈장이라고 생각하기로 했다. 그 뒤로 기적처럼 성대가 회복되었고 다시 음악을 할 수 있게 되었다.

음악에는 치유의 힘이 있다고 카이는 믿는다. 우리 아이들은 남들에게 보여줄 수 없는 상처와 흉터를 각자 다른 모양으로 가지고 있다. 그 흉터는 그들의 인생에서 사라지지 않을 수도 있고, 계속해서 그들을 괴롭힐 수도 있다. 하지만 그들의 상처는 각자의 위대함을 만들어가는 훌륭한 발판이 될 것이며, 언젠가 스스로 자부심을 느끼게 할 멋진 훈장이 될 것이다.

"저는 이 오케스트라가 굉장한 기적이라고 생각해요. 악기도 제대로 다루어본 적이 없는 아이들이, 서로 다른 문화의 아이들이 모여서 하나의 음악을 만들고 오케스트라를 이루어가는 것, 그것이야말로 가장 놀라운 기적이죠."

카이 선생님을
닮은 바울이

카이의 주변에는 늘 바울이가 있다. 다 큰 남자아이가 카이의 목에 매달려 있을 때도 있고, 그의 주변을 맴돌고 있을 때도 있고, 그의 등 뒤에서 웃고 있을 때도 있다. 어느 곳에서든 카이가 보이면 매번 달려가서 팔 벌려 안아주고, 어떤 상황에서도 환한 웃음으로 카이를 맞이해주는 아이. 그래서 카이에게는 더 특별할 수밖에 없는 아이가 바울이다.

카이 역시 그런 바울이가 당연히 예쁘고 사랑스럽지만, 한편으로 바울이를 볼 때마다 어쩔 수 없이 자신의 어린 시절을 떠올리게 된다. 뭘 해도 한 가지에 집중하지 못하고 주의가 산만했던 자신과 닮아서 더 애착이 가고, 그래서 더 쓴소리를 하게 된다는 카이.

"제가 어렸을 때 딱 바울이 같았거든요. 피아노학원도 몇 달 이상 다녀본 적이 없고, 무슨 오만가지 학원을 다 다녔어요. 제가 집중을 잘 못했거든요. 어머니가 결국 한숨을 내쉬면서 너는 서예학원을 가거나 바둑학원에 다니면서 집중하는 법부터 배워야 한다고 하셨어요. 그런 제가 아이들을 어떻게 탓하겠어요. 그런데 바울이를 보면 예전의 제 모습을 보는 것 같더라고요. 그래서 더 애착이 갔어요. 시간이 지나면서 조금씩 변해가고 성장해가는 그 아이를 보면 기대감도 생기고, 음악이 주는 기쁨을 알았으면 좋겠다는 간절한 마음도 생기고……"

6월 하순, 〈디토 페스티벌〉 '오프닝 나잇' 무대에 설 여덟 명의 아이들 중 한 명으로 뽑힌 바울이가 처음 무대에 서던 날, 카이는 무대 뒤편에서 바울이를 호되게 꾸짖었다. 음악을 연주하면서 자꾸 딴생각을 하거나 친구들과 장난치는 바울이의 모습이 안타까웠고, 음악에 대해 집중력이 부족한 것도 속상했기 때문이다. 하지만 바울이는 선생님의 마음을 알았는지 그날 무대 위에서 멋지게 비올라를 연주해냈다.

바울이는 그런 카이 선생님의 마음을 잘 알고 있다. 그래서 가끔 혼나더라도 변함없이 카이 선생님을 좋아한다. 지금도 카이 선생님을 보면 10m 밖에서부터 달려와서 허리가 휘청하도록 안긴다. 남자답게 씩씩하고 리더십도 있고 열정도 있는 바울이. 이젠 자신이 연주하고 싶은 곡의 악보를 구해서 혼자 열심히 연습도 하고, 비올라 연주가 주는 순수한 기쁨도 즐길 줄 안다. 때론 실수도 하고 잠깐 한눈을 팔기도 하지만 음악에 대한 욕심이 많은 바울이는 계속해서 성장 중에 있다.

"만약에…… 만약에…… 오케스트라가 없어진다면…… 정말 이상한 느낌일 것 같아요. 제 꿈이 없어진 것 같은 느낌. 이전에는 꿈이 없었어요. 하지만 이제 꿈이 생겼고, 그 꿈이 이루어질 수가 있으니까 열심히 하고 싶어요. 제 꿈은 비올리스트예요." - 바울

아델리아의
위기

키르기스스탄에는 바다가 없다. 3년 전 아버지의 나라 한국으로 왔을 때, 아델리아는 한국에 바다가 있어서 참 좋았다. 엄마와 아빠는 키르기스스탄에서 처음 만났고, 아델리아는 그곳에서 태어나서 자랐다. 그래서 아델리아에게 모국어는 러시아어다. 악장인 준마리와는 같은 나이로 중학생이 되었어야 하지만 사정상 초등학교 5학년 동생들과 같이 공부하고 있다.

한국에 온 지 3년째, 아직 한국어는 어렵다. 학교 수업 시간, 특히 사회시간에는 어려운 단어가 자꾸 나와서 머리가 아프다. 하지만 음악은 모든 언어를 뛰어넘어서 좋다고 생각한다. 아델리아에게 음악은 '파티' 같은 것이다. 모든 사람을 즐겁고 행복하게 만들어주는 아주 신나는 것이기 때문이다. 바이올린은 키르기스스탄에서부터 배우고 싶은 악기였지만 그때는 배울 형편이 되지 않아서 포기했다.

첫 번째 합숙 캠프, 아델리아는 심한 감기몸살에 걸려 다른 단원들이 운동장을 뛰어다닐 때 선생님과 병원에 다녀와야 했다. 너무 속상해서 눈물이 났다. 고열로 붉게 달아오른 뺨, 약기운 때문에 촉촉해진 눈망울, 힘없이 늘어진 몸. 누가 봐도 힘들어 보였다. 선생님들이 빨리 들어가서 쉬라고 했지만 아델리아는 끝까지 대강당에 앉아서 연주하는 친구들을 지켜보았다. 그 모습이 참 감동적이고 아름다워서 그 자리에 있던 모두에게 깊은 인상을 남겼다.

아델리아는 그날 캠프에서 다른 친구들이 모두 용재 오닐 선생님에게 편지를 쓸 때 자신만 편지를 쓰지 못한 것을 대단히 아쉬워했다. 그래서 용재 오닐 선생님을 위한 특별 선물을 준비했다. 종이로 접은 꽃과 빨간 카네이션 배지, 그리고 상처에 붙이는 밴드-뽀로로 캐릭터가 그려진 앙증맞은 밴드-였다. 용재 오닐 선생님이 달리기를 하다가 넘어져 피를 흘린 것이 마음 아팠던 아델리아는 앞으로 선생님이 다치지 않았으면 좋겠다는 마음으로 밴드를 샀다. 그리고 용재 오닐 선생님이 안산에 왔을 때 이 선물들을 주며 많이 부끄러워했다. 귀여운 뽀로로 밴드를 본 용재 오닐은 온 얼굴에 주름을 만들며 활짝 웃었다.

"저희가 캠프에 참여하는 동안 아델리아가 많이 아팠어요. 그때는 그녀를 잘 몰랐죠. 아델리아는 아주 열정적이에요. 아이들도 그녀를 좋아하고, 또 귀여운 모습도 가지고 있어요. 그녀는 훌륭한 제2바이올린 파트장이 될 거라고 생각합니다."

아델리아가 제2바이올린 파트장으로 선발된 후 용재 오닐이 말했다.

사실 아프지 않을 때의 아델리아는 수줍고 조용한 성격은 아니었다. 오히려 활달하고 열정이 많으며, 잘 웃고 친구들과 어울려서 수다 떠는 것도 좋아한다. 에너지가 많다 보니 힘차게 뛰어다니고, 악기도 넘어 다니고 그랬다. 그러다 은희의 첼로를 넘어뜨려 망가진 적도 있었다. 그래도 음악에 대한 욕심이 많아서 누구보다도 제2바이올린 파트장이 되고 싶어 했다. 하지만 막상 파트장 이름을 적어내라고 할 때는 자신보다 한참 어린 은아의 이름을 적어냈다. 이유를 물었다.

"은아가 어리긴 어린데요, 제 생각에는요…… 착하고 그러니까……."

"자신이 파트장이 되고 싶지는 않았어요?"

"아니요, 정말 되고 싶었어요!"

아델리아는 정색을 하면서 말했다.

"근데 왜 은아 이름을 쓴 거예요?"

"은아도 제 이름을 썼으니까요."

당연하다는 듯 아델리아가 대답했다.

비록 의리 때문에 은아의 이름을 썼지만 자신이 파트장이 되었을 때는 정말 기뻤다. 그것도 단원들의 전폭적인 지지를 받았다는 사실에 더 흐뭇했다. 당시엔 기쁨에 들떠서 리더가 된다는 것이 어떤 의미인지 잘 몰랐다. 그저 맨 앞자리에 앉을 수 있는 것이 좋았고, 사람들이 자신을 선택해 준 것에 행복했을 뿐이다. 하지만 파트장이 된다는 것이 생각보다 힘들고 참을성과 인내를 요하는 일이라는 것을 깨닫는 데 그리 긴 시간이 필요하지 않았다.

내가 뭘 잘못한 걸까?

첫 번째 위기는 하늘이의 등장이었다. 그때는 이미 아델리아를 열렬히 지지했던 여동생들의 반란이 시작되었을 무렵이다. 제2바이올린에는 유난히 어린 여자아이들이 많다. 처음엔 무조건 아델리아를 따르고 좋아하던 동생들이 시간이 지날수록 말도 안 듣고 반항하더니 어떨 때는 아예 파트장의 말을 무시하기도 했다. 게다가 나이는 어리지만 은아나 수하의 실력이 눈에 띄게 좋아지고 있는 것도 큰 부담이었다.

예상치 못한 상황에 아델리아는 난감했다. 도대체 내가 뭘 잘못한 걸까. 준마리처럼 뛰어난 음악성을 가진 것도 아니고, 평은이처럼 강력한 리더십이 있는 것도 아니고, 선욱이처럼 배려심과 자기헌신이 강하지도 않았던 아델리아에게 이 난관을 헤쳐갈 묘약은 없어 보였다. 처음에는 선물 공세로 단원들을 이끌 생각도 해 봤다. 연습을 잘하면 초콜릿을 사준다거나, 상금을 준다거나……. 하지만 현실적으로 아델리아가 감당하기엔 불가능한 아이디어였다.

그러던 어느 날, 하늘이가 오케스트라에 견학을 왔다. 중학생인 하늘이는 예전부터 선욱이, 혜라, 수하, 다니엘 등과는 안면이 있었고 바이올린을 조금 켤 줄 아는 친구였다. 카이의 추천으로 그날 오케스트라에 와서 아이들 연습하는 것도 보고, 바이올린 선생님 앞에서 간단한 연주도 해 보였다.

그즈음 제2바이올린의 단원 한 명이 집안 사정으로 오케스트라를 떠나게 됐다. 결원이 생긴 것은 확실했지만 새로운 단원을 충원할지에 대해서는 아직 결정되지 않은 상태였다. 선생님들이 걱정한 것은 새로 들어올 친구가 기존의 단원들과 잘 어울려 지낼 수 있을지, 말하자면 친화력이나 적응력 같은 것이었다. 오케스트라에서 가장 중요한 것은 하모니였다. 그것은 악기와 악기, 혹은 음악과 음악뿐 아니라 사람과 사람 사이의 화합과 조화를 의미했다.

하늘이가 왔다는 소식은 순식간에 퍼졌다. 아이들은 삼삼오오 모여서 새롭게 닥친 위기에 대해 중구난방으로 의견을 말했다. 하늘이가 온다면 당연히 제2바이올린으로 들어올 것이고, 그렇다면 '나이도 제일 많고 악기도 연주할 수 있는 하늘이가 파트장이 되는 게 아닐까'라는 추측들이 난무했다.

아델리아는 마음이 불안해졌다. 그래도 잘 참고 있었는데 평은이가 옆에 와서 위로하자 기어이 눈물이 쏟아졌다.

"용재 쌤이 네가 하고 싶어 하는 걸 잘 알고 있잖아. 그런데 너 말고 잘 알지도 못하는 언니로 파트장을 바꾸시겠니? 그렇게 하면 네가 실망할 걸 잘 아는데……. 그리고 애들도 그렇지, 오늘 처음 온 모르는 언니를 따르겠니, 너를 따르겠니? 그러니까 파트장은 바뀌지 않을 거야."

평은이의 진심 어린 위로에도 아델리아가 계속 눈물을 흘리자 멀리 있던 은희를 불렀다. 은희는 엄마가 러시아에서 오셨기 때문에 러시아어를 잘했다.

"은희야! 언니 말을 러시아어로 통역해줘!"

아델리아가 가장 이해하기 쉽고 편한 엄마나라 말, 러시아어. 평은이가 하는 말을 은희가 러시아어로 통역하기 시작했다.

"솔직히 우리는 그냥 시켜서 파트장을 했지만 아델리아는 정말 하고 싶어 했잖아. 아이들에게 꼭 뽑아달라고 적극적으로 말하고 다니기도 했고. 근데 그 자리를 뺏길까 봐 지금 무서운 거잖아. 하지만 아델, 용재 쌤이 바람둥이도 아니고, 그렇게 금방 마음 바꿔서 파트장을 바꾸지는 않을 거야."

'바람둥이'라는 비유가 황당하긴 했어도 평은이의 생각은 용재 오늘의 마음과 크게 다르지 않았다. 이 오케스트라는 음악 말고 다른 것들도 배우는 곳이었다. 음악적 완성도보다 더 중요한 것이 있었다. 괜한 소용돌이를 만들어서 아이들을 불안하게 할 필요는 없다고 생각했다. 그건 다른 선생님들도 마찬가지였다. 결국 하늘이는 다음에 기회를 주기로 하고, 제2바이올린은 아델리아가 파트장으로서 남은 단원을 잘 이끌기로 했다.

"제가 살아오면서 가장 행복했던 시간은 키르기스스탄에 살 때 밤에 전기가 나가고,
할머니와 둘이 누워서 할머니가 들려주는 옛날이야기를 들을 때였어요.
지금은 할머니가 돌아가셔서 참 슬픈데…….
시골에 갔을 때 밤하늘의 별을 봤는데 그 별들이 꼭 할머니 얼굴처럼 생긴 것 같았어요.
'고향의 봄'을 바이올린으로 연주할 때면 할머니에게 연주하는 기분이 들고,
할머니가 옆에 있는 기분이 들었어요. 정말 신기했어요.
그러니까 우리 오케스트라는 이 세상에 있는 모든 오케스트라보다 더 최고로
좋은 오케스트라예요. 뭔가 특별함이 있어요." – 아델리아

그 일이 있고 나서 얼마 안 되어 아델리아에게 두 번째 위기가 닥쳤다. 불행은 혼자 오지 않는다더니 아델리아에게는 연이은 시련이었다. 용재 오닐 선생님을 위한 깜짝 연주회를 위해 여덟 명의 단원을 선발한다고 했을 때 아델리아는 정말 뽑히고 싶었다. 누구보다 용재 오닐 선생님을 좋아하고 존경했기 때문이다. 용재 오닐 선생님이 화상통화에서 아델리아의 생일을 알고 축하해줬을 때는 매우 기뻐서 제대로 감사하다고 말도 못 했다.

그날, 카이 선생님이 최종 여덟 명을 선발하기 위해 누구든지 무대 위에서 각자의 재능과 끼를 보여달라고 했을 때, 아델리아는 창피함을 무릅쓰고 나가서 태권도 시범까지 보여주었다. 여기저기서 야유인지, 환호인지 모를 소리들이 쏟아졌지만 개의치 않았다. 어떻게 하든 선생님 눈에 들어서 그 여덟 명 안에 들고 싶었기 때문이다. 그러나 현실은 가혹했다. 제2바이올린의 파트장인 자신을 제치고 원태와 가장 어린 수하가 뽑힌 것이다. 입술을 깨물면서 눈물을 참았다. 울면 안 될 것 같았다. 얼마 후 자신을 대신해서 동생들이 멋지게 연주하던 날, 아델리아는 참았던 눈물을 쏟아냈다. 그것은 슬픔이나 절망의 눈물이 아니라 기쁨과 감격의 눈물이었다.

지금도 아델리아는 자신의 파트장 자리를 지키기 위해 고군분투하고 있다. 때로 연주 실력에서 원태나 수하에게 밀리기도 하고, 동생들이 계속 말을 안 듣고 말썽을 부릴 때면 너무 화가 나서 낡은 인형을 때리고 발로 차며 분풀이를 하기도 하지만, 그래도 자신이 파트장인 것이 자랑스럽고 계속해서 지켜나가고 싶다. 제일 앞자리에서 용재 오닐 선생님의 눈을 가까이 바라보며 바이올린을 연주하는 그 설렘과 행복함을 잃고 싶지 않기 때문이다.

선욱이
모자의
비밀

초등학교 6학년인 선욱이의 별명은 연습벌레다. 얼마나 열심히 하는지 선욱이의 작은 비올라 현은 엄청난 연습량을 견디지 못하고 몇 차례나 끊어졌다. 처음 현이 끊어졌을 때 선욱이는 정말 난감했다. 어디서 비올라 현을 구할 수 있는지 알지 못했기 때문이다. 그렇다고 다음 오케스트라 연습까지 손 놓고 기다리자니 너무 답답했다. 빨리 비올라를 연주하고 싶었다. 그래서 무작정 학교 앞 악기점으로 갔다. 바이올린이나 첼로와 달리 비올라는 드문 악기였다. 주인 아저씨는 그런 건 안 판다고 퉁명스럽게 대답했다. 그래도 선욱이는 포기하지 않았다.

다음 날에도 그다음 날에도 악기점에 가서 비올라 현이 없냐고 물었다. 아저씨는 늘 모자를 쓰고 오는, 여자아인지 남자아인지도 잘 구분이 가지 않는 선욱이에게 신경이 쓰였다. 잘은 모르지만 비올라가 그 아이에게는 이 세상에서 가장 소중한 물건인 듯했다. 결국 주인아저씨는 수소문해서 비올라 현을 구해다 놓았다. 그다음부터 선욱이는 마음 놓고 열심히 비올라를 연습할 수 있게 되었다.

처음엔 악보를 볼 줄 몰라서 고역이었다. 음정, 박자, 각종 낯선 음표들……. 도대체 뭐가 뭔지 이해하기가 어려웠다. 선욱이는 그래서 더욱 선생님들이 설명을 할 때면 귀를 쫑긋 세우고 눈을 반짝이면서 집중했다. 용재 오닐이나 카이뿐 아니라 다른 선생님들 눈에도 그런 선욱이의 모습은 단연 인상적이었다. 처음에 이름을 잘 몰랐을 때는 '그 모자 쓴 아이'였다가, 다음 엔 '눈빛이 반짝거리는 아이'로, 나중엔 '비올라를 잘 연주하는 아이'로 불리 게 되었다.

악보 보는 것을 괴로워하던 선욱이가 불과 몇 개월 만에 높은음자리도 낮 은음자리도 아닌, 비올라만의 독특한 악보, 가온음자리표 악보를 단숨에 읽 게 되자 모두들 놀라움을 금치 못했다. 모차르트 같은 천재는 아닐지 모르지 만 선욱이는 대단한 성실함과 타고난 재능으로 자신의 약점을 극복해갔다.

"선욱이의 비올라는 소리부터 달라요. 아주 아름답고 그윽하죠. 그건 가르 쳐서 될 수 있는 게 아니에요."

한 선생님이 감탄하면서 말했다.

카이 선생님의 초청을 받고 클래식 콘서트에 갔을 때도 선욱이는 눈도 깜 빡이지 않고 오케스트라 연주에 집중했다. 다른 친구들이 졸거나 떠들거나 잠에 곯아떨어졌을 때도 선욱이의 눈은 계속 빛나고 있었다. 공연이 끝나고 카이 선생님이 질문 있냐고 물었을 때 선욱이가 손을 번쩍 들었다. 평소 조 용하고 말이 없던 선욱이로서는 굉장히 적극적인 행동이었다.

"선생님, 오케스트라에서 연주할 때면 지휘자를 꼭 봐야 한다고 말씀하셨 잖아요. 그런데 우리는 악보도 봐야 하는데 어떻게 동시에 지휘자도 볼 수 있는 거죠?"

선욱이는 내내 그것이 궁금했던 모양이다.

"그러니까 악보를 전부 외워야지. 그래야 지휘자를 집중해서 볼 수 있지."

카이 선생님이 시원하게 답을 줬다.

악보를 다 외우라니 결코 쉬운 일이 아니었다. 하지만 그날부터 선욱이에게는 새로운 과제가 생겼다. 특히 파트장으로서 막중한 책임감이 느껴졌다. 자신이 먼저 지휘자와 교감하지 않고서는 비올라 파트가 다른 악기들과 조화롭게 연주할 수 없다고 생각했다. 그래서 이전보다 더 열심히 연습하고 또 연습했다.

얼마 뒤, 용재 오닐 선생님이 지휘자로서 처음 오케스트라와 맞춰 보던 날. 처음부터 끝까지 악보를 보지 않고 지휘자만 뚫어져라 쳐다보며, 눈을 맞추며 연주한 유일한 아이가 바로 선욱이었다.

인생은 정말 불공평해(Life Is So Unfair)

선욱이의 모자는 아주 유명해서 학교에서도 동네에서도 모르는 사람이 없을 정도다. 초등학교 3학년 때부터 모자를 쓰기 시작했는데 햇수로 3년째 다른 사람들 앞에서는 절대로 모자를 벗지 않는다. 그래서 선욱이는 봄·여름·가을·겨울, 정말 다양한 종류의 후드가 달린 옷을 가지고 있다. 아마도 전국에서 후드 티셔츠를 가장 많이 가진 여자아이일 것이다.

선욱이는 사람들이 자꾸만 모자에 대해 궁금해하고, 물어보는 것이 싫다. 그냥 모른 척해줬으면 좋겠다. 여자 화장실에 들어갔을 때, "어, 여기 남자 화장실 아니에요" 하는 사람도 있고, "너 남자니?" 하고 궁금해하면서 물어보는 사람도 있다. 그럴 때면 선욱이는 쿨하게 웃으면서 "아뇨, 저 여잔데요"라고 말한다.

"선욱이는 그게 버릇이 됐대요. 아마 3학년 때부턴가? 그때부터 계속 모자를 쓰고 있던데……. 그게 버릇이 됐나 봐요. 근데 저도 게임이 버릇이 돼서 고치기가 어렵잖아요. 뭐든지 버릇이 되면 고치기 어려운 것 같아요."

같은 반 친구인 원태가 선욱이의 입장을 변호하듯 말해줬다.

선욱이가 1년 365일 모자를 덮어 쓰고 자신의 얼굴을 가리고 싶어 하는 데는 분명 이유가 있을 것이다. 합숙 때 같은 방을 썼던 여자아이들 증언에 따르면 모자를 쓰지 않은 선욱이는 예쁘다. 탐스러운 긴 머리에 오목조목한 이목구비. 누가 봐도 미인이라고 했다. 그런데 그 예쁜 얼굴을 모자 속에 가리고 사람들에게 자신을 드러내기 싫어한다. 목소리도 중성적으로 낮게 말한다. 아마도 거기엔 그만 한 이유가 있을 것이다. 그래서 더 이상 묻지 않기로 했다.

모자의 비밀은 말해주지 않았지만 선욱이에게 여러 종류의 아픔이 있다는 것은 안다. 그중에는 엄마가 필리핀 사람이라서 받았던 놀림도 있다. 자신을 보고 필리핀에서 왔다고, 그래서 까맣다고 아이들이 놀릴 때마다 선욱이는 화가 났다. 아무리 거울을 봐도 다른 아이들과 크게 다르지도, 까맣지도 않았다. 오히려 자신을 놀린 남자아이가 더 까무잡잡했다. 그렇지만 그런 객관적인 판단은 소용이 없었다. 아이들은 엄마가 필리핀 사람이라는 이유만으로도 충분히 선욱이를 놀릴 수 있다고 생각하는 것 같았다. 억울했다. 아마도 그런 상처들이 선욱이가 쓰는 모자 안에 숨겨져 있을 것이다.

자신의 얘기를 잘 하지 않는 선욱이가 어느 날 용재 오닐 선생님 앞에서 울면서 가슴속 아픔을 다 털어놓았다. 숨겨두었던 가족의 이야기였다. 왜 엄마가 자신을 임신한 상태에서 집을 나올 수밖에 없었는지, 왜 필리핀으로 가야 했는지. 너무도 아프고 슬픈 이야기라서 용재 오닐은 한동안 말을 잃었다.

"인생이란 굉장히 불공평해. 선생님도 매일매일 그런 일들과 싸우면서 이겨내고 있어. 하지만 그건 절대로 네 탓이 아니야. 사람들은 태어날 때 마치 포커게임처럼 자신의 패를 가지고 태어나지. 하지만 누구나 좋은 패를 가지고 태어날 수는 없단다. 아주 안 좋은 패를 가진 사람도 있지. 선생님도 나쁜 패만 가지고 태어났고, 그래서 자존감이 굉장히 낮았어. 하지만 선생님은 항상 열심히 하고 끝까지 포기하지 않았지. 그래서 감사해. 너는 강한 아이야. 그리고 너를 사랑해주는 사람들이 있어. 무엇보다 너에게는 비올라가 있어. 다른 누구도 가지고 있지 못한 신기하고 특이한 패를 너만이 가지고 있다는 것을 잊지 말아야 해."

용재 오닐의 진심 어린 위로와 격려가 선욱이의 눈물을 그치게 해주었다.

드디어 껍질을 깨고 나오다!

자신의 아픔을 털어놓으면서 오히려 홀가분해진 걸까? 선욱이는 두 번의 캠프 이후 점점 적극적이고 활동적으로 변해갔다. 그렇게 파트장을 맡기 싫어하던 선욱이가 여러 아이들 앞에 서서 말을 하고 의견을 내고 지시를 하는 일들이 많아졌다. 학교 운동장의 스탠드에서 아이들을 여럿 모아 놓고 합주 연습을 하기도 했다. 그럴 때마다 선욱이가 지휘자 역할을 도맡았다. 악보를 통째로 외우고, 누구보다 많은 연습을 한 선욱이였기 때문에 아이들은 선욱이를 완벽한 리더로 인정했다.

몇 달 전, 첫 번째 캠프에서 자신의 악기를 정할 때 쉽사리 다가가지 못하고 수십 분 동안 언저리에서 맴돌기만 했던 선욱이를 생각하면 그것은 놀라운 변화였다. 누군가 인사를 해도 모자 속에서 고개를 움츠리고 까만 눈동자만 위로 치뜨면서 까딱하던, 그렇게 소극적이고 방어적이던 선욱이가 먼저 다가와서 밝은 얼굴로 인사를 했다.

아이들 사이에서는 선욱이의 썰렁 유머가 회자되기 시작했다. 오랜만에 만나는 용재 오닐 선생님에게도 장난을 쳤다. 악수를 하자고 선생님에게 다가가서 손을 내밀고 기다리다가 선생님이 손을 잡으려고 하면 잽싸게 손바닥을 가위 모양으로 만들면서 "가위! 내가 이겼어요!" 하고 깔깔 웃으면서 도망갔다. 선욱이의 웃음은 순수하고, 환하고, 티 없이 맑아졌다.

7월 세종문화회관 무대를 앞두고 단복을 만드는 과정에서도 선욱이의 리더십이 발휘되었다. 단복의 색깔과 디자인에서 참신한 아이디어를 가장 많이 내놨고, 탁월한 리더십으로 아이들의 다양한 의견들을 조율하고 합의점을 찾아갔다. 단 하나, 끝까지 선욱이를 괴롭혔던 것은 단복에 모자를 만들어 넣을 수 없다는 사실이었다. 그렇다고 자신만 남들과 다른 옷을 입을 수도 없었다. 다른 친구들이나 선생님도 걱정 어린 눈으로 선욱이의 고민을 지켜보았다.

7월 1일, 그날은 모두에게 잊을 수 없는 날이지만 특히 선욱이에게는 더욱 그랬다. 다른 사람들보다 한 가지 더 중요한 결정을 해야 했기 때문이다. 당일까지도 마음이 복잡했다. 일단, 단복 셔츠 안에 후드가 달린 흰색 티셔츠를 껴입었다. 최종 리허설을 할 때도, 무대 뒤에서 기다릴 때도 계속해서 모자를 덮어 쓰고 있었다.

"언니! 모자 안 벗을 거야?"

은아가 호기심에 가득 차서 물었다.

"선택은 네가 하는 거야. 모자 벗고 괜히 어색해질 것 같으면 안 해도 돼."

누군가 위로하듯 말했다.

"무대에서는 청중에게 예의를 갖추어야 해. 모자를 쓰는 것은 너를 보러 오신 분들에게 예의가 아니야."

선생님이 진지하게 조언했다.

사람들이 한 마디씩 할 때마다 선욱이의 마음은 점점 무거워졌다. 무대 뒤편에서 기다리는데 용재 오닐 선생님이 떠올랐다. '비올라'라는 최고의 선물을 안겨주신 선생님, '음악'이라는 새로운 세상을 만나게 해준 선생님, 나도 노력하면 뭐든지 할 수 있겠다는 희망을 갖도록 도와준 선생님!

마침내 무대 위에 오른 선욱이는 수천 명 앞에서 강한 조명을 받자 눈이 부셨다. 앞이 잘 보이지 않았다. 어쩌면 그것이 다행인지도 몰랐다. 선욱이는 다들 긴장하고 정신없는 와중에 조용히 손을 올려서 후드를 벗어 내렸다. 곁에 있는 친구조차 눈치채지 못할 정도로 아주아주 고요한 동작이었다. 쑥스럽고 부끄럽고 어색했지만 무대 위에 있는 동안만큼은 오랫동안 자신을 지켜주고 감싸주던 모자를 벗어버리기로 마음먹었다. 그 대신 누구보다 든든하고 마음의 위안이 되는 새로운 친구, 비올라를 굳게 잡았다.

"오케스트라는 저에게 색깔이에요. 세상에는 색이 모두 다르게 있잖아요.
색깔 중에는 좋은 색도 있고, 보기 싫은 색도 있잖아요.
하지만 그 모든 다른 색깔들이 같이 합쳐지면 뭔가 달라지면서
더 멋진 색깔이 나오잖아요. 저는 이 세상에 서로 다른 색깔들이 존재한다는
그 자체가 좋아요. 오케스트라 역시 그런 것 같아요.
서로 다른 음들이 합쳐져서 멋진 화음이 나오게 되는 거니까.
그래서 저에게 오케스트라는 색깔과도 같아요." - 선욱

한위의 안경

이제 열두 살이지만 여자아이들 중 가장 키가 크고, 순하게 생긴 한위는 처음부터 눈에 띄는 아이는 아니었다. 오디션 볼 때, 같이 왔던 문성이를 위해 중국어 통역을 해주던 착한 한위. 그러나 한위도 실은 한국말이 서툴렀다. 조선족인 아빠의 나라 한국에 온 것은 불과 1년 전. 여섯 살 되던 무렵 한국으로 일하러 가신 부모님과 헤어져서 오랫동안 중국에서 혼자 살았다. 외할머니와 살기도 하고, 네 명이나 되는 한족(중국인) 이모들이 번갈아 돌봐주기도 했지만 어떨 때는 시골에서 혼자 지내기도 했다. 곤충이나 꽃, 나무, 새소리……. 자연 친화적인 환경이라 좋기는 했지만 함께 놀 친구가 없는 외딴 시골이었다. 혼자 밥 먹고, 혼자 놀고, 혼자 자는 날들도 있었다. 한국에 와서 부모님과 함께 살게 된 것은 좋지만 말도 통하지 않고 가까이 다가오는 친구들도 없어 한위는 여전히 혼자 있는 시간이 많다.

한위는 특이하게도 귀신을 좋아한다.

"뭐? 귀신을 좋아해? 대부분은 싫어하지 않나?"

"그러니까요. 저 너무 이상하지 않아요? 저는 귀신이 좋아요. 여덟 살부터 귀신이 좋아졌어요."

한위가 말하는 '귀신'이 어떤 존재인지는 상상하기 어렵다. 하지만 한위에게 귀신은 무섭고 공포스러운 존재가 아니라 재미있고 유쾌하고 신기한 어떤 존재인 듯했다.

"진짜 귀신과 맞닥뜨리면 어떨 거 같아?"

"저는 보고 싶어요. 귀신이 어떤 성격인지 알고 싶어요."

기발하고 독창적인 대답. 시골에서 혼자 살 때부터 귀신이 좋아졌다고 하니, 어쩌면 외롭고 심심한 한위에게 그 미지의 존재는 호기심과 친근감의 대상이었는지도 모르겠다.

한위는 나를 만날 때마다 안경을 뺏어 쓴다. 내 안경을 자기 눈에 떡 걸치고는 싱긋 웃는다. 그 모습이 마냥 귀여워서 그저 장난이거나 우정표현이라고만 생각했다. 그런데 어느 날 한위가 낯선 안경을 쓰고 있었다.

"그거 누구 안경이야?"

궁금해서 물었다.

"선욱이 안경."

"왜 선욱이 안경 쓰고 있어?"

"우린 시력이 같으니까요."

선욱이와 한위는 모두 시력이 안 좋다. 양쪽 시력이 0.3 정도. 안경을 써야 하는 시력이지만 그 정도면 아직 괜찮다고 부모님께서 안경을 사주지 않으셨다. 그래서 눈이 나쁜 한위는 가끔 장난처럼 선욱이 안경을 뺏어 썼다. 선욱이는 기꺼이 자신의 안경을 빌려주었다.

며칠 뒤, 이번엔 또 다른 안경을 쓰고 있었다.

"어? 한위야, 안경 어떻게 된 거야?"

한위가 활짝 웃으면서 대답했다.

"엄마가 사줬어요."

한위는 안경을 쓰니 학교에서 공부하는 것도 악기 연습도 훨씬 잘할 수 있을 것 같다며 기뻐했다. 그러면서 덧붙였다.

"저는요, 그동안 사람들이 저처럼 안 보여도 그냥 힘들게 사는 줄 알았어요."

키가 커서 항상 맨 뒤에 앉던 한위는 다른 사람들도 자기처럼 세상이 뿌옇게 보이는 줄 알았다. 안경 없이도 그냥 그렇게 살아가야 하는 줄 알았다. 하지만 이제 예쁜 새 안경을 쓰고 전보다 더 또렷하게 세상을 보게 되고, 오케스트라에서 친구들도 많이 만들게 되었으니, 요즘이 한위에게는 그 어느 때보다 행복한 시간이다.

일본
음악 여행

　　　　　　악장 준마리, 첼로 수석 평은이, 비올라 수석 선욱이, 제2바이올린 수석 아델리아. 네 명의 파트장에게 특별한 초대장이 날아들었다. 용재 오닐의 일본 공연에 와달라는 근사한 초대였다. 아마 파트장이 되고 나서 가장 뿌듯한 순간이 바로 그때가 아니었을까 싶다.

　용재 오닐이 속한 클래식 그룹 '디토'는 일본에서 열리는 음악 페스티벌에 참가하기로 되어 있었다. 모든 아이들을 다 초대하고 싶었지만 여건상 그럴 수가 없었다. 결국 아이들을 대표해서 파트장이 일본에 가기로 결정되었고, 자신들이 경험하고 느낀 것을 그대로 기록해서 남아 있는 친구들에게 전달하기로 했다.

공항에서

　평은이가 커다란 가방을 끌고, 빨간색 크로스백을 메고 공항에 나타났다. 자신이 사랑하는 강아지 탱자와 막 이별하고 온 참이었다. 장난꾸러기 탱자가 '언니'가 없는 사이에 집 안의 휴지란 휴지는 다 물어뜯고 사고를 칠까 봐 단단히 주의를 주고 왔건만 어쩔 수 없이 걱정이 되는 눈치였다. 평은이가 끌고 온 여행용 가방은 좀 특이했다. 그 가방이 누구 거냐는 질문에 평은이는 그 가방을 '전설'이라고 불렀다.

"이 가방은 옛날부터 쓰던 거예요. 전설이 있는 가방이죠. 언제부터 있었는지 모르겠지만 참 먼 옛날부터 있었어요."

'전설'의 가방을 짐 부치는 곳에 올려놓고 평은이는 손을 들어 작별 인사를 했다.

"잘 가라. 하지만 걱정은 하지 마. 너 없이도 잘 살 수 있어."

아델리아는 들뜬 기분으로 공항까지 왔지만 일본에 갈 수 없게 되었다. 그것은 큰 충격이었다. 다들 공황 상태에 빠졌다. 아델리아가 일본에 가기 위해서는 별도의 비자 발급이 필요하다는 사실을 공항 오는 길에야 비로소 알게 된 것이다. 뜻밖에도 아델리아의 국적은 한국이 아니라 키르기스스탄이었다! 망연자실. 당연히 한국 국적이라고 생각했고, 그래서 여권 발급 여부만 확인한 것이 문제였다. 아델리아 부모님 역시 비자에 대해서는 잘 모르셨기 때문에 사전에 아무 이야기도 하지 않으셨던 것이다. 안타깝게도 키르기스스탄 국적의 아델리아는 무비자 협정체결이 되어 있지 않은 일본에 입국할 수 없었다.

"선생님, 비자는 왜 있어요?"

속상한 마음에 선욱이가 물었다.

"비자? 다른 나라에 들어갈 때 허가를 해줘야 하거든."

"허가 없이 들어가면 어떻게 돼요?"

이번엔 평은이가 물었다.

"허가 없이 들어가면 안 되지."

선생님 말이 끝나기 무섭게 평은이가 말했다.

"흠, 소위 말하는 '불법체류자'가 되는 거군요."

모두들 그 의미를 알고 있는 듯했다.

다행히 아델리아는 잘 다녀오라며 씩씩하게 인사하고 떠났다. 아델리아를 남겨두고 가는 것이 마음 아프기는 했지만 그래도 아이들은 들떠 있었다. 어릴 때 한두 번씩 엄마나라에 가본 경험들은 있었다. 하지만 잘 기억나지 않았다. 무엇보다 일본 여행은 처음이었고, 게다가 친구들끼리 비행기를 타고 가는 것은 꼭 수학여행 같아서 더 두근거렸다.

하늘에서, 길에서

하늘 위에서도, 모노레일 위에서도, 동경의 거리에서도 평은이는 눈에 보이는 모든 것들을 카메라에 담았다. 나중에 아이들에게 보여주기 위해서였다. 준마리와 선욱이는 수시로 평은이의 인터뷰에 대답해야 했다.

"와! 진짜 빛나고 있어. 반짝반짝! 바다가 모형 같아! 구름이 우리 밑에 있어! 진짜 신기해! 선욱아, 지금 기분이 어때?"

비행기가 하늘 위로 떠오르자 평은이가 카메라를 들이대면서 물었다.

"3D 같아. 신기해."

선욱이의 짧은 소감.

"완전 예쁘고, 완전 신기해."

조금 길지만 역시나 짧은 준마리 대답. 평은이는 성이 차지 않았다.

"얘들아, 우리가 얼마나 높이 떠 있냐면 구름이 밑에 있을 정도야. 잘만 하면 우리는 우주로도 갈 수 있겠다. 구름을 보면 꼭 화산에서 연기가 나오는 것 같아. 하지만 얘들아, 이것만은 꼭 알아둬. 비행기 타면 진짜 귀가 아파. 우리 모두 귀가 뜯기는 것 같은 아픔을 느꼈단다."

평은이가 직접 카메라에 대고 긴 소감을 말했다.

"이건 모노레일. 일본에는 전철이 모노레일로 되어 있단다. 지금 먹구름이 몰려온다. 오전에는 비가 왔대. 우리가 오니까 그쳤어. 얘들아, 우리가 지금 물 위에 있어. 모노레일이 물 위를 달리고 있어. 놀랍지? 이 물이 강이 아니라 바다래. 와! 여기저기 간판이 보여. 일본은 우리나라처럼 캠페인 광고가 많은 것 같아. 아, 저기 포켓몬스터 보인다. 너희들이 좋아하는 거야~"

낯설고 신기한 일본의 풍경들이 파노라마처럼 흘러가면서 평은이의 카메라에 모두 담겼다. 쉼 없이 재잘재잘 떠드는 평은이의 수다는 덤으로 함께 담겼다.

밤에는 호텔방에서 다들 '유카타'로 갈아입었다. 유카타는 일본 전통 의상인 기모노의 한 종류로 평상복이나 잠옷으로 입는 간편한 옷이었다. 조금 불편하기는 했지만 꽤 흥미로운 경험이었다. 유카타에 대한 각자의 소감들이 이어졌다.

"한복은 여러 벌 입어야 하잖아. 근데 얘는 한 벌로 심플하게."

"신기하다. 한 번만 입으면 다 입는 거."

"색다르지? 이 옷은 여름에 딱 맞는 것 같아."

셋 다 유카타로 갈아입은 다음, 아델리아에게 메시지를 전하기 위해 카메라 앞에 섰다. 평은이가 먼저 낮에 보았던 용재 오닐 선생님의 리허설 장면에 대해 설명했다.

"아델, 안녕. 여기는 일본이야. 내가 너를 위해서 아까 리허설할 때 사심이 가득 담긴 동영상을 찍었어. 선생님 얼굴을 클로즈업해서 찍어줬어. 네가 좋아하는 용재 오닐 선생님 얼굴이 진짜 크게 나와. 눈이 호강할 준비나 하렴."

"보면서 진짜 네 생각 많이 났어. 네가 이걸 봤다면 진짜 흥분해서……"

준마리의 말이 끝나기도 전에 평은이가 다시 받았다.

"쓰러졌을지도 몰라!"

"맞아! 흥분해서 얼굴이 빨개지고 말 더듬고."

"용재 선생님 보면서 '우리 선생님 완전 잘생겼지? 완전 잘생겼지?' 이럴 거야~"

아이들은 다들 아델리아의 흉내를 내면서 같이 오지 못한 미안함과 보고 싶은 마음을 달랬다. 화면에 가득 담긴 용재 오닐 선생님 덕분에 아마도 일본에 오지 못한 아델리아의 아쉬움은 한결 누그러질 터였다.

용재 선생님의 소중한 선물

동경의 한 공연장. 조금 있으면 디토의 공연이 시작될 예정이다. 연주를 앞두고 바쁜 중에도 용재 오닐은 아이들을 만나러 왔다. 아이들을 만나자 용재 오닐은 제일 먼저 아델리아에 대해 물었다. 아델리아가 오지 못한 것에 대해 아쉬워하면서 그 아이가 많이 슬퍼하지 않았을지 걱정했다. 그러고는 특별히 아델리아를 위해 쓴 편지를 준마리에게 건넸다.

이어서 용재 오닐은 동경에서 진행되고 있는 음악 페스티벌에 대해서 상세하게 설명해 주었다. 사흘 동안 무려 서른 개의 콘서트가 열리는 큰 음악 축제였다. 공연장은 커다란 콘서트홀부터 백화점 로비, 길거리, 공원 등 다양했다. 시민들은 모두 자발적으로 즐겁게, 크고 작은 콘서트에 참여했다. 용재 오닐은 한국에서도 이런 축제가 열렸으면 좋겠다고 말했다. 그리고 그가 파트장들에게 꼭 하고 싶었던 이야기가 이어졌다. 아이들도 조금은 긴장한 태도로 귀를 기울였다.

"세상에는 여러 방식을 가진 리더들이 있어. 그런데 선생님의 경우에는 내가 모범이 돼서 사람들이 따라와주기 바라는 그런 스타일의 리더야. 너희도 이제 리더가 되었으니 각자 너희만의 방식을 찾아야 해. 다들 너희가 잘해줄 거라고 믿고 뽑은 거니까 책임감을 가지고 잘해줬으면 좋겠어. 먼저 친구들에게 모범이 되어 주어야 해. 그리고 중요한 것은 서로가 서로를 믿어주는 거지. 서로에 대한 신뢰와 확신이 있을 때 우리는 잘해나갈 수 있어."

언제나처럼 따뜻하고 자상한 이야기였지만 아이들에게는 묵직하게 다가왔다. 그저 일본에 놀러 왔다는 마음으로 가볍게 들떠 있다가 새삼스럽게 왜 선생님이 이곳까지 자신들을 초대했는지, 무엇을 이야기하고 싶은지 깨닫게 된 것이다.

용재 오닐의 이야기가 끝나자 아이들은 공항에서부터 계속해서 써 온 자신들의 일지노트를 보여주었다. 통역의 설명을 들으면서 한글을 읽는 용재 오닐의 표정이 때론 뿌듯함으로, 때론 웃음을 참지 못해 변화무쌍하게 움직였다.

"비록 리허설이었지만 정말 진지했다. 바이올린, 첼로, 비올라 연주자들이 모두 열심히 해줘서 눈을 떼지 못했다. 그런데 용재 선생님의 비올라는 마치 춤을 추는 것 같아서, 마치 댄싱 공연을 보는 것 같았다.' 어? 내가 춤을 추는 것 같았어?"

그러고는 용재 오닐이 어설프게 춤을 추는 흉내를 냈다. 아이들은 모두 웃음을 터뜨렸다.

일지를 써 내려간 노트 한 페이지에는 평은이가 그린 용재 오닐의 초상화가 있었다. 용재 오닐은 그 그림을 굉장히 마음에 들어 했다. 그림이 그려진 종이를 조심스럽게 찢어내고는 평은이에게 펜을 주면서 사인을 해달라고 했다. 평은이의 사인이 적힌 초상화가 용재 오닐의 비올라케이스 안으로 들어갔다.

용재 오닐과 디토의 공연은 환상적이었다. 아이들은 넋을 놓고 공연을 감상했다. 평은이는 귀와 눈이 정말 호강했다면서 감격했다. 평소 피아니스트 지용을 좋아하던 준마리는 공연 후 직접 지용을 만나서 악수를 하게 되자 어쩔 줄 몰라 했다.

그날 밤, 아이들은 저마다 선생님에게 받은 선물을 펼쳐 놓고 벅찬 감동을 나누었다. 준마리가 용재 오닐에게 받은 것은 용재와 지용의 사인이 들어 있는 브로마이드와 일본 동전이었다. 3년 전 오사카에서 열렸던 디토의 첫 공연이 성황리에 매진되자 주최 측에서 일본의 전통이라면서 자그마한 일본 동전을 봉투에 넣어서 선물로 주었다고 한다. 그것은 선생님에게 굉장히 의미가 큰 동전이었다. 준마리에게 그것을 선물로 준 의미를 평은이가 대변인처럼 설명했다.

"준마리 언니가 나중에 커서 음악가로 데뷔했을 때 데뷔하자마자 공연이 매진되라는 의미인 것 같아요."

선욱이가 받은 것은 용재 오닐 선생님이 직접 연주한 비올라 악보와, 연습 벌레답게 줄을 잘 끊어먹는 선욱이를 위한 A현 줄이었다. 두 개 모두 선욱이에게는 평생 잊을 수 없는 귀한 선물이었다.

평은이가 받은 것은 활에 바르는 송진.

"저는요, 송진이 다 떨어질 때까지 열심히 연습하라는 의미 같은데요? 작은 상자에 보관해 두고 우리 첼로 팀이 다 같이 아껴 가면서 사용할 거예요."

불과 며칠 사이에 아이들은 부쩍 성장해 있었다.

"오케스트라에서 중요한 것은 팀워크인 것 같아요. 선생님께서 리더에도 여러 가지가 있다고 했잖아요. 오늘 디토를 보면서 그런 생각을 했어요. 제가 먼저 모범을 보여야겠다. 나만 열심히 하는 게 아니고 다른 사람이 열심히 할 수 있게 내가 몸으로 보여줘야겠다. 그런 생각이 들었어요."

선욱이가 생각이 많은 표정으로 자신의 의견을 말했다. 그리고 파트장이 되고 싶지 않았던 자신을 떠올리며 쑥스럽다는 듯 덧붙였다.

"(리더가 되는 게) 조금은 좋아지는 것 같아요."

"저는 감정이입이 중요하다는 생각이 들었어요. 그리고 첼로 파트에서 조금 못하는 아이들이 있을 때, 선생님이 만약에 신경을 못 써준다면 파트장이 나서서 도와줘야 할 것 같아요."

평소보다 진지한 표정으로 평은이가 말했다.

"저도 선욱이처럼 팀워크를 가르쳐주고 싶어요. 디토 멤버들의 호흡이 딱딱 맞는 게 정말 신기하고 놀라웠어요. 내가 먼저 열심히 하고, 다른 친구들도 열심히 할 수 있도록 가르쳐주고 이끌어주는 것, 나 혼자 하는 게 아니라 다 같이 맞추면서 연습하고 그렇게 화음을 만들어가는 것, 그게 중요한 것 같아요."

악장답게 준마리가 오케스트라의 본질에 대해 명쾌하게 설명했다.

세 명의 파트장들이 일본에서 가슴으로 느끼고, 머리로 이해하고, 몸으로 체득한 모든 것들은 오케스트라 단원 모두에게 고스란히 전달될 것이다. 그렇게 아이들은 함께 어울려서 더 멋지고 아름다운 화음을 만들어낼 것이다.

다시 찾은
준마리의
꿈

　　　　　　　스물네 명의 단원 중 유일한 중학생이자 악장인 준마리는 어릴 때부터 피아노를 좋아했다. 음악이면 다 좋았고, 클래식을 듣는 것도 좋아했다. 피아노를 계속 공부하고 싶었고, 훌륭한 피아니스트가 되고 싶었다. 하지만 초등학교 때 아버지가 돌아가신 후, 딸 셋을 혼자 키우시는 엄마에게 피아노 레슨은 버거웠다. 집안에 찾아온 경제적 어려움은 어린 소녀의 꿈을 순식간에 흔들어버렸다. 그래서 포기했다. 다시 음악을 할 수 있을 거라고는 생각도 못 했다. 그런 준마리에게 다시 음악을 할 수 있는 기회가 찾아온 것은 정말이지 뜻밖의 행운이었다.

"저는 그녀를 오디션 첫날부터 알아봤습니다. 정말 재능이 넘쳤으니까요. 그녀가 피아노를 치는데 너무도 음악적이고 모든 것이 잘 발달되어 있었습니다. 준마리는 타고난 재능이 크다고 생각했죠. 또한 타고난 리더가 될 거라고도 생각했습니다."

지난 3월, 오케스트라 단원을 뽑는 오디션에서 용재 오닐의 시선을 한눈에 잡아끌었던 준마리. 용재 오닐뿐 아니라 오디션에 참여했던 선생님들은 처음부터 준마리가 악장감이라고 생각했다. 그녀에게는 풍부한 감성과 타고난 음악적 재능이 있었다.

"음악은 감정을 잘 전달하는 것이 가장 중요하다고 생각해요. 음악에 자신의 감정이 실려야 그 음악을 듣는 사람들도 제 감정을 느낄 수 있고, 그래야 음악을 잘하는 사람이 되는 것 같아요. 용재 오닐 선생님의 연주는 듣자마자 진심이 느껴졌고 그것이 정말 좋았어요."

준마리는 음악에서 진심과 감정표현이 가장 중요하다고 생각한다.

그런 준마리에게 다문화가정의 아이들로 구성된 '안녕?! 오케스트라'는 특별할 수밖에 없었다. 왜냐하면 이 아이들은 다른 평범한 사람들이 쉽게 가질 수 없는 특별한 감성을 가지고 있기 때문이다.

"우리 오케스트라 아이들은 다른 한국 사람들과 뭔가 달라요. 모두 각자의 사연을 가지고 있죠. 살면서 이런저런 일을 겪다 보면 감정이 풍부해질 수밖에 없어요. 그래서 감정을 표현하는 것이 좀 더 깊을 것 같아요. 다른 사람들에 비해서……."

준마리가 처음에 연주하고 싶었던 악기는 비올라였다. 슬픈 음악을 좋아하는 준마리답게 높고 맑은 바이올린보다는 애절하면서도 독특한 음색을 가지고 있는 비올라가 좋았다. 만약 1지망에서 떨어지면 2지망으로는 첼로를 하고 싶었다. 그러나 오케스트라 단원 중 유일하게 1, 2지망이 모두 안 되고 바이올린을 하게 되었을 때는 크게 실망했다. 왜 자신이 바이올린을 해야 하는지 이해할 수 없었다. 역설적이게도, 그것은 준마리가 가진 뛰어난 음악적 재능 때문이었다.

사실 오케스트라의 악장은 제1바이올린 수석이 맡는 것이 전통이었다. 제1바이올린은 오케스트라에서 가장 많은 숫자로 구성되어 있으며 음악에서 주 멜로디를 연주하는 악기였기 때문에 악장은 대부분 바이올린 수석이 맡았다. 제1바이올린이 제대로 음을 이끌지 못하면 오케스트라 전체의 화음이 망가질 위험이 컸다. 선생님들은 준마리가 새로운 악기에의 도전을 충분히 해낼 거라고 믿었다. 또한 책임감이 강하기 때문에 동생들을 잘 이끌 거라고도 생각했다. 그러나 정작 준마리는 자신이 리더가 되었다는 사실이 전혀 뜻밖이었다고 말했다.

"저는 솔직히 이전에 리더 역할을 한 적이 없었고, 오히려 스스로를 무책임하다고 생각해 왔어요. 남들도 그렇게 말하고……. 그래서 앞으로 커서도 누군가를 책임지는 일은 못 할 거라고 생각했거든요. 그런 제가 악장을 맡을 줄은 정말 몰랐어요."

악장을 맡고 몇 개월이 지났다. 준마리는 제1바이올린 수석이자 악장으로서의 역할을 훌륭하게 감당해내고 있다. 믿을 수 없을 정도로 빠르게 바이올린이라는 악기를 자신의 것으로 흡수하면서 탁월한 재능을 보이고 있으며, 단원들 역시 진심으로 준마리를 인정하고 따르고 있다. 그리고 무엇보다 준마리 자신의 마음가짐이 크게 달라졌다.

"제가 오케스트라를 하면서 달라진 것은, 저도 포기하지 않고 열심히 노력하면 용재 오닐 선생님처럼 될 수 있으리라는 희망을 가지게 된 거예요. 아직 저의 미래가 어떻게 될지는 모르겠지만 제가 용재 오닐 선생님을 보면서 희망을 가지게 된 것처럼, 저도 선생님처럼 음악을 연주해서 다른 사람들이 저를 보고 희망을 갖고 포기하지 않았으면 좋겠어요."

요즘 학교 친구들이나 선생님들은 달라진 준마리를 보면서 놀랄 때가 많다. 조용하고 차분한 성격에 잠이 많아서 수업시간에 졸기도 하고, 학교 성적도 크게 뛰어나지 않아서 그렇게 눈에 띄는 학생은 아니었다. 하지만 이제 준마리가 얼마나 음악을 사랑하는지, 얼마나 뛰어난 음악적 재능을 가지고 있는지 모두 알게 되었다.

"음악은 앞으로 제 인생에서 반을 차지할 것 같아요. 아니 어쩌면 인생 그 자체가 될 수도 있을 것 같아요."

어느 날, 준마리가 고백했다. 그녀의 말을 들은 용재 오닐은 누구보다 기뻐했다. 준마리에게 이제 음악은 삶, 그 자체가 되었으며 어떤 시련이나 역경이 오더라도 결코 포기할 수 없는 꿈이 되었다. 음악을 무척 사랑한 어린 소년이 자신에게 닥쳐온 온갖 고난을 극복하고 세계적인 비올리스트가 되었던 것처럼, 일찍 꿈을 접을 뻔했던 한 어린 소녀가 이제 자신의 꿈을 향해 멈출 수 없는 도전을 시작한 것이다.

엄마의 자장가

"바이올린이 많이 늘어서 연주를 잘할 수 있게 된다면 엄마에게 어떤 곡을 들려주고 싶어요?"

오케스트라를 시작한 지 얼마 안 되었을 때, 제작진이 물었다.

"음…… 자장가?"

뜻밖의 대답이었다. 그 이유를 물었다.

"그냥 엄마가 많이 힘드시니까……."

준마리는 말을 잇지 못하고 눈물을 흘렸다.

준마리는 일곱 살까지 필리핀에서 살다가 한국으로 왔다. 엄마와 아빠는 필리핀에서 만났다. 필리핀에 살 때 준마리는 한국에 대해 궁금해서 아빠에게 자주 물었다. 아빠는 맏딸인 준마리에게 한국말로 된 숫자도 알려주고 노래도 가르쳐주었다. 그때 아빠가 처음으로 가르쳐준 한국 노래는 아리랑이었다.

그렇게 자상하던 아빠는 한국에 온 후 준마리가 초등학교 4학년 때 돌아가셨다. 낯선 나라에 남겨진 필리핀 출신 엄마와 어린 세 딸. 그들에게 닥친 삶의 무게는 만만치 않았다. 한국말이 서툰 엄마를 대신해서 여러 가지 일들을 직접 처리해야 했던 큰딸 준마리는 남들보다 일찍 성숙해질 수밖에 없었다. 오디션을 보던 날도 선생님과 부모님의 인터뷰 시간에 준마리가 통역을 해야만 했다.

"엄마 생각을 그렇게 하면서 정작 엄마와는 자주 소통하지 않는 것 같아요."

준마리의 집을 방문했던 제작진이 조심스럽게 물었다.

두 사람이 만나면 엄마는 영어로, 딸은 한국말로 대화를 했다. 각자 모국어가 다른 모녀였다. 어느 정도 서로의 말은 알아들었지만 그래도 복잡한 감정을 표현하고 상대방을 이해하기에는 넘을 수 없는 언어의 장벽이 있었다. 어려운 단어가 나오면 인터넷을 검색해서 각자 말하고 싶은 단어를 설명해야만 했다. 그러다 보니 사소한 문제에서도 다툴 때가 많았다. 아빠가 있었다면 지금보다는 나았을 것이다. 문득 아빠가 생각나고 보고 싶을 때면, 준마리는 피아노를 쳤다. 아빠가 가르쳐준 아리랑. 이젠 바이올린 연주로도 들려주고 싶은데 아빠는 너무 멀리 있다.

용재 오닐도 어릴 때부터 아버지가 계시지 않았다. 게다가 어머니는 정신적으로 어린아이와 같은 분이었다. 남들과 다른 가정환경에서 용재 오닐은 어린 나이에 마땅히 받아야 할 보살핌을 받지 못했다. 그런 힘든 삶을 이겨낸 용재 오닐이었기에 준마리나 다른 아이들이 처한 상황에 대해 마음으로부터 깊이 공감할 수 있었다.

"제게 일어났던 모든 안 좋은 과거를 지울 수 있다고 하더라도, 전 그러지 않을 겁니다. 안 지울 겁니다. 아이들이 겪은 고난을 들여다보면 모두 부정적인 것들이에요. 하지만 부정적인 일들을 긍정적인 것으로 바꿀 수 있습니다. 그게 음악이 할 수 있는 일입니다. 그것이 음악의 힘입니다."

용재 오닐의 말처럼 준마리가 겪었던 힘든 시간들은 음악을 통해 긍정적인 것으로 변화하기 시작했다. 준마리에게 '자장가'는 그동안 제대로 소통하지 못했던 엄마에게 건네는 화해의 메시지이자 위로의 노래이며 희망의 음악이다. 한국에 온 이후 한 번도 편안한 잠을 자지 못했던 고단한 엄마의 삶을 따뜻하게 어루만지는 힘찬 포옹이고 사랑의 고백이다.

엄마는 준마리가 연주하는 음악을 참 좋아한다. 바이올린을 연주하는 딸의 모습을 휴대전화로 찍어서 틈날 때마다 그 영상을 본다. 가끔은 자랑스럽고 뿌듯한 마음에 눈물이 나기도 한다. 어려운 가정형편 때문에 포기해야만 했던 딸의 꿈에 다시 날개를 달게 된 것이 기뻐 흘리는 눈물이다. 준마리가 연주하는 자장가는 엄마의 눈물을 닦아내고 지친 어깨를 다독이면서 말한다. "엄마, 사랑해요"라고……

"저는 희망이 되는 음악을 해 보고 싶어요.
아픈 사람들이거나, 아니 아픈 사람이 아니더라도
힘든 사람들에게 제 음악을 들려주고 싶어요.
제 음악을 듣고 뭔가를 느꼈으면 좋겠어요.
음악에는 일종의 긍정의 힘이 있는 것 같아요." – 준마리

미경이의 커플 반지

미경이는 용감하고 적극적인 아이다. 용재 오닐 선생님을 처음 만나던 날, 다들 낯설고 어색해하면서 선생님의 시선을 피하기만 할 때, 제일 먼저 용재 오닐 선생님에게 가서 인사를 건넸던 아이가 미경이다. 오케스트라 지원서에 "용재 오닐을 보고 싶어요"라고 썼던 아이도 미경이다. 그날 저녁 식사시간, 미경이는 영어로 계속 용재 오닐과의 대화를 시도했다. 닭고기를 집어 주는 선생님에게 "I like chicken"이라고 말하고, 용재 오닐도 치킨을 좋아한다고 하자 기뻐하면서 그 말을 아이들에게 통역해주기까지 했다. 활발하고 적극적인 미경이 덕분에 당황스러운 순간도 있었지만 용재 오닐은 많이 웃었고, 아이들에게 좀 더 쉽게 다가갈 수 있었다.

미경이는 호기심이 많은 아이다. 그런 미경이에겐, 생긴 모습은 한국 사람인데 한국말을 못하는 용재 오닐 선생님이 이상해 보였다. 그래서 선생님에게 어느 나라 사람이냐고 물었다. 선생님은 "반은 한국 사람, 반은 미국 사람"이라고 대답했다.

"미국말을 하는데 한국 사람이래요? 말이 안 돼요."

고개를 갸웃거리면서 미경이가 말했다. 열 살 미경이가 이해하기엔 참 어려운 문제였다. 반쪽 사람이라는 것도 이상했고, 한국 사람이라면서 한국말을 하지 못하는 것도 이상했다.

또 미경이의 눈에 용재 오닐 선생님은 만날 때마다 늘 비슷한 옷을 입고 있었다. 이유가 뭘까? 모두들 궁금해하면서도 차마 질문을 못 하고 있는데 미경이가 손을 번쩍 들고 물었다.

"선생님은 왜 맨날 똑같은 옷만 입으세요? 그것도 다 까만색."

아이들은 까르르 웃었고 용재 오닐은 당황했다. 미경이의 호기심을 풀어주기 위해 용재 오닐이 성심껏 답했다.

"선생님은 해외여행을 많이 하기 때문에 이만 한 크기의 가방에 모든 짐을 넣고 다녀야 해요. 옷은 몇 벌밖에 못 집어넣어요. 만약 옷 색깔이 다 다르다면 맞춰 입기가 힘들겠지? 그래서 다 검은색이야."

그날 미경이 덕분에 모든 아이들의 의문이 풀렸다.

용재 오닐 선생님에 대한 호기심은 시간이 흐르면서 호감으로 바뀌었다. 미경이는 자신의 감정을 드러내는 데 망설이거나 주저함이 없는 아이였다. 다른 사람들이 뭐라고 하든 그 시선에 주눅 들지도 않았다. 어느 날, 용재 오닐 선생님과 화상통화라는 것을 하게 되었다. 강당에 다들 모여서 연습을 하던 중, 인터넷 화면으로 선생님과 연결되었다. 준마리와 평은이가 영어로 쓴 편지를 읽었다. 그때 미경이가 벌떡 일어나더니 앞으로 나갔다. 단상에 놓여 있는 마이크를 집어 들고 자신의 모습이 컴퓨터 화면에 비치도록 이리저리 움직이더니 양쪽 다리를 굳게 벌리고 서서 외쳤다.

"선생님 들려요?"

화면 속 용재 오닐이 고개를 좋긋하면서 귀를 기울였다.

"선생님! 아이 러브 유!"

돌발적인 고백에 주변 아이들의 함성과 야유가 터져 나왔다. 미경이는 아랑곳하지 않고 다시 외쳤다.

"티처! 아이 러브 유!"

용재 오닐 선생님은 갑작스러운 사랑 고백에 부끄러워하면서도 기뻐하셨다.

몇 개월 뒤, 두 번째 합숙 캠프. 미경이가 한 손에 책을 들고 다니면서 열심히 공부했다. 영어회화 책이었다. 드디어 선생님과의 면담 시간, 미경이는 한 손에는 작은 꾸러미를, 다른 한 손에는 영어책을 들고 나타났다. 영어로 말하려다가 뜻대로 되지 않자, 행동으로 보여주기로 했다. 주머니에서 반지 한 쌍을 꺼냈다. 코끼리 모양의 귀여운 커플반지였다. 선생님 손가락에 하나 끼워드리고, 자신의 손가락에도 끼웠다. 선생님 반지가 생각보다 작아서 새끼손가락에 겨우 들어갔다. 선생님은 반지를 대단히 마음에 들어 하셨고, 미경이는 부끄러웠는지 영어 책으로 자꾸 얼굴을 가렸다. 캠프 내내 용재 오닐 선생님은 미경이가 준 커플 반지를 끼우고 다니셨다. 미경이에게 기분이 어떠냐고 물었다. 미경이가 활짝 웃으며 씩씩하게 소리쳤다.

"기분이 날아갈 것 같아요!!!"

오케스트라의
엄마,
평은이

　　　　　　　헤라는 평은이를 보면 엄마라고 부른다. 헤라뿐 아니라 첼로 파트의 다섯 명은 수시로 '가족놀이'를 즐긴다. 평은이는 엄마, 유일한 남자인 릿타는 아빠, 지애와 은희는 맏이, 헤라는 막내다. 첼로를 가르치는 선생님들도 이구동성으로 말한다.

　　"첼로는 진짜 딱 가족 같아요. 분위기가 아주 좋아요. 정말 '가족적'이에요."

　　가족의 중심은 언제나 엄마 평은이다. 첼로 파트뿐 아니라 다른 파트의 아이들까지 살갑게 보살피고 챙기는 것도 평은이의 몫이다. 연습이 끝나고 저녁 늦게 집으로 돌아갈 때면 평은이는 대여섯 명의 여자아이들을 모두 거느리고 나선다. 가까운 곳에 사는 아이부터 집에 데려다주고, 마지막에 혼자 30분을 걸어서 집으로 돌아간다. 인적도 드물고 어두컴컴한 골목길을 구불구불 걸어서 간다. 그것도 무거운 첼로를 어깨에 메고…….

　　"오케스트라는요, 균열이 생기면 안 돼요. 그러니까 친구들이랑 사이가 안 좋으면요, 그걸 악기에 감정을 담아가지고 소리가 안 좋게 나잖아요. 그럼 오케스트라 소리가 안 좋아지니까. 화음이 좋으려면 친구들과 사이가 좋아야 한다는 것을 느꼈어요."

　　평은이는 오케스트라를 시작한 지 얼마 안 되어 악기의 조화뿐 아니라 악기를 연주하는 사람들의 화합이 음악을 하는 데 있어 더 중요하다는 사실을 깨달았다. 그것은 평은이가 오케스트라에서 얻은 아주 값진 교훈이었다.

어느 날, 음악 수업이 끝나고 집으로 돌아가려던 평은이는 건물 로비에서 울고 있는 미경이를 보았다.

"미경아, 왜 울어? 엄마 안 온대? 대신 언니랑 같이 걸어가자. 언니가 불량 식품 사줄게."

평은이가 따뜻하게 말을 건네자 미경이가 더 서럽게 울면서 웅얼웅얼했다. 말과 울음이 뒤섞여서 정확하게 알아듣기는 힘들었지만 카이 선생님이 초청한 콘서트에 갈 수 없게 돼서 우는 듯했다.

"걱정 마. 이 언니가 함께 집에 가면서 불량식품도 사주고 친절하게 해줄 게. 날 믿으렴. 언니 오늘 500원 들고 왔다. 언니 이래 봬도 돈 많은 여자야."

그 말에 미경이도 눈물을 그치고 씩 웃으면서 말했다.

"난 천 원 있는데!"

동생들을 잘 챙기고 뭐든 나서서 도와주려고 하는 평은이 성격은 평소 아픈 동생을 돌보면서 생긴 버릇인지도 모른다. 네 살 터울의 동생을 생각하면 항상 마음이 안쓰럽다. 평은이가 다섯 살 때, 아빠가 교통사고로 돌아가셨다. 어릴 때지만 지금도 그날의 기억이 선명하게 떠오른다. 병원 중환자실, 침대 에 누운 아버지의 얼굴은 흰 천으로 가려져 있어서 보지 못했다. 그래도 자 신은 5년을 아빠와 같이 살아서 기억이라도 있지만 그때 동생은 불과 한 살 이었기 때문에 아빠에 대한 기억이 전혀 없어서 그것이 안타깝다.

평은이의 엄마는 지병이 있어 늘 아프다. 자주 병원에 가야 한다. 동생도 많이 아프다. 아주 어릴 때부터 아팠기 때문에 엄마의 관심은 온통 동생에게 쏠려 있을 때가 많다. 동생에게는 뭐든지 양보해야만 했다. 아픈 동생은 사고를 치거나 물건을 망가뜨려도 혼나지 않았지만 평은이는 조금만 잘못을 해도 야단을 맞았다. 초등학교 1학년 때부터 학교 갈 준비물도 직접 챙겨야 했다. 가정환경 탓에 일찍 철이 들어버린 평은이는 그게 당연하다고 생각하면서도 가끔은 섭섭할 때가 있다.

"선생님 엄마는 굉장히 아프셔서 태어날 때부터 뇌가 안 좋았고, 지적 장애를 가지게 되었어. 그래서 아들인데도 선생님이 자라면서 오히려 아빠이자 보호자 역할을 해야만 했지."

여러 가지로 힘들었던 감정이 폭발하면서 평은이가 엉엉 울던 어느 날, 용재 오닐은 평은이를 위로하면서 자신의 어린 시절 이야기를 들려주었다.

"우리 집은 경제적으로 형편이 어려웠어. 그래서 선생님이 어릴 때부터 가족을 위해 책임을 지고 부양을 해야만 했지. 기숙학교에 들어가서도 나 스스로 돈을 벌어야 했어. 평은이도 가족에 대한 책임감이 아주 클 거야. 선생님이 겪었던 것보다 더 클지도 몰라. 하지만 이걸 기억해. 너는 정말 영리하고 똑똑하며 누구보다 강한 사람이라는 것을……."

용재 오닐은 평은이가 짊어져야 하는 삶의 무게가 가슴 아팠다. 열세 살 어린 여자아이가 감당하기엔 벅찬 짐이라고 생각했다. 하지만 평은이라면 충분히 이겨낼 수 있을 거라고 믿었다.

"선생님이 자주 기억하는 글귀가 있는데 너에게도 들려주고 싶어. '그 어떤 나쁜 것이든 너를 죽이지 않는다면 그것은 너를 더욱 강하게 만들어 줄 것이다'."

그날 용재 오닐 선생님이 들려준 글귀는 평은이에게 두고두고 큰 힘이 되었다.

우산 쓰는 평은이의 첼로

평은이는 눈이 오나 비가 오나 무거운 첼로를 어깨에 메고 30분을 걸어서 오케스트라 연습에 온다. 처음 악기를 선택할 때부터 첼로의 소리가 정말 마음에 들었다.

"바이올린은 소리가 높잖아요. 근데요, 첼로는 엄청 웅장해요. 그냥 혼자 웅장해요. 그 뭐랄까, 악기 하나만으로도 오케스트라 느낌이에요."

혼자서도 외롭지 않은 웅장한 소리가 좋았던 평은이. 하지만 막상 첼로를 하다 보니 불편한 점이 한두 가지가 아니었다. 일단 덩치가 너무 크고 무거웠다. 비라도 오는 날이면 한 손에 우산을 들고, 한쪽 어깨에 첼로를 메고, 가방을 들고 걸어오는 길이 그야말로 고행이었다. 처음엔 자기 몸에 우산을 씌우고 첼로는 비를 맞게 했지만 이젠 자기 몸은 비에 다 젖더라도 첼로에 비닐 옷을 만들어 입히고 우산을 씌우고 걸어온다. 커다란 김장용 비닐로 만든, 세상에서 하나밖에 없는 옷을 입은 첼로는 어느덧 자신의 분신과도 같이 소중해졌다.

눈이 펑펑 쏟아지는 날은 더 힘들다. 행여나 눈길에 미끄러져서 첼로가 다칠세라 조심조심 걸어와야 한다. 그런 날일수록 첼로의 무게가 얼마나 무겁

게 느껴지는지 차라리 아홉 살 동생을 업고 걷는 것이 나을 것 같다는 생각
도 한다. 그래도 평은이는 그 험한 길을 마다하지 않고 기꺼이 즐겁게 매일
매일 오케스트라 연습에 온다.

덩치가 큰 첼로는 다른 악기에 비해 넘어지거나 쓰러져서 고장 나는 경우
가 많다. 혈기왕성한 아이들이 뛰어다니는 강당에서 첼로는 수시로 수난을 당
했다. 은희의 첼로에 이어서 평은이의 첼로도 심하게 망가진 적이 있었다. 은
희의 불사조 첼로는 응급실에서 대수술을 받고 기적적으로 소생했지만 평은
이의 첼로는 회복이 어려웠다. 첼로를 수리하러 온 아저씨가 말했다.

"흠…… 이건 수리비가 더 나와요. 그냥 사는 게 더 나을 것 같아요."

사망선고였다. 평은이로서는 견디기 힘든 순간이었다. 완전히 망가져버
린 첼로. 누구의 탓이든 최종 책임은 자신에게 있었다. 처음부터 선생님들은
악기에 대해 스스로 책임져야 한다고 말했다. 첫 번째 악기는 모두들 선물로
받았지만 그 이후 책임은 각자가 져야 했다. 그것이 약속이었다.

공연이 멀지 않은 시점이었고, 평은이의 첼로는 급한 대로 응급처치를 받
았지만 오래 가지 못할 것 같았다. 결국 첼로를 새로 사야만 했다. 하지만 평
은이의 엄마는 사주시겠다는 말씀을 쉬이 하지 못하셨다. 가장 저렴한 연습
용 첼로라고 해도 수십만 원에 달했고 그것은 생각지도 못했던 경제적 부담
이었다. 그날 평은이는 펑펑 울었다. 그동안 쌓였던 서러움이 북받쳐 올랐기
때문이기도 했다.

다행히 용재 오닐 선생님과 제작진의 도움으로 평은이는 다시 새 첼로를
받을 수 있게 되었다. 그리고 그 뒤로 평은이는 자신의 첼로를 제 몸처럼 아

끼게 되었다. 그러니 비 오는 날 자신 대신 첼로에게 우산을 씌우는 건 당연한 일인지도 모르겠다.

첼로가 자신의 소중한 분신이 되었다면, 오케스트라를 하면서 좋은 것은 동생과 언니가 많이 생긴 것이다. 그것도 그냥 친구가 아니라 진짜 가족 같은 느낌이 든다. 같이 모여서 합주를 하다 보면 첼로와 바이올린, 비올라가 마치 한 가족이자 친자매처럼 생각될 때가 있다.

"첼로랑 바이올린이 시끄럽게 떠들면요, 그 사이에서 비올라가 큰언니처럼 중재해주고 그러는 것 같아요. 왜냐하면 바이올린이랑 첼로 소리는 딴판이잖아요. 바이올린 소리는 무척 높고, 첼로 소리는 무척 낮으니까……. 근데 비올라는 딱 그 중간이니까 뭔가 서로 다른 소리를, 그 사이에서 하모니를 만들어주는 게 비올라인 것 같아요. 그런 면에서 선욱이가 정말 큰 역할을 하는 것 같아요."

악기를 연주하는 사람은 자신도 모르게 그 악기를 닮아간다고 한다. 용재 오닐은 자신과 비올라의 닮은 점을 이렇게 설명한 적이 있다.

"재미있는 건 악기가 연주자의 성격과 닮아 있다는 거예요. 저는 다른 사람을 돕고 지지하는 역할을 좋아하거든요. 비올라 역시 음악에서 다른 음들을 좋게 만들어주는 일을 하고 전체적인 하모니를 가져오는 역할을 하죠."

선욱이가 그런 비올라와 닮아 있다면 평은이 역시 자신이 좋아하는 첼로와 닮아 있다. 악기 하나로도 외롭지 않고 웅장한 첼로처럼 평은이는 어떤 환경에서도 기죽지 않고 당당하게 살아갈 수 있는 강인한 아름다움을 가지고 있기 때문이다.

"용재 선생님에게도 상처가 있다는 이야기를 듣고는
'흠…… 사람들은 저마다 상처가 있군' 이런 생각이 들었어요.
용재 선생님은 어렸을 때 좋지 않은 기억을 가지고 있지만
지금은 정말 좋은 삶을 살고 있잖아요. 좋은 삶을 살고 있기 때문에
정말 좋은 말들을 해주실 수 있는 것 같아요.
그러니까 과거는 그렇게 중요하지 않다는 거죠.
뭐, 저에게도 상처가 있기는 하지만 그것에 대해 깊이 생각하지 않으려고 해요.
무엇보다 첼로는 제가 힘들 때 기댈 수 있는 악기라서 참 좋아요." - 평은

베토벤의 합창,
할까? 말까?

        7월 1일 세종문화회관 공연을 한 달여 앞둔 어느 날, 그 공연의 지휘자이자 예술감독인 용재 오닐이 '안녕?! 오케스트라'의 특별 무대 참여 여부를 최종 확정 짓기 위해 한국에 왔다. 용재 오닐이 지휘자로 데뷔하는 무대이자, 대규모 오케스트라가 '디토 오디세이'라는 주제로 공연을 하는 그 무대에서 우리 오케스트라는 특별공연 형식으로 참가할 예정이었다.

이 프로젝트를 시작할 때 현악기를 전혀 연주해본 적 없는 아이들이 3개월 만에 관객 앞에서 공연할 수 있기를 희망했지만 확신을 갖지는 못했다. 그래서 7월 1일 공연을 목표로 하되 무리하게 추진하지는 않기로 했다. 무엇보다 아이들이 음악에 대해 흥미를 가지고 즐겁게 배우는 것이 중요했기 때문이다.

지난 몇 개월간 아이들은 악보 보는 법을 배웠고, 각자의 악기를 가지게 되었고, 간단한 음을 낼 수 있게 되었으며, 클래식 공연도 참관했다. 그 결과 '반짝반짝 작은 별'이라는 곡도 서툴게나마 합주할 수 있게 되었다.

최종 점검을 위해 용재 오닐 선생님 앞에서 연주하는 시간, 아이들은 평소와 달리 대단한 집중력을 보여주었다.

"힘들어?"

연주를 듣고 난 용재 오닐은 가장 먼저 힘드냐고 물었다.

"안 힘들어요~~~"

아이들이 목청껏 소리쳤다.

"힘들어 보이는데?"

용재 오닐이 장난꾸러기처럼 짓궂게 물었다.

"노! 베리베리베리 노~~~"

아이들은 엉터리 영어로 노래하듯이 대답했다.

아이들은 직감적으로 오늘 용재 오닐 선생님의 평가가 중요하다는 것을 알고 있었다. 연습에 꾀를 부리던 아이들도, 손가락이 아프다고 툴툴대던 아이들도, 줄이 끊어지도록 열심히 연습했던 아이들도 모두 모두 그 무대에 서고 싶었다. 용재 오닐이 지휘봉을 들고 아이들 앞에 섰다. 이번에는 용재 오닐의 지휘에 맞춰서 다시 모차르트의 '반짝반짝 작은 별'을 연주했다. 중간중간 용재 오닐과 호흡이 맞지 않아서 잠깐 멈췄다 가기도 했지만 그래도 끝까지 연주해냈다.

"여러분이 정말 잘해서 기분이 좋아요. 그러니까 계속 연습을 해야 해요. 지금 문제는 소리가 좋지 않은 거예요. 소리를 예쁘게 만들고 싶다면 활을 잡는 팔에 주의를 해야 해요. 왼쪽 팔은 손가락만 움직이면 되지만 오른쪽 팔은 소리를 만들죠."

용재 오닐은 활을 잡는 자세, 특히 오른팔의 어깨와 손목의 위치, 힘을 빼는 요령 등을 설명했다.

연습이 끝난 뒤, 용재 오닐은 파트장들을 불러서 회의를 했다. 7월 1일 무대에 서는 것에 대한 파트장들의 의견을 듣고 싶었기 때문이다. 용재 오닐이 없는 동안 오케스트라를 맡아 준 음악감독 김정선 선생님이 먼저 아이들에게 의견을 물었다.

"얘들아, 오늘 합주는 두 번째잖아. 그동안 개인연습을 하기는 했지만……
7월 1일 무대에서 공연하는 것이 가능할 것 같아?"

"아니요."

평은이가 냉정하게 말했다.

"그럼, 어떻게 할까. 우리 무대에 서지 말까?"

"아니요, 하긴 해야 하는데 지금 상황으로는 불가능할 것 같으니까 '스파르타'가 필요해요!"

평은이가 소리쳤다. 자신들의 지금 실력으로 불가능하다는 것은 알았다. 하지만 하고 싶었다. 그것은 평은이뿐 아니라 모든 아이들의 열망이기도 했다.

"지금 열심히 해서 7월 1일 공연에 서는 방법이 있고, 좀 더 노력을 해서 나중에 콘서트를 하는 방법이 있어. 중요한 것은 너희가 배우면서 즐거움을 느끼는 것이고, 그 어떤 것보다 그것이 가장 중요해."

용재 오닐이 달래듯이 말했다.

"저는 7월 1일에 하는 것이 좋을 것 같아요. 콘서트는 너무 부담되잖아요.
차라리 7월 1일에 먼저 하고, 콘서트는 나중에 하면 좋겠어요. 저희가 스파르타식으로 열심히 할게요!"

평은이의 굳은 다짐.

"우리가 엄~~청 열심히 해서 7월 1일에 하면 좋을 것 같아요. 지금 열심히 하면 어떻게 하든 할 수 있을 것 같은데 공연을 더 연기하면 오히려 다 잊어버릴 것 같아요."

평소 조용하던 선욱이의 당찬 대답.

"연주자로서 연주하는 것과 수천 명의 사람들 앞에서 공연하는 것은 다르거든. 조명도 나한테만 오고, 그 외에는 깜깜하고. 굉장히 긴장이 될 거야. 그래서 선생님 생각에는 연주할 프로그램을 더 만들어서 8월에 공연을 하는 것은 어떨까 싶은데……."

용재 오닐이 다시 한번 합리적인 대안을 제시했다. 그러나 아이들 마음은 이미 7월 1일 무대에 가 있었다. 선생님의 판단이 옳다는 것은 알았지만 그 무대를 향해 달려가는 마음을 멈출 수가 없었다. 평은이는 첼로 파트에서 배우는 속도가 제일 느린 혜라가 밤에 첼로를 껴안고 잘 정도로 열심이라는 이야기도 전했다.

현실적으로 불가능하다는 것을 알면서도 도전해보겠다는 열정과 모험정신, 그것은 오케스트라를 시작하고 나서 아이들이 처음으로 얻은 소중한 열매였다. 아이들은 그동안 무엇인가를 그토록 뜨겁게 갈망한 적이 없었다. 자신들이 뭔가를 해낼 수 있다는 자신감이나 확신도 별로 없었다. 하지만 그들의 마음에 한번 불길이 타오르기 시작하자 이젠 그 누구도 들불처럼 번져가는 열망을 막을 수가 없게 되었다.

또 하나의 도전, 베토벤의 합창

그로부터 일주일 뒤, 안산시 외국인주민센터 대강당. 연습을 위해 아이들이 모여 있었다. 칠판에는 낯선 악보가 그려져 있고, 오선지 옆에는 커다란 글씨로 '베토벤 교향곡 제9번'이라고 쓰여 있었다.

"여기 악보가 보이죠? 이 곡은 너희도 다 아는 멜로디야. 한번 들어보면 알 수 있을 거야. 그리고 들은 다음에 너희가 할 수 있을지 없을지 결정해야 해."

김정선 선생님이 새로운 도전과제를 내밀었다.

아이들에게 들려준 것은 베토벤 교향곡 9번 합창을 쉽게 편곡한 곡이었다. 음악을 들려준 후 선생님이 물었다.

"어때요? 할 수 있을 것 같아요? 이 곡까지 할지, 아니면 작은 별 한 곡만 할지 너희가 결정해야 해. 한 곡만 했으면 좋겠어요? 아니면 두 곡 다 했으면 좋겠어요?"

어떤 아이들은 "한 곡이요!"라고 했고, 또 어떤 아이들은 "두 곡 다요~~"라고 했다. 그때 오케스트라의 대모 평은이가 똑 부러지게 정리해서 말했다.

"한 곡은요, 저희가 얼마나 많이 연습했는지 보여줄 수가 없잖아요. 그러니까 두 곡을 하는 것이 좋을 것 같아요."

그 말에 다른 아이들도 고개를 끄덕이며 수긍했다.

"이번 토요일까지 지켜보고 나서 선생님들이 결정하려고 해요. 만약 두 곡을 모두 하고 싶다면 아주 열심히 일주일 동안 연습해서 토요일에 뭔가를 보여줘야 해. 그래야 선생님이 '하겠습니다', 아니면 '안 되겠으니 이건 뺍시다' 이런 결정을 할 거니까."

선생님의 이야기가 끝나자 아이들의 눈빛이 달라졌다. 처음 보는 악보에 맞춰서 몇 번 연주를 해 보고, 개별 연습시간이 되었다. 모든 아이들이 악보가 그려져 있는 칠판 앞으로 몰려들었다. 저마다 악보가 안 보인다고 소리 지르고, 좋은 자리를 차지하기 위해 서로 밀치면서 칠판 앞은 삽시간에 아수라장이 되었다. 겨우 자리를 차지한 아이들은 악보를 보면서 그 어느 때보다 심각한 표정으로 연습에 집중했다. 덩치 큰 첼로를 가진 친구들은 미처 자리를 잡지 못해서 발만 동동 굴렀다. 그 모습을 지켜보는 선생님들의 얼굴에는 절로 미소가 지어졌다.

"생각했던 것보다 정말 잘 따라오고 있어요. 집중력도 훨씬 많이 좋아졌고요. 이젠 스스로 연습하는 자세가 생겨서 굳이 선생님이 하라고 하지 않아도 알아서 연습해요."

바이올린을 가르치는 선생님이 흐뭇해하면서 말했다.

폭풍 같았던 개별 연습이 끝나고 다시 한번 베토벤의 합창을 연주했다. 그때 누구도 예상치 못했던 작은 기적이 일어났다. 모차르트의 작은 별을 연주하는 데 한 달 이상 걸렸던 아이들이 그보다 훨씬 어려운 베토벤의 합창을 악보를 본 지 두 시간 만에 연주해낸 것이다. 음악을 들은 선생님들도, 그 곡을 직접 연주한 아이들도 자신들의 귀에 들려오는 아름다운 화음이 신기하고 놀라웠다.

이처럼 아이들은 언제나 어른들이 예상하는 한계치를 뛰어넘었다. 난생처음 악기를 잡은 아이들이 겨우 두 달 만에 모차르트와 베토벤을 연주하게 된 것이다. 모든 음악 전문가들이 불가능하다고 했던 일이다. 아직은 서툴고 불완전한 소리지만 그들이 만들어내는 화음은 솔직하고 담백했으며 감동이 있었다.

이제 아이들은 7월 1일 세종문화회관 무대 위에 설 자격이 생겼다. 3천 명의 관객 앞에서 당당하게 연주할 수 있는 진짜 오케스트라가 되었다. 누군가 억지로 시켜서 만들어낸 결과물이 아니었다. 아이들 스스로가 자신의 노력과 열정으로 만들어낸 것이며, 정말 음악이 좋아 즐기면서 함께 연습했던 시간들이 차곡차곡 쌓여서 만들어낸 것이었다.

"정말 신기하고 기특하네요. 작은 별 하기도 바쁜데 새로운 곡이 나왔다고 짜증내고 힘들어할 줄 알았는데 오히려 더 열심히 하는 모습들이 정말 예뻐요. 뭔가 가슴속에 열의가 생긴 것 같아요."

감격한 목소리로 김정선 선생님이 말했다.

이렇게 해서, 쌀쌀하던 어느 봄날 낯선 합숙캠프에서 처음으로 클래식이라는 친구를 만났던 오케스트라 아이들은 불과 3개월 만에 세종문화회관이라는 큰 무대에서 특별공연을 하게 되었다. 그것도 모차르트와 베토벤의 유명한 곡을!

반짝반짝
작은 별

바이올린 파트의 가영이는 연주를 잘하게 되면 '반짝 반짝 작은 별'을 연주하고 싶다고 했다. 그 노래가 위대한 작곡가 모차르트의 곡인 줄은 미처 몰랐다. 어릴 때부터 동요로 익숙했던 노래.

"반짝반짝 작은 별 아름답게 비추네~"

높고 맑은 바이올린으로 그 노래를 연주하면 진짜 작은 별이 눈부시게 반짝거릴 것만 같았다.

우리 오케스트라가 처음으로 연주하게 될 곡이 '반짝반짝 작은 별'이 된 것은 일종의 운명과도 같았다. 스물네 명의 반짝이는 별이 큰 별 용재 오닐과 만나서 아름다운 음악을 만들고, 새로운 공동체를 만들게 되었으니 말이다.

용재 오닐과 카이 그리고 선생님들은 이 아이들이 얼마나 반짝반짝 빛나며 근사한지 빨리 알려주고 싶었다. 그들이 빚어내는 화음이 얼마나 아름답고 감동적인지 들려주고 싶어서 마음이 두근두근했다.

대기실 안과 밖의 풍경

드디어 그날이 왔다. 어마어마하게 커다란 무대 위에서, 그것도 무려 3천 명의 관객 앞에서 연주할 생각을 하니 다들 후들후들 떨려서 정신이 없었다.

"아~ 떨려요. 엄청 떨려요."

청심환을 먹으면서 다니엘이 말했다.

"첼로 그 다섯 개 합친 것만큼 떨려요."

형진이도 말했다. 그러더니 갑자기 배가 아프다면서 화장실로 달려갔다.

"청심환 먹어도 효과가 없는 것 같아요."

제일 나이 많은 문성이가 동그란 환약에 이어 드링크까지 마시면서 말했다.

"떨려서 죽을 것 같아요."

바울이도 곁에서 거들었다. 그때 바울이가 가장 좋아하는 카이 선생님이 들어왔다. 선생님 주변으로 아이들이 몰려들었다.

"선생님이 지난번에 무대 위에서 어떻게 해야 한다고 했지? 기억하는 사람?"

"무대에서 장난치지 말라고요!"

제일 먼저 헤라가 대답했다.

"다른 사람이 하는 음악도 잘 들으라고요~"

은아가 똘망똘망하게 말했다.

"맞아! 그런데 중요한 것은 너희가 몇 달 동안 열심히 연습한 것, 진심으로 하고 싶은 이야기를 관객들 앞에서 고백하는 거라고 했지? 그런데 지금 선생님이 보기엔 너희는 마음의 준비가 안 되어 있어. 이렇게 계속 떠들고 준비되지 않은 모습으로 있으면 너희가 연주하는 음악 속에도 그런 게 다 들어간다. 그럼, 너희 음악을 들으러 온 사람들이 실망할 거야."

카이 선생님이 진지하고 엄숙한 표정으로 말했다. 일부 아이들은 얼핏 긴장하는 표정을 지었지만 그것도 잠깐, 다시 시끄럽고 와자지껄해졌다. 떨린다고 소리 지르는 아이들을 보면서 선생님들은 과연 잘할 수 있을지 걱정이 되기 시작했다.

여자대기실. 마치 연예인들이 사용하는 분장실처럼 벽에 빙 둘러 붙어 있는 커다란 거울 앞에서 여자아이들이 단복을 입고, 옷매무새를 가다듬고, 머리를 단장하고 있었다. 선생님들은 돌아다니면서 머리도 만져주고 가볍게 화장도 해주었다.

"와~ 수하야! 너 완전 인형이다~ 수하 대박!"

평은이가 인형처럼 예쁘게 머리를 틀어 올린 채 조신하게 앉아 있는 수하를 보면서 감탄했다. 수하보다 겨우 한 살 언니인 은아와 지은이가 연신 수하의 볼을 만지면서 예쁘다고 난리였다.

"정말 귀여워~"

지은이가 말하자, "완전 내 인형이야~"라고 은아가 웃으면서 덧붙였다.

저쪽에서는 상기된 표정으로 아델리아가 자신의 머리가 선생님의 손에 의해 예쁘게 구불거리는 모습을 거울을 통해 보고 있었다. 어느샌가 쪼르르 달려온 지은이가 말했다.

"와! 아델리아 언니 예쁘다!"

곁에서 은아가 또 거들었다.

"아델리아 언니 착한 해녀 같아!"

착한 해녀라……. 어른들은 이해할 수 없는 말이지만 어쨌든 칭찬인 것 같았다. 현주는 목까지 단추를 잠그는 것이 답답하고 불편했지만 예뻐 보이기 위해 참기로 했다. 화장한 자기 얼굴이 이상하다고 고개를 갸웃거리는 가영이와 자기도 눈 화장 해달라면서 얌전히 앉아 있는 미경이까지, 대기실 안은 그야말로 난리법석이었다. 그 소란스러운 와중에도 선욱이는 조용히 한쪽 구석에 앉아 있었다.

한편, 남자대기실 앞. 제작진이 카메라를 들고 들어가려 하자 원태가 가로막았다.

"이 이상 들어오면 안 됩니다!"

"안에서 뭐하고 있어?"

"분장 중입니다."

금녀의 공간이라며 원태가 막아서는 바람에 겨우 남자 제작진만 들어갔다. 대기실 안에서는 카이가 릿타의 나비넥타이를 매주고 있었다.

"얘들아, 이걸 뭐라고 하는지 아니? 멋지게 말하면 '보타이'라고 하는 거야."

그 얘기를 듣자 아이들이 소리 질렀다.

"저도 해주세요~"

"저두요~"

남자아이들이 일제히 몰려들면서 길게 줄을 섰다. 보타이를 멋지게 맨 형진이와 다니엘, 완우는 거울 앞에 서서 성악가 흉내를 내며 장난을 치고 있었다.

큰형인 바울이와 문성이는 헤어스프레이를 뿌리면서 심각한 표정으로 머리를 매만졌다. 그 옆에서 다니엘이 부럽다는 듯이 계속 바라보고 있었다. 카이 선생님이 와서 원태의 머리도 만져주겠다고 하자, 다니엘이 냉큼 말했다.

"저도 해 볼래요!"

그 말에 모두들 큰 소리로 웃었다. 다니엘은 머리카락이 한 올도 없는 민머리였다. 다니엘도 자기 말이 웃겼는지 씨익~ 하고 웃었지만 헤어스타일링을 못 해서 못내 아쉬운 표정이었다.

그 시각, 세종문화회관 로비에는 많은 사람들이 몰려들었다. 그중에서 누구보다 떨리는 마음으로 공연장 문이 열리기를 기다리는 사람들은 바로 오케스트라 단원들의 가족이었다. 준마리의 엄마와 이모도 그곳에 있었다.

"우리 딸이 지난번 디토 콘서트에서 게스트로 서는 걸 보고 정말 행복했어요. 오늘도 많이 기대돼요."

준마리 엄마는 연신 행복하다고 말하면서 뿌듯한 표정을 지었다. 곁에서 이모가 덧붙였다.

"우리 조카가 연주하는 걸 인터넷에서 봤어요. 정말 감명 깊었어요. 제 조카가 재능이 있는 것 같아요."

두 사람은 밝게 웃으면서 공연장 안으로 들어갔다.

오늘은 일이 바빠서 도저히 올 수 없을 것 같다고 하던 다니엘의 엄마가 멀리서 급하게 뛰어왔다. 아들의 첫 번째 공연을 보고 싶어서 모든 일을 빨리 처리하고 한걸음에 달려왔다고 했다. 선욱이 엄마도 모습을 보였다. 딸이 연습벌레인지라 집에서 선욱이의 연주 소리를 많이 들었다는 엄마는 딸을 위해 계속 기도했다고 말했다. 그리고 오늘의 공연이 기대된다며 환하게 웃었다.

긴장된 분위기 속에서도 째깍째깍 시계 초침이 흘러가고, 공연시간이 가까워졌다. 로비는 점차 한산해지더니 인적이 뜸해졌고, 공연장으로 들어가는 두꺼운 문이 꽝 닫혔다.

감동의 무대

디토 오디세이의 본 공연이 끝났다. 용재 오닐이 지휘자로 데뷔한 무대는 기립박수를 받았다. 무대를 가득 메웠던 오케스트라 단원과 디토 멤버들이 썰물처럼 빠져나갔다. 무대는 암전이 되었다. 여기저기서 참았던 기침과 재채기를 하는 소리, 부스럭부스럭하는 소리, 옆 사람과 소곤거리는 소리 들이 들렸다. 드디어 핀 조명이 비추고 용재 오닐의 모습이 보였다.

"지금부터 아주 특별한 오케스트라를 소개할게요."

용재 오닐이 서툰 한국말을 시작하자 사람들이 환호성을 지르면서 박수를 쳤다. 박수소리가 잠잠해지자 용재 오닐이 종이에 써온 인사말을 읽어 내려갔다.

"3개월 전 저는 스물네 명의 아이들과 처음 만났습니다. 그때 아이들은 오케스트라가 무엇인지 처음 알았습니다. 그리고 처음 악기를 가졌습니다. 제가 아이들 앞에서 처음 연주를 했을 때, 아이들 눈빛이 반짝반짝해져서 저는 행복했습니다."

행복이라는 단어에 관객들이 크게 웃으면서 박수를 쳤다. 용재 오닐도 밝게 웃었다.

"아이들은 저를 용재 선생님이라고 부릅니다. 하지만……"

갑자기 용재 오닐이 말을 멈췄다. 감정이 북받치면서 울컥한 것 같았다. 잠시 후 말이 이어졌지만 울음을 삼키느라고 목소리가 가늘게 떨려 나왔다.

"……하지만 제가 아이들에게 더 많이 배웠습니다. 오늘 아이들은 처음으로 관객 앞에서 연주를 합니다. 여러분이 우리 오케스트라의 첫 관객입니다. 여러분, 아이들의 무대를 지켜봐 주세요."

우레와 같은 박수가 세종문화회관 대강당의 큰 공간을 가득 메우면서 메아리쳤다. 다시 암전. 지난 3개월간 우리 아이들의 성장 모습을 담은 영상이 대형 스크린으로 소개되었다. 어색한 첫 만남부터 재미있고 힘들고 치열했던 연습의 시간들까지, 이른 봄에서 초여름까지의 기록. 그사이 아이들이 조용히 들어와서 무대 위에 앉았다. 커다란 무대에 비하면 턱없이 작고 작은 아이들이었다. 객석에 앉아 있는 가족들이나 친구들은 심장이 벌렁거려서 몇 번이나 심호흡을 해야 했다.

드디어 '안녕?! 오케스트라'의 첫 번째 무대, 첫 번째 곡이 시작되었다. 모차르트의 '반짝반짝 작은 별'. 길지 않은 3분짜리 곡이었지만 그들을 가르친 선생님들에게는 40분짜리 교향곡처럼 길게 느껴졌다. 조마조마한 마음으로 지켜보는데 어느 순간 콧날이 시큰해지더니 목울대가 아파 오고 눈물이 흐르기 시작했다. 준마리 엄마도 눈물이 흘러내려서 연신 손등으로 눈가를 훔쳤다. 선욱이 엄마는 두 손을 모으고 간절히 기도하는 심정으로 지켜봤다. 지애의 엄마, 혜라와 수하의 언니, 릿타 부모님, 원태 할머니, 다니엘의 엄마, 모두들 감격에 찬 표정으로 무대를 지켜보았다. 아이들을 모르는 관객들도 흘러내리는 눈물을 닦기 위해 휴지를 꺼내 들었다.

가끔씩 틀리기도 하고, 잠깐씩 불협화음도 있었지만 그 모든 것을 뛰어넘는, 뭐라고 말로는 표현하기 힘든 감동이 몰아쳤다. 그것은 음악의 완성도나 오케스트라의 전문성과는 관계없는 것이었다. 사람의 마음을 움직인 것은 아이들의 진심과 열정, 그리고 음악 자체가 가지고 있는 강력한 힘이었다. 아이들의 표정은 불과 30분 전 대기실에서 보던 그 표정이 아니었다. 산만하고 어수선하고 떨린다고 소리 지르던 철부지 아이들은 다 어디로 가버린 걸까. 무대에서 모차르트와 진지하게 만나고 있는 아이들은 어엿한 오케스트라 단원이었고 놀랄 정도의 집중력을 가지고 음악에 몰두하는 음악가들이었다.

첫 곡이 끝나고 박수가 휘몰아쳤다. 나중에 릿타는 그 박수소리가 계속해서 귓속을 울렸다고 했다. 왜 이리 사람이 많은지 진짜 깜짝 놀랐다고 했다. 다시 한번 그 박수소리를 들어보고 싶다고 했다. 릿타뿐 아니라 오케스트라의 모든 아이들은 자신들이 연주한 곡에 대한 관객의 호응과 박수에 깜짝 놀랐고, 그 순간 짜릿함을 경험했다. 그것은 힘든 연습기간을 이겨낸 아이들이 받아 마땅한 행복한 순간이었다. 용재 오닐은 양손의 엄지손가락을 치켜들면서 자신의 어린 제자들에게 경의를 표했다.

무대가 환해지면서 디토의 멤버들이 합세했다. 멘토 선생님들도 모두 들어왔다. 무대가 꽉 찬 느낌이 들었다. 베토벤 교향곡 9번 합창은 그 웅장함과 화려함으로 또 다른 감동을 자아냈다. 세계적으로 이미 기량을 인정받은 최고의 연주자들과 이제 막 돋아나는 어린 새싹과 같은 아이들이 어깨를 나란히 하고 앉아서 근사한 화음을 만들어내는 광경은 그 어떤 공연보다 아름다웠다. 그들의 선생님이자 지휘자인 용재 오닐은 그 감격을 주체하지 못하고 계속 눈물을 흘리면서 지휘를 해야만 했다.

공연이 끝나고 난 후

"지금까지도 떨리네요. 너무 좋았어요. 감사합니다. 정말 감사합니다."

지애 엄마가 떨리는 목소리로 말했다.

"Thank you so much, 고맙습니다. 고맙습니다."

릿타 아빠가 영어와 한국어를 섞어 쓰면서 감격에 차서 말했다.

"정말…… 정말 좋았어요. 사실은…… 울었어요."

서툰 한국말로 다니엘의 엄마가 말하며 다시 눈물을 보였다.

"완전 감동적이어서 눈물이 주룩주룩 흘렀어요."

형진이 엄마도 그렁그렁한 눈으로 기뻐했다.

원태 할머니는 계속 눈물을 흘리느라고 말을 잘 잇지 못했다.

"이렇게…… 여기에 와서 여러분이 배려하셔서 공연도 하고…… 너무…… 너무 기뻐요."

가족들이 대기실 안으로 들어가자 아이들이 저마다 달려와 안기면서 울었다.

"우리 딸 잘했는데 왜 울어? 우리 큰딸도 잘하고, 우리 막내도 잘하고."

현주와 현미의 엄마가 두 딸을 끌어안으면서 토닥거렸다. 준마리 엄마는 들어오자마자 아무 말도 없이 그냥 준마리를 꼬옥 안고는 하염없이 눈물만 흘렸다.

한쪽 구석에서는 그동안 헌신적으로 아이들을 가르쳐 온 멘토 선생님들이 눈물을 흘리거나 감격한 얼굴로 서 있었다. 미경이가 울고 있는 선생님 곁으로 다가가서 어깨를 감싸며 달래주었다.

"왜 이렇게 우세요?"

"고마워가지고요……. 애들이 너무 잘해줘서. 잘해낼 줄 믿고는 있었지만 그래도 이렇게 잘해준 것이 너무 고마워서요."

멘토 중 가장 나이 어린 천현지 선생님이 울먹이면서 말했다. 다른 선생님들 말에 따르면 천현지 선생님은 아이들이 무대 위로 나가는 순간부터 울기 시작하더니 무대가 끝날 때까지 계속 울었다고 했다.

"솔직히 리허설 때는 살짝 걱정이 됐는데 막상 연주 때 애들이 너무 잘하는 거예요. 무대 뒤에서 보고 있는데 진짜 아이들이 너무 자랑스럽고, 또 함께할 수 있어서 좋았던 것 같아요."

비올라를 가르쳐 온 최은선 선생님이 감격한 표정으로 말했다.

"애들이 3개월 만에 정말 많은 변화가 있었잖아요. 그리고 이번 무대를 통해서 한 뼘 더 자랐잖아요. 그게 정말 감동이에요."

바이올린의 원은영 선생님이 이번 무대의 또 다른 의미에 대해 설명했다.

그날은 선욱이도 아델리아도 현주도 한위도, 또 카이와 용재 오닐도 많은 눈물을 흘렸다.

"이게 음악의 힘인 것 같아요. 마음을 움직이는, 어떤 말로도 설명할 수 없는 그런 마음들이 얽히고설켜서 감동을 불러내는 것 같아요. 아마 관객들도 많이 감동하지 않았을까 생각합니다."

카이의 목소리가 촉촉하게 젖어 들었다.

용재 오닐이 대기실로 들어오자 아이들이 힘차게 박수를 치며 함성을 질렀다.

"얘들아~ 오늘 공연 어땠어? 용재 오닐 선생님 멋있었지?"

카이가 아이들에게 물었다.

"네!! 좋았어요!!!"

아이들이 떠나갈 듯 소리를 질렀다.

"얼마나 멋있었는지 말씀드려."

"하늘만큼 땅만큼요!!!!"

아이들의 외침이 끝나기 전에 평은이가 잽싸게 덧붙였다.

"우주를 뚫고 나갈 만큼요~~"

모두들 "와~~" 하고 함성과 웃음을 터뜨렸다.

"I'm so proud of you…….. 나는 너희가 정말 자랑스러워."

용재 오닐이 뿌듯한 얼굴로 아이들에게 말했다. 그러고는 두 팔을 머리 위로 올려서 커다란 하트를 그렸다. 아이들 한 명 한 명을 따뜻하게 안아주던 용재 오닐의 뺨 위로 계속 눈물이 흘러내렸다.

"이건 기쁨의 눈물이에요. 해피 눈물……."

울며 웃으면서 용재 오닐이 말했다.

그렇게 해서 무모했던 3개월의 도전은 누구도 상상하지 못했던 멋진 열매를 맺으면서 대단원의 막을 내렸다. 하지만 그것은 또 다른 도전을 위한 시작에 불과했다. 그날 아이들이 느꼈던 흥분과 기쁨, 뿌듯함과 감격스러움, 또 성취감과 짜릿함은 음악이 줄 수 있는 최고의 선물이었고, 더 큰 꿈을 꾸게 만드는 원동력이 되었다. 이제 아이들 앞에는 연말 단독 콘서트라는 더 크고 어려운 과제가 기다리고 있었다.

첫 번째 무대가 끝나고,
아이들은 무슨 말을 했을까?

"우리들이 이렇게 빠른 시간에 연주를 잘할 줄은 몰랐어요. 근데 너무 잘해서 놀랐고 감동받았어요."
– 현주

"저는 2년이 지나면 다시 태국으로 가야 해요. 그러면 오케스트라를 그만해야 돼요. 그 생각만 하면 늘 퍼요. – 릿타

"앞으로도 오케스트라를 매일매일 했으면 좋겠어요. 그래야 친구도 많이 만나고 연습 실력도 많이 느니까요." – 완우

"연주 끝나고 서로 잘했다고 해주고, 함께 울고, 그러면서 서로가 많이 알아가고 더 친해지고 그랬던 것 같아요." – 준마리

"공연이 끝나니까 사람들이 많이 박수쳐줬어요. 우리가 틀렸는데도 박수쳐줬어요. 그래서 기뻤어요. 하지만 다리가 후들후들 거렸어요." – 누리

"무대에 딱 들어갔을 때요. 어두워서 아무것도 안 보였어요. 그리고 굉장히 조용했어요. 그게 참 좋았어요. 공연이 끝나고는 뿌듯하고 압박감이 없어져서 좋았어요." – 선욱

"대기실에서요, 평은이 언니처럼 첼로가 망가지면 어떻게 하지? 튜닝하다가 줄이 끊어지면 어떻게 하지? 그런 생각 자꾸자꾸 나서 걱정했어요. 근데 무대 위에 서니까 그런 생각이 다 없어졌어요." - 혜라

"무대 위에서 다들 앉는데 저만 엉하니 서 있었던 것이 제일 기억에 남아요. 그때 갑자기 머릿속에 생각이 없어져버렸어요." - 가영

"제가 원래 하나를 끝까지 하는 그런 게 잘 없었거든요. 이렇게 연지게 성공해 본 적이 없어서…… 그래서 정말 행복했어요." - 형진

"용재 선생님이 계속 틀려도 괜찮다고 그랬는데요. 틀려서 운게 아니고요. 그냥 저희 오케스트라에 감동받아서 울었어요." - 아델리아

"용재 선생님 지휘하는 게 정말 재미있었어요." - 미경

"앞으로 오케스트라 엄청 커졌으면 좋겠어요. 다른 악기도 많이 들어오고, 그렇게 해서 더 큰 오케스트라로 무대에 서고 싶어요." - 평은

"할머니 오실까? 할머니 아파서 못 오실까? 이렇게 걱정을 했는데 다행히 오셔서, 무사히 마쳐서 저도 그 긴장이 풀리고 참 좋았어요. 그리고 공연이 끝나고 나니까 용기가 점점 높아진 것 같아요. 이젠 친구도 좀 더 많이 사귈 수 있을 것 같아요." - 원태

멘토와 선생님들, 감춰진 '진짜 영웅'의 이야기

"이 프로젝트 뒤의 진짜 영웅은 이 선생님들입니다. 가장 많은 영예를 받을 자격이 있는 분들이죠."

용재 오닐은 제작진과의 인터뷰에서 아이들에게 직접 악기를 가르친 선생님들에게 최고의 찬사와 진심 어린 감사를 전했다. 또한 그분들이 계시지 않았다면 이 오케스트라는 불가능했을 거라고 했다.

아이들이 처음으로 자신의 악기를 쥐었을 때, 지판 위에 음계를 알려주는 스티커를 붙여주고, 왼손을 어디에 놓아야 하는지, 활은 어떻게 잡아야 하는지 직접 가르쳐준 선생님들이 있다. 그들은 가장 많은 시간을 아이들과 부딪치면서 가장 가까이에서 아이들을 지켜보았다. 그들은 연예인도 아니고, 유명인도 아니다. 그 어떤 대가도 바라지도 않으며, 아이들의 성장을 누구보다 대견해하고 자랑스러워한다. 가장 순수한 마음으로 지난 1년간 자신의 시간과 재능을 헌신해 온 그들은 바로 재능기부 선생님들이다.

갓 대학교에 입학한 어린 선생님부터 아이들 또래의 자녀를 둔 나이 많은 선생님까지, 자신을 드러내진 않지만 아이들의 음악 속에서, 아이들의 삶 속에서 누구보다 눈부시게 빛났다. 무대 뒤편에서 늘 조마조마하게 아이들의 연주를 지켜보며, 때로는 직접 무대 위에서 아이들과 함께 연주를 했던 선생님들 한 분 한 분 모두 찬사를 받아 마땅한 위대한 선생님들이다.

총음악감독인 김정선 선생님. 한국문화예술교육진흥원 '꿈의 오케스트라'의 수석강사이며 세쌍둥이를 포함해서 네 명의 자녀를 지방에 남겨두고 안산에 와서 새로 만난 스물네 명의 아이들을 위해 헌신한 선생님이다.

"아이들이 자기들의 수준보다 조금 높은 숙제를 주었을 때 더 열심히 하는 모습을 보면서 저 스스로 많은 것들을 깨달았어요. 아이들이 수준이 낮다고, 어른들의 생각으로 '이건 안 될 거야' 하고 지레짐작 포기하는 것이 좋은 게 아니라는 생각이 들었죠."

김 선생님은 힘든 과정이었는데 아이들이 잘 따라와줘서 정말 고마웠다고 아이들에게 애정을 표했다.

바이올린의 원은영 선생님은 오래전부터 멘토링에 관심이 있었고, 안산 글로벌아동센터를 통해 이 프로젝트에 참여하게 되었다.

"재능도 있고 관심은 있지만 기회가 닿지 않았던 아이들에게 평생 즐거운 음악을 알아갈 수 있는 기회를 주면 좋지 않을까 하는 마음에서 시작했어요. 우리 아이들이 음악을 배우거나 들을 때 반짝반짝 빛나는 모습이 참 좋아요. 그리고 저에게 다가와서 꼭 안기고 해맑게 웃어주고 그런 모습들이 순수하고 예뻐요."

대학교에 갓 입학해서 모든 것들이 재미있고 신날 때 학교 MT 가는 것보다 아이들을 만나러 오는 것이 더 좋았다는 천현지 선생님. 7월 1일 무대 뒤에서 가장 많은 눈물을 흘렸던 선생님이기도 하다. 천 선생님과 어릴 때부터 친구이자 음악을 같이한 동료로 이 프로젝트에 함께 참여한 권희진·강정은 선생님, 늘 엄마와 같은 미소로 따뜻하게 안아주고 감싸주는 양옥경 선생님, 모든 수업과 연습에 빠지지 않고 참여하고 때론 아이들을 직접 집까지 바래다주기도 하는 자상한 김다솜 선생님, 그리고 조금 늦게 합류한 이혜숙 선생님까지. 이분들을 통해 아이들은 바이올린이라는 새로운 친구를 만났다.

처음 시작부터 오케스트라와 함께한 비올라의 최은선 선생님. 사실 최은선 선생님은 바이올린 전공이지만 초기에 비올라 선생님을 구하지 못해서 아이들에게 비올라를 가르쳤다. 음악을 할 때 가장 행복하다는 선생님은 우리 아이들을 보면서 더 많은 것들을 배웠다고 말한다.

"한 친구가 한국말이 서툴러서 말을 잘 못해요. 그런데 다른 친구가 한국말로 대화할 수 있도록 도와주는 거예요. 또 수업 중에 소리를 잘 못 내고 처지는 친구가 있는데 다른 친구가 옆에서 같이 할 수 있도록 리드하면 그 친구는 따라가고. 이런 것들이 음악을 통한 소통이라고 저는 생각해요. 아이들의 음악을 들으시면 그들이 서로 협력해서 하나의 하모니를 만드는 모습에 다들 감동을 받으실 것 같아요."

여름 이후 합류한 강예지 선생님과 강아지같이 맑은 눈망울로 '브라우니'라는 별명을 가진 김보경 선생님까지 해서 이젠 비올라를 전공한 선생님 두 분이 본격적으로 아이들을 맡아 가르친다.

첼로를 가르치는 박희경 선생님은 늘 웃는 얼굴로 아이들을 따뜻하게 가르친다. 조금 더딘 혜라나 은희도 첼로라는 악기처럼 안정적이고 듬직한 희경 선생님 도움으로 한 단계 성장할 수 있었다.

"저는 이 아이들이 오케스트라를 하면서 스스로에 대해, 그리고 이 오케스트라에 대해 자부심을 가졌으면 좋겠어요. 그리고 소속감이 생겨서 더 다양한 경험을 하고, 어른이 되었을 때 내가 '안녕?! 오케스트라를 하면서 이런 좋은 추억이 있었지'라고 기억할 수 있으면 좋겠어요. 비록 아이들이 전문 연주자가 되지 않더라도 그렇게 음악과 같이 호흡하면서 지낼 수 있는 그런 인생이 되면 참 좋을 것 같아요."

오케스트라를 또 하나의 가족으로 생각하고 인생의 새로운 기쁨을 만난 아이들. 박희경 선생님의 예쁜 소망은 이미 이루어지고 있는 듯하다.

선생님들 중 유일한 남자로 첼로를 가르치는 최학준 선생님은 남자아이들에게 형같이 든든하고 믿음직한 선생님이다. 겉보기에 많이 닮지는 않았지만 최은선 선생님과 쌍둥이 남매이다.

뒤늦게 겨울부터 합류한 첼로의 김성희 선생님은 수능을 막 마친 고등학교 3학년이었는데 우리 다큐멘터리를 시청하고 나서 시청자게시판에 글을 올렸다. 이번에 수능을 보았는데 전공자는 아니지만 어릴 때부터 첼로를 배웠고, 부모님과 함께 외국인 이주노동자를 위한 봉사활동을 한 적도 있어서 우리 오케스트라 아이들에게 작지만 자신의 힘을 보태고 싶다고 했다. 아주 착한 마음을 가진 어린 선생님, 김성희 선생님은 점차 아이들과 친해지는 중이다.

또 한 분, 시끄럽고 정신없고 통제가 되지 않는 아이들을 한순간에 조용하게 만드는 능력을 가진 선생님이 있다. 그분은 바로 김은경 선생님. 김은

경 선생님은 안산 위 스타트 글로벌아동센터에서 사회복지사로 일하면서 다
문화가정의 아이들을 돌보아 왔고, 이번에 오케스트라를 관리하는 번거로운
일을 기쁘게 담당해주었다. 매일매일 빠짐없이 와서 연습에 참여하면서도
지루해하거나 짜증내는 법이 없는 아이들을 보면서 감동을 받았다는 선생
님. 귀에 질리도록 '작은 별' 연습을 한 어느 날, 이젠 지겨워서 듣기도 싫을
법한데, 하늘에 별이 총총 떠 있는 그 밤에 몇 명이 어울려 집으로 가면서 허
밍으로 화음을 맞추며 즐겁게 '작은 별'을 부르는 모습이 참으로 인상적이었
다고 회상한다.

"처음 합숙캠프에서 용재 오닐 선생님이 아이들 마음에 작은 씨앗을 뿌려
두고 간 것 같아요. 근데 그게 계속 자라는 거예요. 비록 용재 선생님을 자주
만나지는 못하지만, 음악이, 그리고 자신의 재능을 나눠 주신 멘토 선생님들
이 물을 주고 햇빛을 주고 하면서 그 씨앗이 계속 커가는 것 같아요."

김은경 선생님 말처럼, 무한한 가능성을 품고 있지만 당시 아무것도 아니
었던 작은 씨앗들이 여러 선생님들의 헌신과 사랑과 교육에 의해 각자 고유
한 색깔과 향기를 가진 꽃을 피웠고 아름다운 열매를 맺을 수 있었다.

선생님, 감사합니다.

3악장

작은 별들의
소리 여행

"도시에는 없는데 이곳에만 있는 소리가 있어요.
바람소리, 물소리, 나뭇잎 흔드는 소리, 또 나뭇잎이 떨어지는 소리,
과일 떨어지는 소리, 그런 거. 그리고 자연에도 박자가 있어요.
물소리는 제가 들어서 세어 봤는데 네 박자 같아요.
바람이 나뭇잎에 붙어서 나는 소리는 세 박자."

러브레터

용재 선생님, 잘 지내시죠?
지금은 어디에 계세요?
선생님을 못 본 지 벌써 한 달이나 됐네요.
지금 뉴욕에 계신가요? LA에 계신가요?
우리는 안산에서 열심히 연습하고 있어요.

용재 선생님을 처음 봤을 땐
그렇게 유명한 사람인지 미처 몰랐어요.
선생님이 연주한다는 비올라가 뭔지도 잘 몰랐고요.
선생님이 공연을 자주 하신다는 뉴욕에 꼭 한번 가보고 싶어요.
언젠가 저도 그런 무대에서 연주할 수 있는 날이 올까요?
아직은 상상이 잘 안 돼요.

우린 지금 선생님이 연주하신 음악을 듣고 있어요.
아델리아와 평은이는 여전히 옆에서 떠들고 있고요.
선생님, 언제 한국에 돌아오시나요?
다들 보고 싶어 해요.
선생님을 알게 된 지 벌써 일 년이 되어 가네요.

사실 선생님을 처음 봤을 땐 조금 이상한 사람처럼 보였어요.
선생님은 우리가 어땠는지 궁금해요.

악기를 만져본 적도 없는 우리들이
처음 오케스트라라는 것을 시작했을 때만 해도
이렇게 음악이 재미있어질 줄은 몰랐어요.
평소엔 그렇게 게임만 하던 아이들이
선생님이 지휘봉만 집어 들면
공부 잘하는 애들처럼 집중하는 것도 신기했어요.

처음 무대에 섰던 그날만 생각하면
아직도 가슴이 두근거려요.
그렇게 많은 사람들 앞에서 공연하게 될 줄은 정말 몰랐거든요.
또 그렇게 큰 박수를 받아본 것도 태어나서 처음이었어요.
모두들 다시 한번 무대 위에 오르고 싶대요.
그런 날이 또 올 수 있을까요?

선생님. 보고 싶어요.
빨리 한국에 돌아오세요.

– 〈안녕?! 오케스트라 네버 엔딩 스토리〉 中 준마리의 편지

용재 선생님이 띄우는 편지

너희를 처음 만났을 때 첫인상이 어땠냐고?
너희를 처음 만났을 때는 솔직히 말하면 정말 정신이 없었단다.
어떤 아이들은 악보도 전혀 읽을 줄 몰랐고, 행동이 과격할 때도 있었지.
음악에 집중하지 못하고 여기저기 뛰어다니기도 했고.

처음엔 아이들이 나를 싫어하는 것 같아서 걱정을 많이 했어.
나를 '몽키 티처'라고 불러대고 모두가 여기저기서 소리를 질러댔으니까.
그런 아이들을 어떻게 끌고 가야 할지 정말 막막하기만 했단다.

하지만 선생님의 걱정과 달리 너희가 먼저 변하기 시작했지.
오랜 연습을 통해서 음악의 즐거움이 생기고,
너희가 그 뜻을 이해하기 시작한 거야.
음악이 너희 삶의 다른 부분까지 긍정적으로 퍼져나가는 것을 보면서
선생님은 얼마나 기뻤는지 몰라.

사실 이 프로젝트를 처음 시작할 때만 해도
너희가 3천 명이나 되는 관객들 앞에서
그렇게 멋진 연주를 할 수 있을 거라고는 상상도 못 했단다.
공연이 끝나고 내가 울었던 건,

무대 위에서 너희의 모습이 너무 아름다웠고,
끝까지 공연을 성공적으로 마친 너희가 자랑스러웠기 때문이야.
정말 행복해서 흘린 눈물이었지.

첫 번째 도전을 훌륭하게 마쳤으니
이젠 다음 도전을 준비해야 할 때인 것 같아.
다들 보고 싶구나.
곧 너희를 만나러 갈게.

– 뉴욕에서 용재 선생님이

아이들이 받은 첫 번째 팬레터!

7월의 콘서트가 끝나고 더운 여름을 지나 본격적인 가을로 접어들 무렵, 오케스트라 이야기가 방송을 통해 나가면서 아이들은 처음으로 누군가에게 주목의 대상이 되는 색다른 경험을 했다. 그것은 부끄럽기도 하고 다소 민망하기도 했지만 한편으로는 짜릿하게 흥분되며 가슴 뿌듯한 일이기도 했다. 오케스트라의 막내 수하는 마트에 갔다가 자신을 알아보는 아주머니를 만났다면서 자랑했고, 릿타는 TV 화면에 잘생기게 나왔다는 칭찬을 들었다며 쑥스럽게 웃었다.

첫 번째 무대의 흥분을 가라앉히고 다음 공연을 위해 열심히 연습에 몰두

하던 어느 날, 아이들 앞으로 커다란 소포가 배달되어 왔다. 종이박스를 열자 스물네 개의 알록달록한 예쁜 봉투에는 아이들의 이름이 하나하나 쓰여있고, 2m에 이르는 기다란 색지 안에는 여든한 명의 팬들이 쓴 응원의 메시지가 들어 있었다. 그것은 아이들의 콘서트를 보고 감동을 받은 한 여학생이 몇 달에 걸친 작업 끝에 만든 팬레터였다.

7월의 무대를 보고 큰 감동을 받은 여고생 숙현이는 오케스트라 단원 모두에게 한 장 한 장 정성이 깃든 편지를 쓰기로 결심했다. 또한 그녀는 자신의 학교 친구들과 선생님에게 도움을 요청하여 무려 여든한 명으로부터 응원의 메시지를 받았다. 그렇게 해서 많은 사람들의 노력과 사랑이 담긴, 엄청나게 크고 세상에서 가장 아름다운 팬레터가 완성된 것이다.

"안녕, 얘들아. 너희는 나를 모르겠지만 난 너희를 안단다. 어쩜 그렇게 이쁘니. 앞으로도 그렇게 건강하고 이쁘게 커주렴. 언니가 응원할게. ^^"

"제발~ 너희 공연 앙코르 안되나요? 해주세요! 계속 듣고 싶어요!"

"안녕? 나는 숙현이 친구 예지 언니(누나)야. 요즘 숙현이가 기말고사 공부도 안 하고 너희들 한 명 한 명에게 줄 편지를 쓰고 있어. 그만큼 너희들을 좋아한다는 거지."

"얘들아, 안녕~^^ 우리 반의 숙현이가 너희를 많이 좋아해서 준비한 거야. 우리 학교 친구들, 선생님 모두 너희를 응원하고 있어. 연말 연주회 준비 잘하렴."

"Hi~ 얘들아, 난 너희가 참 좋아. 왜냐하면 순수하고 착하고 예쁘고 매력 터지고, 무엇보다 아름다운 연주를 들려주잖아. 너희들로 인해 많은 친구들이 행복하단다."

"안녕 오케스트라 천사들에게. 안녕! 난 지현이야. 난 너희의 영원한 팬이 되어 버렸엉!!! 좀 오글거리지만^^;;; 이 세상에서 있어줘서 너무 고마워. 알 러브 유♥"

"미경아, 누군가를 사랑한다는 것은 참 따뜻하고 예쁜 마음이야. 앞으로도 미경이가 많은 사람을 사랑해주고 아껴주는 그런 예쁜 사람이 되었으면 좋겠어."

"한위는 바다. 너의 가능성은 무한하단다. 눈에 보이지 않더라도 수없이 많은 예쁜 꿈들이 있는 걸 기억하렴."

"아델리아야, 책도 많이 읽고 그래서 너만의 밝음으로 다른 사람에게도 행복을 주는 예쁜 소녀가 되길 바래."

태어나서 처음으로, 손글씨로 정성스럽게 쓰고 장식한 팬레터를 받은 아이들은 감격했다. 얼굴도 모르는 누군가가 자신을 좋아하고 응원해준다는 사실에 말할 수 없이 행복해졌다. 마치 인기 스타가 된 것처럼 기분이 붕 떠올랐다. 이젠 가족뿐 아니라 자신들을 좋아해주는 더 많은 사람들을 위해 열심히 음악을 연주해야 한다고 생각했다. 그것은 용재 오닐 선생님이 말한 '사회적 책임감'이 아이들 마음속에 조금씩 꿈틀거리기 시작했음을 보여준 사건이기도 했다.

"이 프로젝트를 통해 우리가 할 수 있는 게 무엇인지 좀 더 생각해야 해요. 아이들의 연주하는 모습을 보고 사랑과 관심만 줄 게 아니라 아이들이 좀 더 창의적으로 도전할 수 있도록, 사회적 책임감을 가질 수 있도록 다양한 방법으로 이끌어야 하죠."

아이들이 만들어낸 음악과 그들의 감동적인 이야기가 불러일으킨 파장은 점점 더 커져만 갔다. 여기저기서 예상치 못한 반응이 쏟아져 들어오기 시작했다. 멀리서 마음으로 응원을 해주는 조용한 팬뿐 아니라, 진심으로 아이들을 사랑하고, 아이들이 연주하는 음악에 매료된 사람들이 다양한 모양새로 각자의 형편대로 자신들의 애정을 표현해 왔다.

매주 수요일과 토요일, 아이들이 모여서 연습하는 시간이 되면 안산시 외국인주민센터 강당으로 피자나 도시락이 배달되는 날이 많아졌다. 누군가의 선물이었다. 아이들이 사용하는 현악기의 현을 좋은 것으로 교체해준 분이 있는가 하면, 산타클로스처럼 아이들이 연말 콘서트에 입을 근사한 단복을 선물한 후원자도 있었다. 또 어떤 분은 자신이 일하고 있는 기업을 통해 연말 콘서트 비용 전액(!)을 후원하기도 했다. 그 모든 일들은 고요한 호숫가에 퍼지는 파장처럼 잔잔하지만 힘 있게 그리고 꾸준하게 일어났다. 그것은 세상이, 그동안 아이들에게 차갑거나 쌀쌀맞기만 했던 그 세상이 아이들을 향해 보내는 감동의 '러브레터'였다.

이제 수많은 러브레터에 아이들이 답장을 쓰는 일만이 남아 있다. 아무런 대가도 바라지 않으면서 오직 순수한 사랑을 보낸 이들이 바라는 것은 단 한 가지, 아이들이 들려주는 음악이었다. 서툴지만 진심을 담아서 연주하는 음악, 그것 외에는 달리 보답할 길이 없었다. 그래서 아이들은 가을과 겨울을 지내면서 혼신의 힘을 다해 연습하고 또 연습했다. 손끝에 물집이 잡히고, 굳은살이 박이고, 양쪽 어깨가 빠질 것처럼 아프고, 악기가 닿은 자리마다 거무스름한 흔적이 생겨도 아이들은 자신들의 활을 내려놓으려고 하지 않았다.

미진이의
마라톤 우정

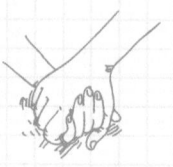

미진이는 똘똘하고 적극적인 아이다. 바이올린을 연주하면서 또랑또랑한 눈망울로 선생님에게 집중할 때면 너무 예뻐서 머리를 쓰다듬어주고 싶을 때도 많다.

"우리 오케스트라는 다문화 친구들이 같이 연주해서 좋아요. 그래서 놀림받지 않고 다른 나라의 친구들과 놀 수 있어서 좋아요. 그리고 다른 나라 언어를 배울 수도 있어요. 그러니까 오케스트라는 저에게 '좋은 존재'예요."

오케스트라의 좋은 점을 똑 부러지게 말하는 미진이.

한번은 오케스트라 친구들이 용재 오닐 선생님과 함께 단축 마라톤을 했다. 진짜 마라톤에 비하면 짧은 거리였지만 커다란 운동장 다섯 바퀴를 도는 일이 어린 미진이에게는 꽤나 힘들었다. 그런데 자신보다 더 힘들어하는 친구가 있었으니, 바로 지은이였다. 지은이는 미진이보다 한 살 어린 동생이었다.

"그때 마라톤에서 몇 등 했어?"

"잘 기억 안 나는데요, 한 18등?"

"왜 그렇게 늦게 들어온 거야?"

"음, 지은이가 같이 뛰자고 해서 늦게 들어왔어요. 실은 지은이랑 같이 안 갔으면 좀 더 빨리 갈 수도 있었는데 지은이랑 같이 가느라고 거의 꼴등했어요."

"와, 그렇구나. 꼴등할 수도 있는데 지은이랑 같이 뛰어준 거야? 안 기다리고 먼저 갈 수도 있었는데 왜 그랬을까?"

"몰라요. 그냥요……."

미진이가 쑥스러워하면서 이유를 말하지 않는다. 마라톤에서 꼴등을 하고 싶지는 않았지만 그렇다고 지은이를 버려두고 혼자 갈 수 없었던 미진이. 어린 여자아이들이 보여준 우정이 참 따뜻했다.

"그래도 마지막에 포기하지 않고 가서 메달 받았지? 메달은 왜 준 것 같아?"

"메달이요? 음…… 우리가 열심히 달렸으니까. 끝까지 달렸으니까."

힘들더라도 끝까지 포기하지 않는 법, 자신을 희생해서라도 뒤처지는 친구와 함께 가는 법을 배운 미진이는 마라톤을 통해 그 누구보다 인생의 값진 교훈을 얻은 듯했다.

　"미진이는 마라톤 날 정말 잘했어요. 미진이랑은 그때 친해질 수 있었던 것 같아요. 우리에게는 그날이 터닝포인트가 된 날이에요. 처음엔 미진이랑 친해질 수 없을 것 같은 걱정이 있었는데 이젠 마음을 열고 제게 장난까지 쳐서 참 좋아요." – 용재 오닐

보성으로
가는 길

　　아이들에게 익숙하고 편안한 곳은 지금 그들이 살고 있는 곳, 안산이다. 하지만 많은 아이들이 짧게는 일 년 전, 혹은 몇 년 전까지만 해도 머나먼 나라, 이름도 낯선 마을에서 살고 있었다. 엄마를 따라 혹은 아빠를 따라 한국에 와서 살면서 어느샌가 떠나온 곳의 기억이 희미해져 버렸지만 우즈베키스탄, 필리핀, 중국, 키르기스스탄, 태국이 어떤 아이들에게는 고향과도 같은 곳이다.

　한국의 작은 도시에서 매일매일 분주하고 바쁘게 살아가는 아이들. 도시의 속도는 대단히 빠르고 복잡하다. 그 속에서 그들이 잊고 있었던 감성, 혹은 공해와 소음에 막혀서 제대로 듣지 못했던 자연의 소리를 들려주기 위해 용재 오닐과 카이는 여행을 떠나기로 했다. 때론 익숙한 것에서 떠나 낯선 곳에 가는 것만으로도 인생의 중요한 교훈을 배울 수 있는 법이다.

　"저는 이번 여행에서 아이들이 침묵하며 자기 자신에게 조용히 귀 기울이길 바랍니다. 자기 내면의 소리를 들을 수 있다면 스스로 뭔가를 배울 수 있거든요. 앞으로 살아가면서 인생의 많은 문제들과 만날 때 자기 자신을 돌아보고 내면의 소리를 들을 수 있다면 그 문제를 해결하는 데 큰 도움이 될 거예요."

　용재 오닐의 말처럼 이번 여행을 통해 아이들은 조용히 침묵하는 법, 자연의 소리를 듣는 법, 그리고 무엇보다 자신의 마음 깊은 곳에서 들려오는 내면의 소리를 듣는 법을 배우게 될 것이다. 또한 시골 마을에서 며칠을 함께 보내면서 '고향'이나 '그리움'과 같은 아름답고 따뜻한 감성을 느끼게 될 것이다. 물론 그런 어른들의 바람과 상관없이 아이들은 같이 여행을 가는 것만으로 들떴지만 말이다. 그렇게 해서 우리는 어느 멋진 가을날, 전라남도 보성의 강골마을로 닷새간의 소풍을 떠났다.

버스를 타고 가며

부모님의 배웅을 받으면서 각자 배낭과 가방을 짊어지고 터미널 근처에 모인 아이들. 버스를 타기 전에 용재 오닐이 서툰 한국말로 출석을 불렀다. 그런데 바로 자신의 코앞에 있는 미진이를 보지 못하고 계속 딴 데를 쳐다보며 미진이 이름을 부르는 바람에 다들 웃음보가 터졌다.

"저 여기 있는데요."

미진이가 선생님을 빤히 올려다보며 대답하자 용재 오닐도 쑥스럽게 웃었다. 아이들은 자신들이 좋아하는 용재 오닐 선생님, 카이 선생님과 함께 버스를 타고 여행 갈 생각에 다들 흥분된 모습이었다.

"선생님~ 저희 학교 쌤이 선생님한테 꼭 사인 받아오래요. 히히."

혜라가 카이 선생님을 보더니 크게 소리쳤다.

"싫어, 용재 선생님에게 받아."

카이가 장난스럽게 대답했다.

"용재 오닐 선생님은 싫대요. 큭큭."

혜라 역시 짓궂게 맞받았다.

혜라는 방송이 나간 후 가장 많은 변화를 경험한 아이 중 한 명이었다.

"제가 '애들이 자꾸 놀리니까 괴로워요' 이랬거든요. 그걸 봤나 봐요, 애들이. 그걸 보고 나서 애들이 '다음부터 안 놀릴게' 이러면서, '친하게 지내자' 이러면서 같이 놀아요. 그래서 기뻐요. 방송을 보고 애들이 느낀 점이 있으니까. 그래서 더 편하게 학교생활 할 수 있으니까 좋아요."

혜라가 웃으며 말했다.

멀리서 카이를 발견한 바울이가 달려오더니 공손하게 껌을 드렸다.

"역시 바울이밖에 없다."

카이가 기분 좋게 웃으면서 껌을 받아 들자 바울이가 말했다.

"저 우리 반 애들이 막 저한테 와서 '카이 선생님 보고 싶어. 카이 선생님 진짜 멋있다' 이래요, 맨날."

그 옆에 있던 원태도 끼어들었다.

"아, 맞다. 우리 누나도 카이 선생님 사인 받고 싶대요."

방송이 나간 후 아이들은 이런저런 일을 겪으면서 이전과는 좀 달라진 일상을 보내고 있다. 자신을 놀리던 아이들과 화해하고 친구가 된 아이, 머리를 쓰다듬어주며 칭찬하는 어른들 덕에 으쓱해진 아이, 친구들 사이에서 주목을 받으며 스타가 된 아이, 가족들의 관심과 애정을 받으며 기뻐하는 아이까지……

하지만 꼭 좋은 일만 있었던 것은 아니다. 방송에서 자신의 속 이야기를 하며 눈물을 흘렸던 아이들은 그 후 또 다른 놀림의 대상이 되기도 했다. 심지어 눈물 흘리는 장면만 여러 번 편집해서 학급에서 돌려보며 킬킬거리고 조롱하는 친구들 때문에 크게 상처받은 아이도 있었다. 그건 정말이지 충격적인 일이었다. 이제 겨우 열서너 살인 아이들이 자신의 또래친구들에게 그토록 잔인해질 수 있다니⋯⋯. 누군가에게는 몇 달에 걸쳐 팬레터를 쓸 만큼 감동적인 일이, 또 누군가에게는 비웃음이나 조롱의 대상이 될 수도 있다니⋯⋯. 앞으로 이 아이들이 살아갈 세상이 얼마나 쉽게 적대적으로 변할 수 있는지를 다시 한번 일깨워 준 사건이었다.

다행히도 아이들은 그런 부정적인 반응도 의연하게 이겨내려고 애쓰고 있었다. 맏언니인 악장 준마리는 이렇게 말했다.

"물론 좀 놀리고 그런 애도 있죠. 그런데 세상에는 응원해주는 사람들이 더 많다는 걸, 우리 아이들이 기억했으면 좋겠어요."

그래서 아이들에게는 더더욱 오케스트라가 필요한지도 모르겠다.

"집에서 혼자 연습하면 잘 안 되고 어렵거든요. '아이고, 이걸 어떻게 하지' 해요. 근데 진짜 신기한 게요. 여기 오케스트라에 와서 친구들하고 연습하면 갑자기 진짜 쉬워져요. 신기해요."

원태가 버스에 오르면서 한 말처럼 그 신기한 일은 오케스트라만이 만들어낼 수 있는 작은 기적이었다.

"선생님, 저 첼로한테 이름을 지어 주었거든요. 이름이 이브예요. 의미가 있단 말이지요."

버스 안에서 평은이가 조잘거렸다. 카이가 그 의미를 물었다.

"세이브 있잖아요. 세이브. save. 거기서 딴 거예요. 이브."

"어, 괜찮은데!"

카이가 맞장구를 쳤다.

"그렇죠? 좋죠! 저장하다, 안전하다, 지키다, 그런 의미에서 세이브. 줄여서 이브."

세이브, 안전한 곳. 평은이가 어떤 생각으로 첼로에 그런 이름을 붙였는지 정확히 알 순 없지만 분명 아이들에게 악기는, 그리고 오케스트라는 그처럼 안전한 곳, 아이들을 보호하고 지켜주는 곳이 되고 있었다.

버스 맨 뒷자리에 앉은 용재 오닐 선생님 양쪽 옆으로는 미경이와 은아가 찰싹 붙어 앉았다. 미경이는 선생님 바로 옆에 앉게 되자 얼마나 좋은지 얼굴 전체가 활짝 피어난 함박꽃 같았다. 아이들은 용재 오닐 선생님과 같이 싸이의 '강남스타일' 동영상을 보고, 같이 베토벤과 브람스의 음악을 듣고, 같이 춤을 추었다. 선생님과 함께라면 뭐든지 행복하다는 듯 아이들의 표정은 하늘 높이 날아올랐다.

버스 앞쪽에서는 완우가 기자처럼 손 마이크를 들고 자신의 앞좌석에 앉은 카이 선생님에게 인터뷰를 하고 있었다.

"아이들하고 처음 만났을 때 기분이 어땠습니까?"

완우 기자가 물었다.

"음…… 아이들이 말을 안 들어서 엄청 속상하고, 앞으로 어떻게 만날 수 있을까 엄청 걱정이 됐습니다."

슬픈 얼굴로 카이 선생님이 대답했다.

"아이들이 말 안 듣는 걸 놔두고 있단 말씀입니까?"

완우가 엄하게 물었다.

"놔두는 건 아니고 고쳐지지가 않으니까 어떻게 할 수가 없습니다. 이에 대해서 완우 씨는 어떻게 생각하시나요. 왜 말을 안 들으시나요?"

이번엔 카이 선생님이 기습적으로 완우에게 질문을 했다. 당황한 완우는 눈을 동그랗게 뜨고 자신이 언제 말을 안 들었냐고 항변했다.

아이들과 선생님이 웃고 떠들며 시간을 보내는 동안 버스는 경기도 안산을 떠나 남도 끝자락 보성을 향해 힘차게 달려가고 있었다. 기나긴 터널과 너른 벌판을 지나고, 깊은 산속을 달려, 광활한 지평선과 드넓은 하늘도 만났다. 도시에서 멀어지면 멀어질수록 낯설지만 설레는 풍경이 번갈아가며 아이들 앞에 나타났다. 시끄럽던 아이들도 차츰 조용해지면서 창밖의 풍경에 마음을 빼앗겼다.

한옥과
친해지기

　　　　　　드디어 푸른 대나무 숲에 둘러싸이고, 은은한 녹차 밭의 향기가 머무는 보성 강골마을에 도착했다. 하지만 제일 먼저 아이들이 맡은 냄새는 그렇게 우아하고 고상하지만은 않았다. 자신들이 묵을 숙소를 배정받고 방 안으로 들어갔던 아이들이 모두 코를 움켜잡고는 뛰쳐나왔다.

"으악! 냄새…… 저 죽었어요!"

릿타가 고통스러운 표정을 지으며 비틀거렸다.

"저보고 여기서 자라고요? 아니야. 이건 꿈이야! 이건 꿈이야! 말도 안 돼! 여기서 잘 수 없어."

믿을 수 없다는 듯 미경이가 멍한 표정으로 중얼거렸다.

"여기서 어떻게 살아. 엄마~ 집에 갈래요! 집에 가고 싶어……."

누리도 울상을 지으며 소리 질렀다.

메주 냄새, 볏짚이 썩어가는 퀴퀴한 냄새, 외양간과 재래식 화장실에서 풍기는 구린내와 고약한 냄새까지, 그 모든 냄새들이 하나로 뒤엉키면서 머리가 띵할 정도로 강렬한 냄새를 만들어냈다. 특히 마당에 있는 재래식 화장실은 무섭고 으스스한 분위기를 자아냈다. 작은 몸 하나도 지탱해주지 못할 것 같은 빈약한 널빤지 두 개가 아슬아슬 걸쳐 있고, 오래 삭은 두엄냄새가 스멀스멀 기어올라 왔다. 부실한 나무판자로 얼기설기 엮어 놓은 화장실 틈새 어디선가 머리 푼 귀신이 불쑥 튀어나온다고 해도 별로 이상할 것 없는 음침한 곳이었다. 꾹 참고 있던 미경이가 기어코 울음을 터뜨렸다.

"미경아, 왜 울어? 이유를 말해 봐~"

아델리아가 미경이를 달래며 물었다.

"화장실이 싫어? 그럼 우리 방으로 와."

준마리도 따뜻하게 말을 건넸다.

"언니가 화장실 갈 때 같이 가줄게. 맨날."

평은이가 곁에서 미경이의 눈물을 닦아주며 다독였다. 언니들이 위로하자 미경이는 오히려 설움이 북받치는 듯 눈물을 뚝뚝 흘리면서 말했다.

"흑흑. 나…… 집에 갈래. 집으로 돌아갈래. 흑흑."

"우리 용재 쌤이랑 처음으로 4박 5일 같이 보내는 거잖아. 무지 재미있을 거 같지 않니? 여기는 공기도 깨끗하잖아. 그리고 안산까지 걸어가면 며칠 걸려. 우리 딱 4박 5일만 버티자. 언니가 노트랑 연필 가져왔거든. 밤에 이것저것 그리면서 놀 수 있어."

오케스트라의 엄마답게 평은이가 차근차근 달래며 미경이를 꼭 안아주었다.

아이들은 자신들이 묵을 한옥이 싫다고 투덜대면서도 조금씩 그곳에 적응해갔다. 수하는 넓지도 않은 시골 방을 구석구석 구경하면서 "우와, 재미있어. 신기해. 와, 거미줄도 있어!"라며 싱글거렸고, 현주는 농부처럼 호미를 들고 앞마당의 땅을 파면서 "와~ 신기해! 진짜 신기해! 여기다 뭐 심어보고 싶다"고 혼잣말을 했다. 호기심 많은 아이들에게는 보이는 모든 것이 신기하고, 재미있고, 흥미로운 대상이었다.

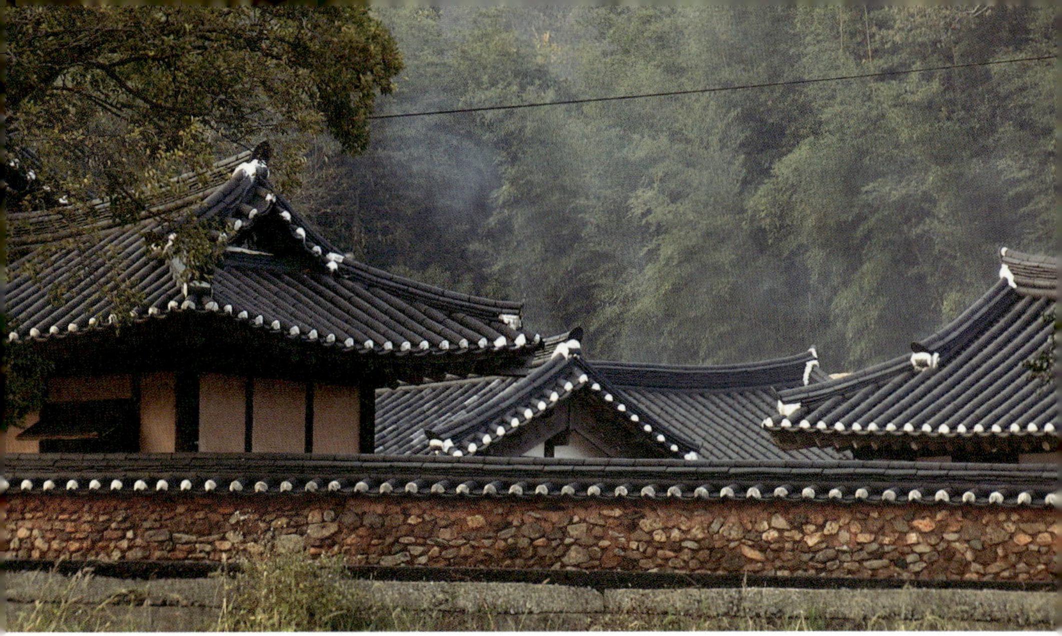

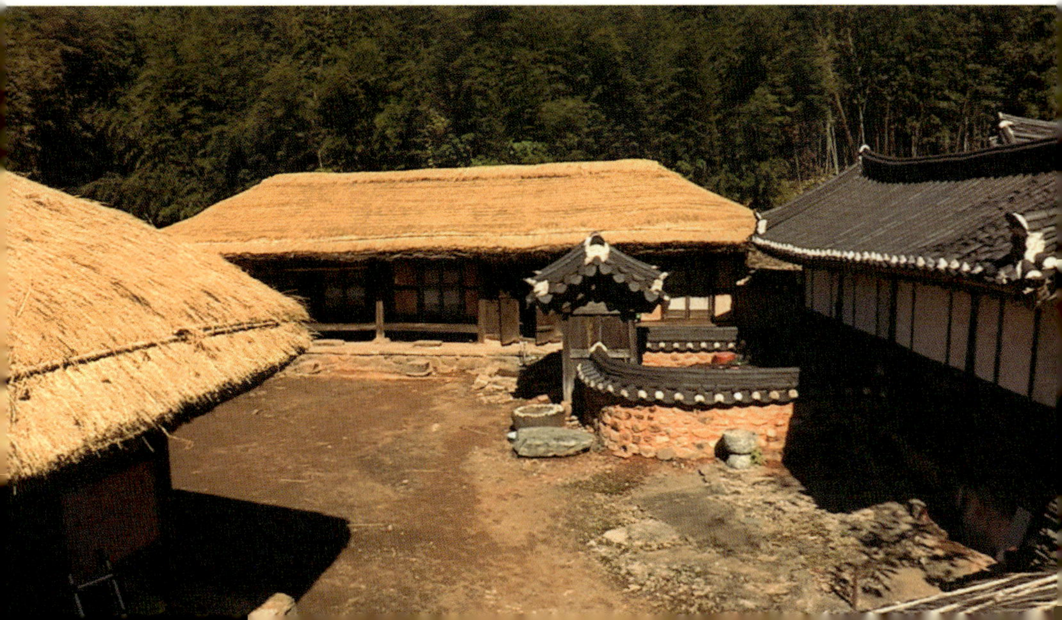

혜라는 아궁이에서 피어오르는 연기냄새를 맡으며 행복한 표정을 지었다.

"아~ 아궁이에서 불냄새가 나."

그 매캐한 냄새가 좋은지 혜라는 불쏘시개를 들고 연신 아궁이의 나무를 들쑤셨다. 그때마다 눈이 따갑도록 희뿌연 연기가 피어올랐지만 혜라는 그 냄새를 킁킁 맡으면서 제법 어른스럽게 말했다.

"이런 냄새가 모기를 쫓아내니까 참 좋아요. 근데 그게 얼마나 소중한지 아이들은 잘 모르죠."

대청마루에서

각자 자신의 숙소에 짐을 푼 다음 모두 개량한복으로 갈아입었다. 처음에는 입기 싫다고 찡그리는 아이, 한복은 처음이라고 신기해하는 아이, 옷이 너무 크다고 툴툴거리는 아이, 자신은 불교신자가 아니라서 입을 수가 없다는 엉뚱한 아이 등등, 모두 제각각이었다. 어쨌든 시끌벅적 소란스러운 가운데 다들 옷을 갈아입고 대청마루에 모였다. 카이와 용재 오닐도 개량한복을 입고 등장했다. 아이들은 낡은 서까래가 주저앉는 것이 아닐까 걱정될 정도로 어마어마한 함성을 질렀다. 태어나서 처음 한복을 입어본다는 용재 오닐은 무척이나 즐거워보였다.

"얘들아, 옷이 마음에 안 들 수도 있지만 우리가 지금 안 입으면 언제 또 입어보겠니? 그냥 재미있는 경험이라고 생각하고 이곳에서 즐겁게 지내자. 이제 용재 선생님께서 이번 여행의 의미에 대해 너희에게 이야기하실 거야. 잘 듣고 우리 멋진 시간을 만들어보자."

카이 선생님이 말을 끝내자 용재 오닐 선생님이 차분하게 이야기를 이어갔다. 용재 오닐 선생님이 어릴 적 살았던 시골 마을에 대한 이야기였다.

"선생님도 열다섯 살까지는 아주 작은 시골 마을에서 자랐단다. 너희가 이곳에 처음 와서 무서운 것도, 불편한 것도 다 이해해. 우리가 지금은 큰 빌딩과 휴대전화가 있는 도시에 살고 있고, 그래서 이런 자연환경에서 얻을 수 있는 것들에 대해 잘 모르겠지만 우리가 이곳에 와서 얻을 수 있는 것들은 정말 소중한 것들이야.

내가 살던 동네에는 닭도 있고, 소도 있고, 야생오리도 있고, 개구리도 있었어. 너희가 벌레를 무서워하는 건 알겠는데 벌레들은 빛을 좋아해서 잠시 몰려 있는 거니까 곧 괜찮아질 거야. 방 안에 연기가 많잖아. 그것도 벌레와 모기를 내쫓으려고 피워 놓은 거니까 조금만 참아주렴. 너희가 금방 적응할 거라고 생각하고 선생님은 크게 걱정하지 않아.

이곳에 살고 계신 분들은 클래식 음악을 많이 접해보지 않으셨을 거야. 우리에게 가장 소중한 음악을 그분들께 들려드리자. 지금까지 열심히 배워 왔던 소중한 음악들을 작은 음악회를 통해 그분들에게 들려주면 정말 좋을 것 같아. 그리고 우리 모두가 이 한순간을 정말 소중하게 기억해줬으면 좋겠어. 우리가 좋은 추억을 쌓아가면 오래도록 기억에 남는 좋은 여행이 될 거야."

해가 지고 날이 어둑어둑해지면서 선생님이 들려주는 얘기가 마치 동화 속 옛이야기처럼 아이들 귀에 나지막하게 내려앉았다. 선생님이 어릴 적 살았다는 미국의 작은 마을, 풀냄새와 바다냄새가 폴폴 풍겨난다는 그 마을과, 아직 어린 용재 오닐 선생님의 모습을 상상해보면서 아이들 마음도 차분해졌다.

이야기를 마치고 다들 저녁식사를 하러 가는데 선욱이가 머뭇거리더니 용재 오닐 선생님 곁으로 다가왔다. 비올라 파트장으로서 고민이 많은 듯했다.

"바울이랑 연습하는데 제가 자꾸 틀려서 저와 같이 연습을 안 하겠다고 해서 걱정이에요."

선욱이가 말했다. 용재 오닐 선생님은 상황이 심각한 것인지 걱정스럽게 물었다.

"아뇨, 그렇게 심각한 건 아닌데요. 실수 안 하는 법 좀 알려주세요."

"선생님도 실수 많이 해. 백 번을 연습해도 똑같은 실수를 한다. 우리가 사람이기 때문에, 그래서 완전하지 않기 때문에 어쩔 수 없이 실수하는 거니까 크게 걱정하지 마. 우리가 배울 수 있는 유일한 길은, 틀려도 시도하고 또 시도하고 그렇게 실수를 통해 배우고 또 찾는 거란다. 선생님이 지난 인생에서 만들었던 모든 실수들을 선욱이가 보게 된다면 진짜 깜짝 놀랄걸? 선생님도 실수 많이 했거든."

진지하게 음악에 대해 고민하는 작은 제자가 대견한지 용재 오닐은 뿌듯한 표정으로 선욱이 어깨를 두드려주었다. 한결 홀가분한 표정이 된 선욱이가 선생님과 함께 저녁을 먹으러 나섰다. 앞서 가던 선욱이가 갑자기 뒤를 돌아보며 장난스럽게 말했다.

"선생님~ 꼭 양반 같아요. 히히."

"양반?! Why? 왜??"

용재 오닐도 그 말에 활짝 웃으며 얼굴 가득 주름을 만들었다.

군불을 지피며,
카이와
소년들

강골마을에 밤이 찾아 왔다. 남자들이 모였다. 밤이 되면 급격하게 추워지는 산골마을. 현대적인 난방시설은 없다. 춥지 않게 자려면 오랫동안 우리의 조상들이 해 온 전통적인 방식으로 온돌을 따뜻하게 만들어야만 한다. 아궁이에 군불을 지피는 것은 사나이들의 일이라며 카이와 큰 남자아이들이 재래식 부엌 아궁이 앞에 서 있다. 아궁이를 아무리 노려봐도 절로 불이 붙을 리는 없다. 마침내 카이가 묵직한 음성으로 말했다.

"얘들아, 해 보자!"

아이들이 먼저 장작을 날랐다. 젖지 않고 바싹 마른 장작들만 골라서 부엌 안에 쌓아놓았다. 처음에는 통나무에 직접 불을 붙이려고 시도했으나 번번이 실패했다. 일단 종잇조각에 불을 붙여서 아궁이 속에 집어넣었다. 어디선가 완우는 튼실한 판자를 구해 왔고, 바울이는 지푸라기 더미를 가져왔다. 원태는 피어오르는 연기 때문에 코도 막고 눈도 감은 채 부채질을 했다. 릿타는 그 모든 것들이 신기한지 부엌 주변을 빙글빙글 돌면서 관찰했다. 좁은 부엌 안은 순식간에 뿌연 연기와 열기로 가득 채워졌다. 눈을 뜨기도 힘들고 숨도 쉬기 힘들었다. 하지만 여기서 포기할 순 없다.

몇 차례 시도 끝에 드디어 장작이 활활 타올랐다. 부엌 전체가 커다란 용광로가 된 것처럼 뜨거워졌다. 아궁이에선 불길이 붉게 새어나왔고, 부엌 흙벽엔 불길의 그림자들이 너울거렸다. 하지만 흐뭇한 것도 잠시, 다시 불이 사그라졌다. 혹시라도 다시 불이 꺼질세라 바울이는 남자다운 매력을 자랑하며 터프하게 나뭇가지들을 꺾었고, 부채맨 원태는 양쪽 팔이 떨어져 나가도록 열심히 부채질을 했다.

"자, 불맨! 부채맨! 너희의 힘이 필요해!"

카이가 곁에서 힘차게 응원했다. 드디어 좁은 방 안이 절절 끓어올랐다. 온돌 상태를 점검하기 위해 방에 들어갔던 릿타가 뛰쳐나오며 외쳤다.

"우와, 진짜 따뜻해요! 뭐든지 다 익을 것 같아요~"

"저희 이러다가 통닭 되겠어요!"

코끝이 까맣게 된 원태가 소리 질렀다.

가족이 된 사나이들의 대화

카이와 원태, 바울, 릿타, 완우는 자신들의 힘으로 뜨겁게 만든 방 안에 옹기종기 모여 앉았다. 창호지를 바른 창틈으로 달빛이 은은하게 들어왔다. 지푸라기 흙벽과 종이 장판에서는 고소한 불냄새가 났다. 군고구마 냄새와 비슷했다. 다들 뿌듯한 표정이었다.

"으악~ 뜨거워~ 엉덩이가 뜨거워요!"

방바닥에 앉으려던 원태가 외마디 비명을 지르며 벌떡 일어났다. 카이와 다른 아이들은 그 뜨거운 바닥이 좋은지 느긋한 미소를 지으면서 방바닥에 기대어 앉아 뜨끈뜨끈한 열기를 음미했다.

"얘들아, 우리 지난여름에 세종문화회관에서 연주회 했잖아. 그때 이후로 생각이 많이 바뀌었니?"

카이가 물었다.

"'더 열심히 해야겠다' 그런 생각. 다음에는 우리 오케스트라가 다 같이 용재 오닐 선생님처럼 안 틀리게 하고 싶어요."

바울이가 진지하게 말했다.

"안 틀리게? 그날 많이 틀렸구나. 릿타는 어땠어? 그날 기분 좋았지?"

"저는 너무 슬펐어요. 연주가 끝나고 나니 더 잘하고 싶었어요."

릿타 역시 자신의 첫 번째 공연이 마음에 안 들었는지 새로운 다짐을 했다.

"원태는 이번에 바이올린 솔로로 '유 레이즈 미 업'을 연주한다면서? 대단한걸! 그럼 나중에 선생님 노래할 때 원태가 반주해줄 거야?"

"네⋯⋯. 바이올린이 거의 다 돼 가고 있기는 한데요, 근데 불안해요. 과연 그게 제대로 이루어질지⋯⋯."

아직 자신이 없는지 원태가 말끝을 흐렸다.

"괜찮아, 앞으로 우리가 더 열심히 준비하면 될 거야. 왜냐하면 이번엔 우리가 주인공이니까!"

카이가 아이들을 격려했다.

"과연 우리가 주인공이 될까요?"

바울이가 고개를 갸웃거렸다.

"그럼, 주인공이지! 12월 30일에 하는 음악회에서는 우리가 주인공이잖아."

카이의 말에 아이들이 눈을 동그랗게 떴다.

"진짜요?!"

"대박!!!"

"몰랐어요……."

바울이도 원태도 완우도 전혀 몰랐다는 듯 소스라치게 놀랐다. 릿타만이 "몰랐어? 우리 오케스트라 전체가 주인공이잖아"라며 배시시 웃었다.

"저는요, 용재 오닐 선생님이 주인공인 줄 알았어요."

바울이가 기쁘면서도 못내 걱정스럽다는 듯 말했다.

"아니야, 이번엔 너희가 주인공이야."

카이가 계속해서 말을 이어갔다.

"선생님은 우리가 주인공이 되는 그 연주가 훨씬 더 멋있으면 좋겠어. 그리고 잘할 수 있으면 좋겠고. 첫 번째 공연에서는 너희의 도전과 열정으로 박수를 받았다면 연말에 하는 콘서트에서는 정말 잘한다고 칭찬받을 수 있으면 좋겠어. 무슨 말인지 알지? 난 너희가 이미 그런 능력을 갖추고 있다고 생각해. 그러니까 걱정하지 마. 지금처럼 연습 열심히 하면 돼. 순간순간 너희가 최선을 다하면 돼. 바울이가 연습하면서 손가락도 아프고, 어깨도 아프다고 했지? 하지만 누구든지 성장하려면 고통을 참아내야 하는 거야. 그때는 힘들어도 그 순간이 지나고 나면 어느새 아프지 않게 되어 있을 거야. 이건 선생님 경험이니까 믿어도 돼."

선생님 말을 조용히 경청하던 원태가 한참을 망설이다 쑥스럽다는 듯이 말했다.

"저는요, 지금 기분이 참 좋아요. 이렇게 애들이랑 선생님이랑 같이 모여서 말하고 그러니까요. 음…… 뭐랄까. 부모님들과 함께 있는 마음이 뭔지 알겠네요. 흐흐."

"부모님의 마음? 그게 무슨 뜻이야."

진지한 얼굴로 원태가 대답했다.

"저기요…… 잘은 모르지만…… 부모님들이 아이들과 같이 있으면 딱 이렇게 우리처럼 이야기를 하잖아요. 저도 오늘 그런 느낌을 알 것 같아요. '아, 이런 거구나. 부모님과 이야기를 한다는 것이 이런 거구나.' 잘 설명할 수는 없지만…… 그런 느낌이 왔어요. 지금 카이 선생님이 꼭 부모님 같다는 그런 생각이 들었어요."

뜻밖의 고백에 카이의 눈시울이 뜨거워졌다. 목이 메어 아무 말도 할 수가 없었다.

원태는 태어나자마자 아빠와 헤어져서 아빠에 대한 기억이 없다. 엄마 역시 여러 가지 사정 때문에 멀리 떨어져 살고 있어서 자주 만나지 못한다. 엄마가 많이 보고 싶을 때면 휴대전화로 전화를 걸지만 연결이 안 돼서 목소리조차 못 들을 때가 많다. 헌신적인 할머니와 할아버지가 계시지만 아무래도 부모님과는 달랐다. 부모님과 대화하는 것이 어떤 느낌인지 알 수가 없었다.

바쁜 하루가 끝나고 저녁이 되면 온 가족이 밥상에 둘러앉아서 이런저런 이야기를 나눈다. 아빠와 엄마에게 칭찬도 받고 고민도 상담한다. 그날 받은 성적표를 내놓고 용돈을 받기도 하고, 친구들과 싸운 이야기를 하면서 위로를 받기도 한다. 평소에는 으르렁거리던 형이나 누나도 그럴 때는 당연히 자기편에 서서 응원해준다. 가족이란 그런 것이다. 어떤 이야기든지 말할 수 있고, 언제나 자신의 편이 되어 주는 사람들. 하지만 그런 정겨운 풍경이 원태에게는 없었다. 막연하게 머릿속으로 상상하면서 부러워만 했다. 그런 원태가 오늘 처음으로 부모님과 함께 도란도란 이야기를 나누는 진짜 가족의 느낌을 알게 되었다고 말한 것이다. 원태의 사정을 다 아는 친구 바울이가 울먹이면서 말했다.

"아, 눈물이 나요. 울 것 같아요. 원태가 하는 얘기 들으니까요, 슬퍼요. 지금 제 마음이 막, 우리 오케스트라가 다 한 가족이 됐어요. 우리 애들이 다 착하고 또 친한 친구들도 있고, 오케스트라에 오면 다 형제고……. 그래요."

우즈베키스탄에서 온 지 얼마 안 돼서 한국말이 서툰 바울이가 자신의 마음을 표현하기 위해 애썼다. 어눌하지만 그의 진심이 모두에게 전달되었다. 그런 아이들에게 카이가 건넬 수 있는 말은 단 한 마디였다.

"고마워……."

그것은 서로가 서로에게 해줄 수 있는 가장 아름다운 말이었다.

엉덩이가 후끈 달아오르는 온돌방에서 그보다 더 따뜻한 온기가 각자의 마음으로 번져갔다. 소년들은 함께 군불을 지피며, 대화를 나누며, 부쩍 성장해버린 것 같았다. 끈끈한 우정이 그들의 가슴을 훈훈하게 만들었다. 강골마을의 밤은 그렇게 깊어갔다.

"사실을 고백하자면 저는 이 방에 찾아오기 전까지만 해도 이렇게 이야기할 수 있을지 몰랐어요. 그런데 이야기를 하면서 '아이들의 마음이, 얼어붙었던 그 마음이 오케스트라와 음악을 통해 풀렸구나, 단혔던 마음이 열렸구나,

자기 가족에 대한 얘기도 자기 생활에 대한 이야기도 쉽게 할 수 있을 만큼 우리에게 친분이 생겼구나' 그렇게 느껴져서 너무 행복하고 정말 감사한 마음이 들었어요. 저도 더 마음을 열고 싶고, 우리 오케스트라가 더 성장했으면 좋겠어요."

소년들과의 대화를 마치고 카이가 감격스러운 듯 말했다.

굼벵이와
겁쟁이(?) 릿타

　　　　　　　햇볕이 포근하게 내리쬐는 골목길. 얼기설기 얽힌 돌
틈에는 예쁜 가을꽃들이 저마다 봐달라며 고개를 쏙 내밀고, 새파란 하늘에
는 하얀 양털 구름이 흘러갔다. 오케스트라의 어린 여자아이들, 수하와 은아,
누리, 지은이가 마을 산책에 나섰다. 골목 어귀에서 개량한복을 입은 아저씨
한 분이 나오셨다. 아이들은 합창이라도 하듯 공손하게 인사를 했다.

　"안녕하세요~"

　"안녕, 넌 이름이 뭐니?"

　아저씨가 수하에게 이름을 물어 왔다.

　"장수하요."

　"장수하, 넌 몇 학년이야?"

　"2학년이요."

　"수하가요, 우리 오케스트라에서 제일 어려요."

　한 살 언니인 은아가 냉큼 덧붙였다.

　"오호, 막내. 그럼 귀여움 많이 받겠네."

　수하가 새침한 표정으로 "몰라요"라고 대답하자 또다시 은아가 말했다.

　"수하 착해요."

　"그래? 인기 좋다~ 장수하. 근데 너희 굼벵이 봤어? 오늘 저쪽에서 지붕을

잇는데 그 안에 굼벵이라는 벌레가 있어. 너희도 보러 갈래?"

"에에~ 그거 먹어요?"

누리가 질색을 하며 외치자 아저씨가 호탕하게 웃으며 말했다.

"그럼, 아주 좋은 거, 맛있는 거야. 영양식이니까 몸에도 좋아."

호기심이 동한 아이들이 굼벵이 구경을 하러 아저씨를 따라갔다. 1년에 한 번 볏짚을 갈아줘야 하는 초가지붕. 아저씨들 여럿이 지붕 위에 올라가서 낡고 삭은 볏짚을 쓸어내리고 있었다. 우수수~ 소낙비처럼 쏟아져 내리는 지푸라기 속에서 뭔가 작은 것들이 꿈틀거린다. 모양도 이름도 결코 아름답지 않은, 굼벵이라 불리는 쪼그만 생명체가 어떻게든 살아보겠다고 지푸라기 더미에서 요동쳤다.

아저씨가 굵은 손가락으로 굼벵이들을 집어 올렸다.

"꺄악~~ 징그러!!!"

은아가 소리를 지르며 뒤로 물러섰다. 그런데 지은이가 용감하게 벌레 한 마리를 잡아서 아저씨 손바닥에 올려놓으며 물었다.

"움직여요?"

지은이 말이 끝나기 무섭게 굼벵이가 나도 살아 있다는 듯 꿈틀거렸다. 수하가 쪼그리고 앉아서 굼벵이들을 집어 손바닥에 가득 담았다. 은아가 얼굴을 찌푸리며 물었다.

"만져보니까 어때? 기분이 어때?"

"괜찮아~ 완전 부드러워."

수하가 활짝 웃으면서 귀엽다는 듯 굼벵이를 어루만졌다.

"굼벵이 제가 다 잡았어요."

나중에 굼벵이가 어땠냐고 물었더니 수하가 자랑스럽게 대답했다.

"저는요, 딱 세 마리 잡았는데 너무 징그럽단 말이에요. 근데 부드러웠어요."

킬킬거리면서 웃는 은아.

"다른 친구들 중에 잘 못 잡은 친구도 있어?"

그 말이 떨어지기 무섭게 두 아이가 대답했다.

"릿타 오빠!!!"

그러고는 수하와 은아가 자지러지게 웃었다.

"릿타 오빠가 왜 못 잡았을까?"

"겁쟁이라서요~"

요리사를 꿈꾸던 릿타, 새로운 꿈을 꾸다

겁쟁이 릿타. 굼벵이 때문에 썩 유쾌하지 않은 별명을 가지게 된 릿타에게 물었다.

"굼벵이가 어땠어? 왜 그렇게 겁을 내고 도망 다닌 거야?"

"윽! 말하지 마세요. 저 머리 아파요. 징그러워 죽겠어요."

릿타가 고개를 절레절레 흔들면서 말했다. 원래 겁이 많으냐고 묻자 릿타가 항변했다.

"아니에요. 하지만 저 애벌레 너무 싫어해요. 애벌레 그런 거, 개미 그런 거 무서워요. 윽, 오늘 또 점심밥 못 먹을 것 같아요."

벌레를 싫어하는 릿타는 원래 요리사가 꿈이고, 태국이 고향인 열두 살 소년이다. 아버지, 어머니가 모두 태국 사람이고, 한국에 온 지는 2년째가 되어간다. 처음 아버지 일 때문에 한국에 오게 됐을 때 릿타는 오고 싶지 않았다.

"엄마, 나는 한국어도 못 하는데 어떡해요? 친구들도 다 여기에 있어요."

그렇게 불평하던 릿타지만 시간이 흐르면서 이젠 태국보다 한국에 사는 것이 더 재미있다고 말한다. 한국 요리도 무척 좋아하게 되었다. 하지만 그렇게 되기까지 릿타는 이런저런 일들을 겪어야 했다.

부모님이 모두 태국 분이라서 릿타는 다른 친구들과 다르게 다문화가정이 아닌 외국인가정의 소년이다. 그렇다고 해서 한국에 정착하는 것이 더 쉬웠던 것은 아니다. 한국에 와서 릿타가 겪은 일들은 다른 다문화가정의 친구들과 별반 다르지 않았다. 어린 나이에 릿타는 이미 '이방인'이 받아야 하는 차별과 설움이 무엇인지 조금은 알게 되었다.

"저는요, 첼로 할 때 가장 기쁘고 즐거워요. 그전까지는 좀 나쁜 느낌, 그런 거 있었어요. 친구들이 놀려서 그런 거 때문에 기분이 안 좋았던 것 같아요. 근데 처음 캠프 갔을 때 첼로 한번 해 봤잖아요. 그때 저 갑자기 이상하게 행복해졌어요."

아직 한국어가 서툰 릿타가 첼로와의 만남에 대해 말할 때 눈빛이 반짝거렸다.

지난봄, 처음으로 캠프에서 첼로를 만나고 연주를 해 보던 그때, 갑자기 행복감을 느꼈다는 릿타. 릿타에게는 부모님에게도 말하지 않은 남모를 아픔이 있다.

"제가 옛날에 초등학교 다닐 때요, 3학년 때 친구들은 완전 착하고, 장난

안 하고, 뭘 부탁하면 제가 다 도와줬는데요. 4학년 올라갈 때는 달라졌어요. 이상하게 아이들이 장난으로 저를 놀리고 그래서 기분이 나빠졌어요."

3형제 중 둘째로 차분하고 속이 깊은 릿타는 자신이 겪은 아픔이나 상처에 대해 부모님에게 말한 적이 없다. 혹시라도 부모님이 속상해할까 봐 그냥 혼자 묵묵히 견딘 것이다. 그런 릿타가 어느 날 마음속에 담아두었던 이야기를 용재 오닐 선생님에게 털어놓았다. 친구들에게 이런저런 놀림을 당할 때면 부모님에게 말하지 않고 그냥 참는다는 릿타의 이야기를 들으며 용재 오닐은 마음이 아팠다.

"그런 이야기를 들으면 선생님이 정말 슬퍼져. 선생님이 진짜 마음 같아서는 너희 학교 하나하나 다 찾아가서 너를 놀려주는 애들한테 '그건 나쁜 거야. 그만해' 이렇게 다 말해주고 싶은데 그렇게 못 해서 정말 속상해. 하지만 항상 기억해주렴. 앞으로도 그런 일을 당하고 네가 기분이 상하거나 마음이 불편해질 때면 여기 선생님이 한 명 있는데, 좀 이상하고 괴팍한 선생님이 있는데, 그 선생님은 항상 릿타를 최고라고 생각하고, 언제나 릿타를 생각한다는 것을……."

이처럼 언제든 자신의 편이 되어 주는 든든한 선생님이 있고, 좋은 친구가 있는 오케스트라가 릿타에게는 새로운 세상이었다. 이곳에 오면 친구들 모두가 친절하게 맞이해주고, 다 같이 즐겁게 장난치고, 서로에게 상처를 주지 않았다. 자신과 같은 아픔을 가진 아이들이라 그런지 굳이 말하지 않아도 모든 걸 이해할 수 있었다. 어디에서도 느껴보지 못했던 소속감이 생겼다. 이 모든 것이 릿타는 음악의 힘이라고 생각한다.

"옛날에 저 음악을 싫어했는데요. 옛날엔 저 요리 그런 거 좋아했는데 음악 싫어하고. 근데 이제는 음악 좋아하고 요리 조금 싫어요. 왜냐하면 음악이 멋져요. 소리도 예쁘고. 또 지구만 음악이 있는 거잖아요. 다른 데는 음악이 없고 우리가 살고 있는 지구에만 음악이 있잖아요. 그리고 우리 오케스트라에 오면 친구들이 음악 때문에 몸이 맘이 더 친해져요. 그게 한 가족 같은 느낌이에요. 여러 악기로 한 가족처럼 연주하니까 연주하는 사람도 다 우리 가족 같은 그런 거요."

강골마을에 온 뒤 릿타는 시골 마을의 매력에 흠뻑 빠졌다. 이곳은 안산과 모든 게 달랐다. 날씨도 좋고, 공기도 좋고, 느낌도 좋고. 그래서 마음이 변하는 것 같았다. 안산에 있을 때는 아무런 느낌도 들지 않았는데 보성에 와서 갑자기 '아, 행복하다' 이런 느낌이 자꾸 든다고 했다. 자연에 있는 음악 소리들, 그것들이 공기에 섞이면서 자신의 마음을 변화시킨 것 같다고 했다. 자신이 연주하는 첼로의 음악이 자연의 음악과 만나서 더 따뜻하고 더 아름다운 소리를 만든다고도 했다.

"도시에는 없는데 이곳에만 있는 소리가 있어요. 바람소리, 물소리, 나뭇잎 흔드는 소리, 또 나뭇잎이 떨어지는 소리, 과일 떨어지는 소리, 그런 거. 그리고 자연에도 박자가 있어요. 물소리는 제가 들어서 세어 봤는데 네 박자 같아요. 바람이 나뭇잎에 붙어서 나는 소리는 세 박자. 그런 느낌이에요."

시인과도 같은 섬세한 감성과 선한 눈빛을 가진 릿타는 비록 꿈틀거리는 벌레를 무서워하고, 동생들에게 놀림을 받기도 하지만, 이 세상에 존재하는 아름다운 것들을 구별할 줄 아는 눈과 귀를 가진 멋진 소년이다.

"저희 오케스트라는 '작은 별' 같아요.
작은 오케스트라지만 별처럼
빛나게 연주할 수 있는 그런 곳이에요." – 릿타

수줍음 많은
지은이와
인터뷰하기

"지은아, 우리 자기소개 한번 해 볼까?"

"그런 거 잘 못 말하는데……."

열 살 소녀 지은이가 쑥스러워하면서 웃는다.

"수하는 뭐라고 했냐면, '저는 굼벵이를 잘 잡는 수하입니다' 그랬고, 은아는 '춤을 좋아하는 은아입니다' 그랬거든. 그럼 지은이는 어떤 사람일까?"

그냥 멋쩍게 웃는 지은이. 통통한 볼에 살짝 파인 볼우물이 예쁘다.

"보성으로 소리 여행 간다고 했을 때 어땠어요?"

"기분 좋았죠."

"그럼 도착했을 때는 어땠어?"

"어…… 진짜 기분 안 좋았어요. 이런 데 올 줄은 몰랐는데……."

지은이가 이맛살을 찌푸리며 말한다.

"처음엔 그렇게 싫었는데 나중에 보성에 다녀와서 제일 좋았던 건 뭘까?"

"음, 초가집이 젤 그리워요. 그리고 하늘에 별이 많으니까 반짝반짝하고 아름다웠어요."

그렇게 말하는 지은이의 눈이 별처럼 초롱초롱 빛났다.

"거기서 메뚜기도 잡고 굼벵이도 잡고 그랬잖아. 그때 재미있었어?"

"어, 메뚜기는 무섭고 징그러워서 잡지도 못했어요. 근데 굼벵이는 안 징그러워서 잡을 수 있었어요. 스무 마리쯤 잡았는데요, 처음엔 '어! 징그럽다' 그랬는데 만지면 '어! 말랑말랑?' 그런 느낌이 났어요."

"강골마을에서 다른 국악기와도 같이 연주했잖아. 우리 지은이는 어떤 느낌이었을까?"

"다른 악기들이랑 같이 하니까 소리가 좋았어요."

"지은이는 바이올린 연주할 때 어떤 기분이 들어요?"

"힘들어요."

"힘들어? 힘든데도 계속 하는 이유는 뭘까?"

"힘들어도 하는 게 좋아요. 이유는 잘 몰라요."

지은이가 계속 하품을 했다. 결국 수줍음 많은 지은이와의 인터뷰는 여기서 마칠 수밖에 없었다. 힘들지만 계속 하고 싶게 만드는 바이올린의 매력. 아이들만이 가지고 있는 그 비밀에 대해 어른들은 알지 못한다. 하지만 그 비밀은 꽤 신비한 것임에 틀림없다.

"지은이는 꼬마 천사예요. 지휘를 하다가 내려다보면 아이가 웃고 있고 정말 아름다워요. 연주할 때 모든 아이들을 통틀어서 지은이가 가장 많이 저를 올려다봐요. 예쁜 자세로 굉장히 자연스럽게 활을 켜더라고요. 듣는 귀도 발달해서 사람들이 자신을 제대로 따라오지 않으면 바로 알아차리죠. 지은이가 저를 올려다보고 웃을 때 정말 기운이 나고 기뻐요."

용재 오닐 선생님은 늘 새로운 기쁨을 주는 꼬마 천사 지은이에 대해 고마움을 표했다.

대숲과
산에서
인생을 배우다

대나무 숲이 하늘을 향해 곧게 뻗어 있다. 푸른 대숲 사이로 눈부신 햇살이 사금파리처럼 반짝인다. 어디선가 휘파람 소리가 들린다. 휘리리~ 휘리리~ 자세히 들어보니 새소리다. 자박자박, 아이들의 발자국 소리. 재잘재잘, 아이들이 떠드는 소리. 숲은 그 모든 소리를 흐뭇하게 감싸 안고 자신도 산들바람에 스치며 음악 소리를 낸다. 쉬이이~ 쉬이이~

빽빽한 대나무 사이 호젓한 오솔길로 사람들 모습이 보였다. 용재 오닐 선생님이 선욱이, 릿타, 헤라, 다니엘과 함께 산책을 나선 모양이다.

"잠깐만?!"

릿타가 귀에 손을 대면서 소리쳤다.

"무슨 소리야?"

선욱이가 목소리를 낮춰서 조용히 물었다. 다들 숨소리를 죽이고 귀를 기울였다.

"대한 사람 대한으로 길이 보전하세~~"

"누가 애국가를 부르네~~"

릿타가 얼른 알아듣고 말했다. 멀리서 들려오는 애국가 소리가 좀 생뚱맞아서 다들 한바탕 웃음을 터뜨렸다. 문득 용재 오닐 선생님이 고개를 들어

하늘을 올려다보았다. 기다란 하얀 꼬리를 만들면서 비행기가 지나가고 있었다. 먼 나라로 가는 그 비행기에는 어떤 사람들이 타고 있을까? 아이들은 저마다 상상의 나래를 펼쳤다.

"도시에서는 너희 주변에 소리가 너무 많아서 잘 듣지 못하는 소리들이 있잖아. 오늘 우리 이곳에서 그동안 듣지 못했던 소리들에 귀 기울여 보자."

용재 오닐 선생님이 말하자 아이들은 귀를 쫑긋 세우고 숲에서 만들어지는 모든 소리에 집중했다.

"똑똑똑. 누구 계세요?"

혜라가 텅 빈 대나무를 두드리면서 공손하게 인사했다.

"안녀~엉~"

용재 오닐도 대나무를 두드리며 낮은 저음으로 인사를 했다.

"와! 여기를 두드리니까 소리가 울려요. 딩동 딩동 딩동~"

혜라가 까르르 웃었다.

용재 오닐이 크기와 종류가 다른 여러 개의 대나무를 두드리자 마치 큰북, 작은북, 트라이앵글을 치는 것처럼 서로 다른 소리들이 어우러져서 음악이 되어 울려 퍼졌다.

장난도 치고 노래도 부르면서 숲길을 계속 걷다 보니 대나무로 만든 울타리가 나왔다. 신기하게도 어디서 많이 보던 모양이다. 고개를 갸웃하던 아이들이 대나무 하나하나를 짚어가면서 도레미파솔라시도~ 음계를 붙였다.

"와! 이건 오선지구나."

용재 오닐은 아이들이 발견한 자연의 악보를 보고 감탄하면서 대나무 오선지 위에 음을 짚었다. 선생님의 손가락을 따라서 아이들이 높은음자리표의 계이름을 불러보았다. 도미솔미도, 파시라, 도솔레라……

"도도솔솔라라솔 파파미미레레도~"

음계가 익숙해지자 아이들은 대나무 오선지 위로 그려지는 음을 상상하면서 '반짝반짝 작은 별'을 노래했다. 신기하게도 텅 빈 대나무로 만들어진 악보에서 청아한 소리가 흘러나왔다. 마음속으로 들리는 그 소리는 어디에서도 들을 수 없던 아름답고 신비로운 음악이었다. 아이들은 대나무 오선지 위에서 비올라도 연주하고, 바이올린도 연주하고, 첼로도 연주했다.

릿타가 대나무 하나를 흔들었다. 댓잎이 바람에 스치는 소리가 났다. 쇄아아앙~ 쇄아아앙~ 용재 오닐 선생님도 가느다란 대나무 하나를 살살 흔들었다. 가볍고 속이 빈 대나무는 크게 저항하지 않고 선생님의 손놀림에 따라이리저리 흔들거렸다. 대나무가 흔들릴 때마다 마치 비올라가 비브라토*를 연주하듯 그 떨림이 숲 속 전체로 은은하게 퍼져나갔다. 잔잔한 바다에 바람이 일면 파도가 일렁이듯이 작은 소리의 입자들이 점점 더 커지면서 퍼져나갔다. 아이들은 조용히 침묵하면서 자연이 만들어내는 고요한 떨림을 온몸으로 느꼈다.

* 비브라토: 음악 연주에서 악기의 소리를 떨리게 하는 기교

시간이 멈춘 집

어둑한 수풀을 지나고, 가파른 산비탈을 지나고, 으스스한 분위기의 숲 속에 다다르니 덩그마니 집 한 채가 나타났다.

"누구 계세요?"

아이들이 조심조심 안뜰로 들어서며 인사를 했다. 하지만 괴괴한 적막만 감돌 뿐 인기척이 없다.

"사람 안 계세요?"

용재 오닐 선생님도 정중하게 인사를 했다. 역시 대답이 없다. 아무래도 사람이 살지 않는 빈집인 듯했다. 집은 여기저기 파손되고, 무너지고, 폐허가 되었지만 누군가 살았던 흔적들이 남아 있다. 어쩌면 지난여름 태풍이 몰아친 것인지도 모른다. 그래서 이곳에 살던 사람들은 모두 안전한 곳으로 대피하고 집만 혼자 버려진 것인지도 모른다.

"자연은 뭔가를 창조해내기도 하지만 이처럼 망가뜨리기도 한단다."

용재 오닐 선생님이 자못 심각한 표정으로 말했다.

"자연은 사람들이 함부로 조종하고 통제할 수 없는 것이지. 그러니까 늘 존중하고 존경해야만 해."

그 말을 모두 이해할 순 없지만 아이들은 진지하게 경청했다.

폐허가 된 집 안에는 망가진 텔레비전과 전자레인지가 뒹굴고 있었다. 한쪽 구석으로 오래된 벽시계가 보였다. 시곗바늘은 2시 20분에 멈춰 있었다. 그 집에서는 더 이상 시간이 흐르지 않는 것 같았다. 모든 것이 침묵하고 있었으며, 정지해 있었다. 고요하면서도 아주 이상한 느낌이었다.

"얘들아, 템포가 뭔지 아니?"

용재 오닐 선생님이 물었다.

"리듬? 박자?"

아이들이 확신하지 못하면서 머뭇거렸다.

"그래, 그런 거라고도 할 수 있겠지. 그건 속도 혹은 박자라고 하는 것인데, 그럼 지금 이 박자는 어떻지?"

선생님이 손바닥을 빠르게 쳤다.

"빠른 박자요."

아이들이 대답했다.

"자, 너희의 삶을 생각해 봐. 너희가 안산에서 살고 있는 일상은 이런 느낌이겠지. 짝짝짝짝! 학교에 가야 하고, 좋은 학생이 되어야 하고, 시험도 잘 봐야 하고, 바이올린과 첼로와 비올라 연습도 해야 하고……. 빨리빨리. 하지만 이곳 시골에 오니까 시간이 점점 느리게 흘러가고 있지. 일찍 잠자리에 들어야 하고, 텔레비전도 없고 화장실은 정말 낡았고……."

선생님의 손놀림이 점차 느려지더니 어느 순간 딱 멈추었다.

"그런데 이렇게 멈추는 순간이 있어. 더 이상 속도가 없는, 그것이 바로 이 집이야. 시간이 없는 집. 마치 삶이 멈춘 것처럼."

선생님이 비올라를 집어 들었다. 뭔가 아이들에게 음악을 통해 들려주고 싶은 것이 있는 듯했다.

"유명한 음악가 중에 메시앙이라는 분이 있어. 그분은 2차 세계대전 중 포로수용소에 있었단다. 그 수용소는 오늘 죽을지, 내일 죽을지 알 수 없는 곳이었지. 바로 내 옆에서 수백 명, 수천 명이 죽어가는 그런 끔찍한 곳이었어. 자, 상상해보렴. 우리가 그곳에 살고 있다면 나의 시간이 점점 죽어가고 내 주변의 시간들이 멈춰가는 그런 기분이겠지. 마치 세상이 끝난 것 같은……. 그래서 메시앙은 이 곡을 작곡했어. 제목은 '시간의 종말'이야."

선생님이 비올라 연주를 시작했다. 시간이 멈춰버린 낡은 집에서 울려 퍼지는 비올라 소리는 슬프고도 아름다웠다. 용재 오닐 선생님은 아이들에게 무슨 이야기를 들려주고 싶었던 것일까? 아이들은 음악을 들으면서 저마다 골똘히 생각에 잠겼다.

"세상에는 돌보지 않고 내버려두면 무너지는 것들이 있지요. 마치 시간이 멈춰버린 그 집처럼. 하지만 또 누군가 그런 소중한 가치를 지키기 위해 애쓰시는 분들이 있어요. 그분들이 지키고 있기 때문에 시간이 멈추지 않고 가치 있게 흘러가는 것 같아요. 저는 아이들이 자신에게 주어진 한정된 시간을 낭비하지 않고 현명하게 살아내는 친구들이 되었으면 좋겠어요. 지금 이 순간이 얼마나 소중한 시간인지 깨달았으면 좋겠어요."

선생님이 말하고 싶었던 이야기들이 비올라 선율을 타고 아이들 마음으로 전해졌다. 오늘 보고, 듣고, 느낀 모든 것들, 대나무가 바람에 부딪치는 소리, 무지갯빛으로 반짝이던 햇살, 온몸으로 전해지던 소리의 떨림, 시간이 멈춘 집……. 그 모든 순간들이 한 장 한 장 컬러사진처럼 머릿속 깊이 새겨졌다. 마치 멈춰진 시계처럼 지금 이 순간은 오래도록 잊히지 않고, 바래지 않고 기억될 것이다.

녹차 밭을 지나 산을 오르며

가을의 녹차 밭은 봄의 꽃밭보다 아름다웠다. 동글동글하게 잘 다듬어진 차밭에서 아이들은 싱그러운 냄새도 맡아보고, 손바닥으로 찻잎을 훑어보기도 했다. 만지기만 해도 손에 푸른 물이 들 것처럼 신선하고 선명한 녹색이 눈부셨다. 녹차 밭 끄트머리에 작은 산이 있었다. 아이들 모두가 함께 산에 오르기로 했다. 산이라기보다는 나지막한 산등성이에 가까워서 밑에서 볼 때는 만만해 보였다.

처음엔 다들 산책 나온 것처럼 가볍게 걸었다. 그러나 가파른 계단이 나오고 점점 땅과 멀어지자 힘들어하는 아이들이 생겼다. 형진이가 발이 아파서 더 이상 갈 수 없다고 나무 의자에 누웠다. 그래서 용재 오닐 선생님이 업었다. 잠시 뒤, 뒤따라가던 바울이가 자신이 대신 업겠다면서 형진이를 업었다. 이번엔 어린 누리가 뒤처졌다. 용재 오닐 선생님이 가뿐하게 누리를 업었다. 그 와중에도 혜라는 계단을 힘차게 뛰어올라 갔다. 서로가 서로를 돕고 격려하면서 산등성이 중간쯤 올랐을 때 잠시 쉬기로 했다.

"얘들아, 정말 잘했어. 여기까지 오느라 정말 힘들었는데 그래도 조금만 더 가면 정상이 나오거든."

용재 오닐 선생님 말이 끝나기 무섭게 아이들이 비명을 질렀다.

"더 간다고요?! 안 돼욧!! 히잉~ 힘들어요……."

모두들 시끌벅적한 가운데 평은이가 그 모든 불평을 잠재우면서 한마디 했다.

"할 수 있어. 위 캔 두 잇!"

올라오는 동안 계속 힘들어하던 현주도 기운을 내며 거들었다.

"할 수 있어요."

그 말에 아이들이 잠잠해졌다.

"너희가 살면서 일상생활에서 부딪치는 문제들이 나올 때마다 지금 오른 이 산을 생각하면 돼. 한 번에 못 가면 모든 과정을 조금씩 나눠서 이렇게 한 걸음, 한 걸음 천천히 올라오면 돼. 그럼 언젠가 멀고 힘들게 보이던 결승점에 도달하게 될 거야. 나도 모르는 사이에 벌써 결승점에 도착해 있을 거야. 선생님은 마라톤을 좋아해서 한 번에 42.195km를 달리거든. 그런데 마라톤을 하는 중간에 그만두고 싶고, 포기하고 싶은 순간이 한두 번이 아니란다. 내 몸 속에 있는 모든 장기들이 제발 달리기를 멈춰달라고 소리를 지르곤 해. 그런데 그 모든 아우성을 다스릴 수 있는 단 하나의 무기가 있다면 그건 선생님이 가지고 있는 생각과 의지야. 결국 몸을 다스리는 것은 마음이니까. 그 마음을 굳게 할 수만 있다면 너희가 상상조차 하지 못했던 어마어마한 일들을 하게 될 거야."

선생님의 이야기를 듣고 있자니 몸의 구석구석에 새로운 힘이 돌아다니는 것 같았다. 이제 그만 쉬자고 아우성치던 몸이 다시 기운내자고 말하는 것 같았다. 다들 선생님의 말에 힘을 얻어서 정상을 향해 걷기 시작했다.

그런데 갑자기 다니엘이 눈물을 뚝뚝 흘렸다.

"다니엘, 무서워? 괜찮아? 아니면 선생님 등에 업힐까?"

고소공포증이 있는 다니엘은 다리가 후들거리도록 무서우면서도 선생님

등에 업히지 않고 혼자 가보겠다고 했다.

"다니엘, 선생님은 항상 너를 기다려줄 거야. 뭐가 무서운지, 왜 힘든지 말해주면 선생님은 항상 다니엘의 버팀목이 되어 줄 거야."

용재 오닐 선생님은 그런 다니엘이 대견하면서도 안쓰러웠다.

끝나지 않을 것 같던 가파른 길이 끝나고 마침내 정상에 도착했다. 도착하자마자 아이들이 여기저기 쓰러졌다. 현주는 꾹 참았던 울음을 터뜨렸다. 준마리와 평은이가 곁에서 달래주었다.

"그래도 여기까지 올라온 게 어디야. 그렇지, 현주야?"

현주가 울면서도 고개를 끄덕였다. 무서움을 이기고 끝까지 포기하지 않고 올라온 것이 스스로도 대견했다.

"그때 녹차 밭에서 높은 산에 올라갔잖아요. 그때 제가 너무 힘들어서 포기했는데 용재 선생님이 저한테 그 말 했어요. '포기하지 말고 열심히 해서 끝까지 가자.' 그 말을 들으니까 희망이 생겼어요. 그래서 몸속에 있는 나머지 힘을 다 써서 포기하지 않고 끝까지 올라갔어요. 올라갔더니 기분 완전 좋았어요. 그렇게 예쁜 건 처음 봤어요."

릿타는 그 순간을 회상하며 이렇게 말했다.

릿타의 말처럼 산 정상에서 내려다본 경치는 정말이지 근사했다. 멀리 햇살을 받아서 반짝이는 바다가 보이고 푸른 산들이 보이고 녹차 밭과 대나무 숲이 보였다. 그건 고생하면서 흘린 땀과 눈물이 아깝지 않을 만큼 놀랍고도 굉장한 광경이었다.

용재 선생님의 고백

"너희가 선생님에게 자주 하는 질문이 있잖아. '왜 한국말을 못하세요?'"

산들바람이 살랑 불어오는 산등성이, 피곤했던 몸과 마음에 휴식을 주고 있는 아이들 앞에서 용재 오닐은 자신의 아픔을 솔직하게 고백하기 시작했다.

"그 질문에 대답하려면 선생님은 60년 전 이야기로 돌아가야 해. 지금부터 잘 들어주렴. 우리 어머니는 한국에서 태어나셨어. 그때는 바로 무서운 전쟁이 일어났던 그런 때였지. 끔찍한 전쟁으로 많은 사람들이 죽고, 버려지고, 고아가 되었어. 그때 우리 어머니도 고아가 되었는데 머리를 크게 다쳤고 한국에서는 돌봐줄 사람이 없어서 미국의 양부모님들이 입양을 하게 되었단다. 양부모님, 그러니까 나의 할머니, 할아버지는 미국 분이셔서 당연히 한국말을 못했고, 우리 어머니도 미국에서 살면서 영어만 쓰게 되었어. 그래서 나는 한국말을 배울 기회가 없게 된 거지.

그런데 내가 살던 동네는 아주 작은 곳이었어. 모두 미국 사람이고 나와 엄마만이 유일한 한국 사람이었거든. 그래서 적응하는 것이 쉽지 않았단다. 동네 사람들이 나를 많이 놀리고, 조롱하고, 괴롭혔어. 내 눈이 이상하게 생겼다고, 내 눈 색깔이 이상하다고, 내 몸이 너무 작다고. 심한 욕설도 들었고, 심지어 우리 엄마에 대해서 끔찍한 욕을 하는 것도 들어야만 했지. 그 어린 시절, 누구에게도 말할 수 없는 큰 상처를 받으면서 정말 견디기가 힘들었단다. 아마 여기 있는 너희도 선생님처럼 그런 놀림을 당했을 거야. 어쩌면 더 심하게 당했을지도 모르지. 그래서 참 슬퍼.

하지만 선생님은 그 많은 시련과 고난을 겪으면서도 지지 않았어. 그래서 이렇게 너희 앞에 굳건하게 서 있을 수 있는 거야. 나는 너희가 마치 내 일부로 느껴져. 내가 너희의 선생님이 아니라 너희 또래의 친구인 것처럼 느껴져. 너희는 정말 훌륭해. 힘든 일들을 다 이겨내고 열심히 노력하는 모습을 보면서 선생님은 정말 감동했고, 바로 너희가 선생님을 움직이게 만들었어."

　선생님은 조용히 자신의 말에 귀 기울이고 있는 아이들을 모두 일으켜 세워서 바다가 내려다보이는 난간 근처에 서게 했다. 그리고 시선을 멀리 높이 바라보게 했다.

　"이제 우리 1분만 조용히 하면서 바람소리랑 숨소리를 들어볼까?"

　아이들은 고요히 침묵하면서 그 소리를 느끼려고 애썼다.

　"선생님은 전 세계를 돌아다니면서 이렇게 멋진 산을 보고, 울창한 숲을 보고, 마른 사막도 보고, 화산섬들도 보고 그랬어. 그렇게 다양한 경치를 봤기 때문에 그 모든 것을 음악에 녹여낼 수 있었던 것 같아. 너희를 둘러싼 환경과 경치를 바라보면서 너희만의 감정을 가지고 느낄 줄 아는 것은 정말 중요해. 그것은 이 세상에서 가장 아름다운 것이란다. 그런 감성을 가지고 있는 너희는 살아 있다는 것만으로 축복이고, 그것만으로도 경이로운 존재라는 사실을 꼭 기억해주렴."

　간절한 기도와도 같은 용재 오닐 선생님의 이야기가 아이들 마음속으로 조용하게 들어가서 깊이 내려앉았다. 앞으로 살아가면서 수많은 어려움과 역경을 만날 때마다 그날 용재 오닐 선생님이 산 위에서 들려준 이야기는 아이들에게 두고두고 큰 힘이 될 것이다.

여행을 끝내며

강골마을에서의 마지막 시간이 저물어간다. 아이들은 이번 여행을 통해서 무엇을 얻고 무엇을 깨달았을까.

"선생님이 말할 때요, 친구들이 놀리고 그런 얘기가 가장 기억나요. 저도 중국 사람이니까 중국에 가라고, 맨날 바보라고 그렇게 애들이 놀려요. 하지만 선생님 말씀 들으니까 용기가 생겼어요."

한위가 말했다.

"여기는요, 더 맑은 공기가 있고요, 물소리도 조르르~ 하면서 맑은 소리가 나잖아요. 나중에 우리가 첼로 연주할 때 그 소리와 느낌을 잘 기억하면 우리 소리가 잘 날 것 같고, 그 소리와 비슷하게 잘 낼 것 같아요."

혜라의 소감이었다.

"오늘 너무 힘들어서 다리가 후들후들했어요. 하지만 정상에 올라간 거, 포기하고 싶어도 끝까지 가라는 선생님 말씀이 기억에 남아요. 저도 하고 싶은데 제 마음대로 안 될 때 포기하고 싶었던 적이 있었거든요. 그런데 끝까지 포기하지 않고 계속해서 원하던 것을 얻은 경험이 있어요. 오늘 산에 올라갔을 때 딱 그 기분이었어요. 정말 뿌듯했어요."

준마리가 빙긋 웃었다.

"산에 올라가서 진짜 무서워서 울었어요. 진짜 무서웠어요. 저기 바다 보면은 막 떨어질 듯한 느낌. 진짜 무서웠어요. 하지만 그래도 재미있었어요. 녹차 밭에 가서 이렇게 녹차 잎에 손 대고 소리 느꼈던 거. 그거 좋았어요. 맑은 소리가 났어요."

산에서 가장 많이 울었던 현주가 활짝 웃으며 말했다.

"음, 자연에서 악기를 연주하는 것이 좋았어요. 자연의 소리 중에서는 새소리가 제일 좋았어요. 도시에서는 차소리 때문에 잘 안 들리는데 자연에서는 공기도 맑아서 그런지 더 잘 들리는 것 같아요."

완우가 진지한 눈빛으로 말했다.

"저는…… 이번에 바다소리가 가장 좋았어요. 바다소리가 꼭 우리랑 닮은 거 같았어요. 바다도 파도를 치면서 소리를 내잖아요. 바다가 우리처럼 바이올린을 연주하는 것 같았어요."

바다를 유독 좋아하는 아델리아가 행복한 표정을 지었다.

"도시는 다 인공적인 소리잖아요. 자동차 소리나 이런 거. 근데 자연은 다 자연으로 만들어진 소리니까 좋아요. 저희는 항상 막혀 있는 강당에서 연습했잖아요. 근데 자연에서 하니까 뻥 뚫려서 계속 울리고 그걸 느꼈어요."

첼로의 맏언니 평은이가 시원스럽게 말했다.

"이제 차를 타고 집까지 여섯 시간 걸리는데 그 버스에 타기 전에 이 공기가 얼마나 차가운지, 또 감촉은 어떤지, 그리고 너희 눈에 비치는 바다의 색깔은 어떤지, 파도의 소리는 어떤지 그 모든 것들을 기억해주었으면 좋겠어. 우리가 보는 짧은 파도들은 평생을 출렁거리면서 바다를 헤엄쳐 왔어. 그러니 그 소리를 꼭 기억해주렴."

보성을 떠나기 전 마지막으로 들른 바닷가에서 용재 오닐 선생님이 당부했다.

"자, 이제 집에 갈 준비가 됐니?"

용재 오닐 선생님의 질문에 아이들은 목청껏 소리를 질렀다.

"네!!!!!!!!!!!"

평생을 헤엄쳐 온 작은 파도는 아이들의 목소리를 싣고 어딘가를 향해 또다시 밀려갔다.

소리를 찾아 떠난 여행에서 아이들은 다양한 소리와 만났고, 자기 자신의 한계와 부딪쳤고, 자연의 경이로움을 느꼈고, 또 많은 것을 배웠다. 시골생활이 불편하고 낯설어서 울기도 하고, 다투기도 하고, 불평하기도 했지만 그래도 많은 시간 웃었고, 행복했다. 자신들의 가슴속에 차오르는 감정이 뭔지 정확하게 설명하기는 힘들지만 안산으로 돌아오는 버스 안에서 아이들은 한 뼘 더 성장해 있었다.

용재 선생님을
닮은 완우

　"완우는 특별한 아이에요. 제 어릴 적 모습을 떠올리게 하죠. 전 굉장히 조용한 아이였어요. 말을 되도록 안 하려고 했고, 관찰만 했어요. 그게 문제가 될 수도 있어요. 자기 자신을 가둬두려고 하고 다른 사람들을 찾지 않게 되죠. 인생은 균형이 중요하다는 것을 완우가 깨달았으면 좋겠어요."

　자신을 닮은 것 같아서 완우에게 유난히 마음이 많이 간다는 용재 오닐. 완우의 내성적인 모습이 조금 걱정되기는 하지만 그 아이만이 가지고 있는 장점들을 알고 있다. 완우의 감정 풍부한 눈빛에서 용재 오닐은 많은 것들을 읽는다. 그래서 더더욱 언젠가 완우가 자신이 얼마나 멋진 사람인지 깨닫게 되길 원한다.

　"완우는 제가 만나본 어린 남자아이들 중에서 가장 성숙한 아이예요. 어른의 모습이 있죠. 자기 성찰적이고, 예민하고, 관찰력이 있고……. 제겐 큰 기쁨의 존재가 되어 줘요."

　평소 조용하고 자기표현이 많지 않지만 자기 또래에 비해 속이 깊고 성숙한 완우가 언젠가 용재 오닐 선생님에게 물었다.

　"결혼하셨어요?"

　뜻밖의 질문에 당황한 용재 오닐이 아직 결혼하지 않았다고 대답했다. 대부분의 사람들은 그렇게 말하면 왜 결혼하지 않느냐고 묻곤 했다. 하지만 완우는 정말 생각지도 않은 말을 했고, 그 말은 오래도록 용재 오닐의 마음속에 커다란 울림으로 남았다.

　"저는 용재 선생님이 빨리 결혼했으면 좋겠어요. 제가 선생님의 아이들을 만나보고 싶거든요. 그 아이들이 어떻게 생겼을지, 어떤 아이일지 정말 궁금해요. 선생님 아들이 자라면 꼭 선생님처럼 됐으면 좋겠어요."

　자신이 진심으로 존경하고 사랑하는 선생님이기에 그 선생님의 아이들을 만나고 싶고, 그 아이가 선생님을 닮았으면 좋겠다는 완우의 대답은 그 어떤 말보다도 위로가 되고 기쁨이 되었다.

"정말 감동적이었어요. 어린아이가 그런 말을 한다는 건 놀라운 일이죠. 아이들은 가끔 아주 굉장한 말들을 하는 것 같아요."

아직도 그때 생각을 하면 가슴이 벅차오른다는 용재 오닐 선생님의 회상이다.

말이 별로 없는 완우가 용재 오닐 선생님에게만 털어놓은 이야기가 있다. 그것은 할머니 이야기였다. 지금까지 살아오면서 완우에게 가장 슬펐던 순간은 바로 할머니가 돌아가셨을 때였다. 그 이야기를 털어놓자 용재 오닐의 눈에도 눈물이 고였다. 용재 오닐 역시 살아오면서 가장 힘들고 슬펐던 경험이 할머니의 죽음이었기 때문이다. 자신을 사랑해주던 할머니가 돌아가실 때 느낀 상실감에서 두 사람은 보이지 않는 공감의 끈을 느꼈다.

두 사람의 공통점은 또 하나가 있었다. 바로 달리기를 잘한다는 것. 연말 콘서트를 앞두고 캠프에 갔을 때 아이들은 용재 오닐 선생님과 함께 미니 마라톤 대회에 참여했다. 그때 1등으로 들어온 아이가 바로 완우였다. 캠프에 초대되어 온 엄마, 아빠, 여동생 앞에서 완우는 당당한 모습으로 결승선 테이프를 끊고 들어왔다. 완우의 우승을 가족들 못지않게 기뻐한 사람이 용재 오닐이었다. 앞으로 이 작은 음악가가 어떤 모습으로 어떤 인생을 살아갈지 용재 오닐은 계속해서 애정과 설렘을 가지고 지켜볼 것이다.

"오케스트라가 좋은 이유는 '첫째, 친구들과 사귈 수 있다. 둘째, 바이올린이랑 악기를 연습할 수 있다. 셋째, 간식을 먹을 수 있다. 넷째, 편하다. 다섯째, 캠프를 갈 수 있다'입니다. 그리고 제가 좋아하는 음악은 '섬집 아기'예요. 재미있고 아름다워요." - 완우

문성이와
이별하기

보성으로 여행을 떠나는 날 아침, 용재 오닐은 굉장히 슬픈 사실을 알게 되었다. 아이들 이름을 하나하나 부르면서 출석을 부르던 중 문성이 이름을 불렀는데 대답이 없었던 것이다. 그때 누군가 말했다.

"문성이는 요즘 계속 빠지고 있어요."

그 소리에 놀란 용재 오닐이 계속 주변을 두리번거리면서 문성이를 찾았다. 그러나 오케스트라의 가장 큰형인 문성이가 어디에도 보이지 않았다.

"문성이는 사춘기예요, 지금."

평은이가 곁에서 진지한 표정으로 말했다.

사실 문성이가 오케스트라에 나오지 않은 것은 한참 되었다. 가을로 막 접어들 무렵, 한위와 선욱이, 평은이, 준마리가 한자리에 모여서 어떻게 하면 문성이를 다시 연습에 나오게 할 수 있을지 고민했다.

"어떻게 하면 문성이가 나올 수 있을까? 네가 있어야 한다고, 연습 나올 수 있었으면 좋겠다고 이렇게 문자를 보내는 것이 좋을까?"

악장 준마리가 고개를 갸웃거리자 평은이가 재빨리 대답했다.

"아마, 문자 보고 감동받아서 올 거야. 우리가 한글뿐 아니라 중국어로까지 번역해서 친절하게 보내는데 얼마나 감동하겠어!"

"아니, 아니야."

그동안 문성이와 제일 이야기를 많이 했던 한위가 다소 비관적인 표정을 지으며 고개를 흔들었다. 그러면서도 한위는 문성이에 보낼 장문의 편지를 중국어로 작성했다.

"무슨 말이야, 저게? 한글로 좀 해줘. 무슨 소린지 하나도 모르겠어."

평은이가 통 중국어는 모르겠다고 투덜대자 한위가 편지를 통역하기 시작했다.

"문성아, 오늘 연습 시작했어. 그런데 그동안 너 아팠니? 우린 걱정이 돼서 메시지를 보냈는데 대답이 아직도 안 와서. 우린 네가 보고 싶어. 선생님이 우리에게 이야기했는데 12월에 하는 연주회는 정말 중요한 거야. 네가 그 연주회에서 비올라를 같이 연주했으면 좋겠어. 특히 비올라는 용재 쌤이 아끼는 파트인데 네가 없으면 얼마나 서운하시겠니? 용재 쌤이 너 보고 싶다고 얼른 오래. 기다리고 있을게."

문자 메시지도 보내고, 페이스북에 긴 편지도 올렸지만 과연 문성이가 다시 오게 될지 확신이 서진 않았다. 파트장들이 다시 모여서 새로운 묘안을 짜려고 고심했다.

"지금 오케스트라를 그만두게 되면 잃게 되는 게 하나 있어. 바로 지금까지 그 아이가 해 왔던 모든 게 없어지잖아. 지금까지 비올라 하면서 연습했던 거랑, 손에 굳은살 박이도록 연습했던 거랑, 그 모든 게 한순간에 다 없어지잖아."

평은이가 심각한 얼굴로 말했다. 평은이의 말처럼 지난 몇 개월간 함께 쌓아 온 시간과 노력들이 열매를 맺지 못하고 물거품이 되어 버릴 수도 있는 상황이었다. 다들 그것이 너무도 안타까웠다. 게다가 비올라 파트는 네 명밖에 되지 않았다. 그래서 한 사람만 빠져도 소리가 확연하게 작아지면서 오케스트라 소리에 영향을 미쳤다.

"그럼, 우리가 연주를 해서 동영상으로 보내주자. 처음엔 바이올린과 첼로만 연주를 하고, 그다음엔 비올라까지 연주해서 보내는 거야. 그 동영상을 문성이가 보면서 비올라가 들어가야 더 소리가 좋다는 것을 알 수 있도록 음악을 들려주는 거야."

악장다운 준마리의 발상이었다.

"맞아, 비올라가 있을 때랑 없을 때가 차이가 많이 나니까 비올라 얼마나 중요한지 알게 될 거야. 악기가 하나만 있으면 다양성이 없고, 여러 악기가 같이 있으면 더 풍부한 음악이 된다는 걸 말이야."

비올라 파트장으로서 막중한 책임감을 느끼고 있는 선욱이가 덧붙였다.

"실은 나도 합주할 때는 너무 재미있는데 개인 연습을 하면 잘 안 되는 부분들이 있어. 난 진짜 잘하고 싶은데 마음대로 안 되는 거야. 그때 너무 짜증나고 그랬는데 문성이도 그런 게 아닐까 싶어."

준마리는 자신의 경험을 토대로 합주의 즐거움을 문성이에게 알려줘서 본인이 자발적으로 나올 수 있도록 하자고 말했다.

지금까지 스물네 명이 함께해 왔는데 어떤 이유로든지 누군가를 잃어버린다는 것은 아이들에게 충격이고 슬픔이었다. 자신들이 할 수 있는 모든 방법을 통해서라도 문성이를 되찾고 싶었다. 그러나 그 뒤로도 문성이에게서는 계속 소식이 없었다. 결국 보성에 가는 날에도 문성이는 끝내 나타나지 않았다.

놀이터에서 만난 문성이

보성 여행을 다녀온 후, 바쁜 일정에도 시간을 내서 용재 오닐이 안산으로 문성이를 찾아갔다. 어떻게든 직접 만나서 설득하고 싶었기 때문이다.

"문성이 키가 많이 자란 것 같아."

오랜만에 문성이를 만난 용재 오닐이 반가운 얼굴로 인사를 했다. 못 본 사이에 문성이는 훌쩍 자라서 어린아이가 아닌 어엿한 청소년의 모습으로 성장해 있었다.

"선생님 오실 줄 몰랐어요. 이렇게 나를 위해서 오실 줄 몰랐어요."

놀이터의 작은 벤치에 앉아서 한동안 말이 없던 문성이가 입을 열었다. 멀리서 용재 오닐 선생님이 직접 자신을 찾아오자 어쩔 줄 몰라 당황한 것 같았다.

"문성아, 너는 우리에게 굉장히 중요한 친구야. 보성에 가는 날, 네 이름을 불렀는데 네가 그곳에 없어서 선생님은 얼마나 슬펐는지 몰라. 문성아, 우리에게 다시 돌아와주면 안 될까?"

안타까운 표정으로 용재 오닐이 말했다. 미안함과 쑥스러움으로 문성이는 고개를 들지 못했다.

"제가 지금 공부를 해야 하는 시기예요. 아직 한국말도 잘 못하고. 그런데 오케스트라에 가면 공부를 못 할 것 같아요."

문성이는 그동안 자신이 고민했던 것을 선생님에게 차분하게 설명했다. 곧 중학교에 진학해야 하는 문성이에게 공부는 중요한 과제였다.

"물론 학교에서 공부하는 것도 매우 중요해. 음악과 공부, 둘 다 하는 것이 얼마나 어려운지 선생님도 잘 알아. 하지만 나는 두 달만 있으면 문성이가 공부든 음악이든 다 잘해낼 수 있을 거라고 생각해. 우리 두 달만 더 같이 하면 어떨까?"

문성이와 함께 연말 콘서트를 꼭 같이 하고 싶은 용재 오닐 선생님이 간곡하게 청했다.

"어머니에게도 상의했는데 오케스트라에 가는 걸 찬성하지 않으셨어요. 학원 선생님도 그랬고요."

아마도 문성이의 주변 어른들은 지금 문성이에게 시급한 것이 한국말 배우기와 상급학교 진학을 위한 학과 공부라고 판단한 것 같았다. 그것은 충분히 이해할 수 있는 판단이고 결정이었다.

"문성이는 선생님의 비올라 식구잖아. 물론 모든 아이들이 다 중요하고 좋지만 비올리스트는 네 명뿐이라서 문성이는 나에게 더 특별해. 우리한테는 너를 잃는다는 것이 굉장히 큰 아픔이고 손실이야. 그러니까 문성이 어머니와 내가 직접 이야기해봤으면 좋겠는데……. 필요하다면 선생님이 시간을 내서 개인지도를 해줄 수도 있어."

상황은 알지만 그래도 문성이를 잃고 싶지 않은 용재 오닐이 간절한 바람으로 말했다.

해가 뉘엿뉘엿 저물고 용재 오닐 선생님과 문성이의 그림자가 길게 드리워졌다. 놀이터에서 놀던 아이들도 어느덧 각자의 집으로 돌아가고 텅 비었다. 그 뒤로도 많은 이야기들을 나누었지만 문성이의 생각을 바꿀 수는 없었다. 어쩌면 문성이에게는 음악보다도 이 한국 사회에 빨리 적응하는 것이 더 필요한 것인지도 몰랐다. 가슴 아프고 안타까운 일이기는 했지만 그것은 음악이 해결해줄 수 없는 냉정한 현실이기도 했다.

"중간에 우리가 문성이를 잃었을 때 저는 정말 여러 가지 이유로 속상했습니다. 앞으로 이 프로젝트가 끝나고 만약 더 많은 아이들을 잃게 된다면 저는 정말 슬플 것 같아요."

연말 콘서트가 끝난 뒤 용재 오닐은 함께하지 못한 문성이에 대한 안타까운 심정을 고백했다. 그날 놀이터에서 끝내 문성이를 붙잡지 못했던 것이 용재 오닐에게는 오래도록 가슴 아픈 상처로 남게 된 것이다.

먼 훗날 문성이는 오케스트라에서 만났던 친구들과 선생님, 음악을 통해 자신의 삶이 조금은 더 풍요로워졌고, 조금은 더 아름다웠다는 것을 기억하게 될 것이다. 그리고 그 행복했던 추억은 앞으로 문성이를 미래로 밀고 가는 힘이 될 것이다.

4악장

엄마를 위한
자장가

"이제는 우리가 엄마에게
위안의 자장가를 들려드리려고 합니다."

연말 콘서트,
무엇을
연주할까?

지난여름, 세종문화회관 디토 콘서트의 특별무대에서 비록 짧은 시간이지만 생애 처음으로 오케스트라 연주를 선보이며 환희의 순간을 맛본 아이들에게 가슴 벅찬 꿈이자 달려가야 할 새로운 목표가 생겼다. 그것은 연말 단독 콘서트이다.

첫 번째 무대는 자신들이 주인공인 무대가 아니었지만 두 번째 무대인 연말 콘서트는 자신들이 주인공이자 자신들의 힘으로 완성시켜야 하는 단독 공연이었다. 오케스트라를 시작한 지 겨우 몇 개월밖에 되지 않은 아이들에게 그것은 결코 만만치 않은 도전이었다.

9월의 어느 날, 연말 공연에 대해 의논하기 위해 용재 오닐이 미국에서 날아 왔다. 오랜만에 선생님과 만나는 자리인지라 아이들은 들뜨고 설레었다.

"얘들아, 오늘 수업에 누가 오셨을까?"

김정선 선생님이 물었다.

"용재 선생님이요!!"

아이들이 참새처럼 입을 모아 소리쳤다.

"너희 실력이 얼마나 늘었는지 확인하려고 용재 선생님이 오셨습니다!"

"와아아아아!!"

아이들의 박수와 환호성을 받으면서 등장한 용재 오닐이 벅찬 얼굴로 말했다.

"여러분, 반가워요. 지난 세종문화회관 콘서트에서 여러분이 정말 잘해줘서 대견하고 자랑스러웠어요. 그날 콘서트 후에 제 친구들이 편지를 써줬는데, 얼마나 많은 사람들이 그 콘서트를 보고 감동받고 울었다고 썼는지 몰라요. 모든 사람들이 여러분의 연주가 정말 아름답다고 말해줬어요. 여러분 정말 대단해요. 3개월 만에 3천 명 앞에서 그런 멋진 연주를 하다니 기적이에요. 그런데 이제 우리는 다음 콘서트를 위해 더 열심히 준비해야 해요. 연말은 정말 특별한 날이에요. 사람들이 서로를 용서하고 화해하는 크리스마스 시기이기도 하고, 새로운 한 해를 맞이하는 그런 날이기도 하죠. 그래서 우리가 그 공연에서 무엇을 연주해야 할지 정해야 해요. 어떤 곡을 연주해야 사람들이 행복해할지, 덜 슬퍼하고, 덜 외로워하고, 서로 아껴주면서 그런 감정을 느끼게 될지. 그러니까 여러분이 그 관객들을 행복하게 만들 수 있는 곡을 생각해 봐요."

12월 30일에 개최될 연말 단독 콘서트의 제목은 〈엄마의 자장가〉로 정해졌다. 예전에 준마리가 바이올린 연주를 잘하게 되면 제일 먼저 엄마에게 자장가를 들려주고 싶다고 했던 그 마음에서 시작된 공연. 이 땅에 살면서 고단한 삶에 지친 부모님께 아이들이 들려주는 위안의 자장가이자 희망의 메시지, 새해를 맞이하는 즐거운 가족 음악회, 그것이 이번 공연의 목표였다.

90분 동안 펼쳐질 공연에는 흥겹고 신나는 크리스마스 캐럴도 들어가고, 아이들이 직접 작곡한 곡도 연주하게 되고, 다양한 종류의 자장가도 들어가게 된다. 많은 사람을 감동시켰던 노래 'You raise me up'은 원태의 솔로반주에 맞춰서 카이가 직접 노래하기로 했다. 연주 외에도 모차르트의 '반짝반짝 작은 별'을 각 엄마나라의 말로 직접 부르기로 했다. 엄마에게 노래를 배우는 과정을 통해 아이들은 엄마나라와 엄마나라의 말에 대한 호기심을 갖게 되고 또 자부심도 느끼게 될 것이다.

세종문화회관에서 단 두 곡만 연주했던 아이들이 4개월 후에는 무려 8~9 개의 새로운 곡을 연주해야 한다니 보통 일은 아니었다. 공연장소는 안산 문화예술의전당 해돋이극장. 무려 1,500석이나 되는 큰 극장이었다. 과연 그 많은 좌석을 다 채울 수 있을지, 그 많은 사람들 앞에서 1시간 30분이나 되는 공연시간을 제대로 이끌어갈 수 있을지, 몇몇 아이들은 벌써부터 근심스러운 얼굴이다.

"이제 여러분이 받았던 사랑과 관심을 다시 돌려주기 위해서 어떻게 해야 할지 잘 생각해 봐요. 우리가 열심히 노력하는 것밖에 없어요. 물론 연습이 지겹기도 하고, 힘든 것도 알고, 항상 즐겁지만은 않다는 것도 알아요. 그렇지만 선생님이 여러분에게 약속할 수 있는 건 결국엔 정말 기분 좋을 거라는 거예요. 사람들에게 기쁨을 주는 일은 정말 기분 좋은 일이거든요. 선생님이 약속할게요."

용재 오닐 선생님이 확신을 가지고 이야기하자, 아이들 얼굴도 덩달아 밝아졌다. 지난 7월 첫 번째 공연에서 느꼈던 환희, 전율, 흥분, 기쁨 등이 다시 떠올랐다. 그렇게 해서 아이들은 12월 30일의 콘서트를 향해 4개월간의 대장정을 시작하게 되었다.

떡볶이와 빈대떡

용재 오닐은 짧은 한국 체류의 바쁜 일정 속에서도 시간을 내서 아이들과 함께 시내로 놀러 갔다. 언제나 배가 고픈 아이들을 위해 분식점에 데려간 용재 오닐은 그곳에서 유창한 한국말로 떡볶이와 순대, 쫄면을 주문했다. 그런 선생님을 보며 아이들은 입을 다물지 못했다.

"와, 진짜 용재 쌤이 한국어 진짜 잘해. 우리 처음 합숙했을 때는 진짜 한국어 하나도 못 했는데……. 얘들아, 그거 있잖아. 쑨양이 박태환 때문에 박태환 좋아해서 한국어 배운 것처럼 용재 선생님이 우리 때문에 한국어 배운 것 같아."

평은이의 아전인수 격인 해석에 용재 오닐은 대답 없이 빙그레 웃었다.

"선생님, 떡볶인 언제 처음 드셔보셨어요?"

"2000년도에 처음 먹었어."

"우와, 2000년이면 진짜 오래됐네. 헐, 내가 태어나기도 전이야."

평은이가 깜짝 놀라자, "나도 알아. 나도 진짜 늙었지"라고 용재 오닐이 태연하게 대답했다. 두 사람의 대화를 듣고 있던 아이들이 일제히 웃음을 터뜨렸다.

여름방학 동안 무엇을 하면서 지냈냐고 용재 오닐이 물었다. 악기 연습도 매일 하고, 동생도 돌봐주고, 시골에도 다녀오고, 바닷가에 다녀왔다는 아이들. 선욱이가 슬그머니 선생님 곁으로 오더니 "굳은살이 박였어요" 하면서 자신의 손가락을 보여준다. 연습벌레답게 손가락 끝에 굳은살이 생겼다. 딱딱한 굳은살을 만져보면서 용재 오닐은 선욱이가 지난여름 얼마나 열심히 연습을 했는지 알 것 같았다. 어린 소녀의 손이 그렇게 딱딱하게 될 때까지 비올라의 현은 또 몇 번이나 끊어졌을지……

누군가 용재 오닐 선생님과 장동건 중에 누가 더 잘생겼냐고 물었다.

"용재 쌤이 더 잘생겼죠."

준마리가 망설일 것도 없다는 듯 대답한다.

"선생님이 더 잘생겼죠. 선생님 미소가 더 해맑아요. 진짜 해맑아요. 물론 떡볶이 사주신다고 이러는 건 아니에요."

평은이가 장난스럽게 말했다.

"선생님은 처음 봤을 때부터 웃고 있었어요. 꼭 아기 미소 같아요."

선욱이가 말하자, 옆에 있던 은아도 덧붙였다.

"선생님의 웃는 모습은 참 특별해요."

선생님은 아이들의 말에 보답이라도 하듯 해맑고 특별한 미소를 보여주었다.

한창 자라날 나이에 먹성 좋은 아이들인지라 떡볶이로는 배가 차지 않았다. 그래서 용재 오닐 선생님이 아이들에게 직접 요리를 해주기로 했다. 평소 같으면 선생님 비장의 무기인 파스타를 요리하겠지만 재료가 없었다. 대신 아이들이 좋아하는 빈대떡을 부쳐 주기로 했다. 녹두와 쌀을 갈아서 그 위에 갖은 야채를 얹은 빈대떡. 모양은 이탈리아 피자와도 비슷했다.

앞치마를 두르고 프라이팬을 뜨겁게 달군 용재 오닐이 능숙하게 반죽을 떠서 모양 좋게 프라이팬에 얹었다. 익기도 전에 아이들이 달려와서 군침을 삼켰다.

"아까 안 먹었어? 벌써 배고파?"

선생님이 묻자 누군가 말했다.

"우린 소화가 빠른 성장기 어린이니까요."

소화가 빠른 성장기 어린이들을 위해 용재 오닐은 쉴 새 없이 빈대떡을 구워냈다. 아이들은 빈대떡을 먹으면서 그 맛에 감탄했다. 자신들이 알고 있는 영어를 총동원해서 그 맛을 표현했다.

"엑설런트!"

열 살 은아가 엄지손가락을 치켜들면서 외쳤다. 엄마보다 요리를 잘하는 선생님이라니, 아이들은 진짜 신이 났다.

"아이들에게 요리를 해주니까 정말 기분이 좋네요. 제가 가지고 있던 요리 도구가 아니고 주방도 익숙하지 않아서 걱정했는데 다행히 생각보다 힘들지는 않았어요. 이제 엄마 마음을 이해할 수 있을 것 같아요. 엄마는 가족들을 위해 매일매일 요리를 하잖아요. 엄마가 하루 종일 열심히 준비한 음식을 가족들이 기쁘게 먹어준다면 얼마나 기분이 좋겠어요. 제가 지금 그런 마음이에요."

아이들을 배불리 먹이고 설거지를 하면서 용재 오닐이 진심으로 행복한 표정을 지었다.

"신기한 것은 음악가 친구들이 대부분 요리를 잘한다는 것이에요. 음악과 요리는 여러 면에서 비슷한 점이 많은 것 같아요. 음악과 음식 모두 사람의 몸과 마음을 건강하게 만들고 또 살아 있게 만드니까요."

그날 용재 오닐의 음악처럼 사람을 건강하게 만들고 존재의 기쁨을 느끼게 만드는 빈대떡을 먹은 아이들은, 그 어느 때보다 행복해졌고 더 건강해졌다.

팔방미인 지애, 꿈이 변한 이유는?

악기 경험이 별로 없었던 다른 아이들에 비해 지애는 처음부터 다양한 악기를 다룰 줄 아는 아이였다. 한국의 전통악기 가야금도 할 줄 알고, 엄마나라인 중국의 전통악기 고쟁도 할 줄 알았다. 하지만 다른 어떤 친구들보다도 말수가 적고 과묵했다.

"처음 오디션 할 때 특이한 악기 많이 가지고 왔잖아. 어떤 악기 할 줄 알아?"

"가야금, 피아노, 첼로, 아쟁."

"와! 너 혼자서도 오케스트라 할 수 있겠다."

그 말에 지애가 배시시 웃는다. 그중에서 제일 좋아하는 악기를 물으니 단번에 '첼로'라고 대답한다.

"저는 혼자 연주할 때보다 오케스트라 할 때가 더 좋아요. 혼자 연주하면 좀 썰렁한데 오케스트라를 연주하면 웅장해요. 특히 첼로의 소리가 왠지 모르게 제일 좋고 그래요. 첼로를 잡고 있으면 누군가를 안고 있는 느낌이에요. 첼로가 가족 같아요."

원래 의사가 꿈이었던 지애는 의사가 되어서 아픈 사람들을 고치고 싶었지만 이제는 음악을 통해 많은 사람들을 즐겁게 해주고 싶다고 한다. 지애의 꿈이 변한 이유는 무엇일까?

"처음 오케스트라 합숙 때 용재 선생님이 비올라를 연주하시는 것을 보면서 정말 다르구나, 정말 좋구나, 그런 생각이 들었어요. 용재 선생님이 연주하면서 느끼는 그 마음이 저에게도 잘 느껴지는 것 같아요."

용재 오닐 선생님 때문에 지애는 이제 첼리스트를 꿈꾸게 되었다.

오케스트라를 하면서 가장 변한 것이 무엇이냐고 물었다.

"제 말투하고 목소리요. 제가 원래 말이 없는데 악기를 연주하면서 즐거워지니까 제 목소리도 즐거워졌어요."

캠프 때 와서 지애를 본 엄마는 딸의 변화에 놀라워했다. 집에서도 학교에서도 말이 없던 지애가 아이들과 즐겁게 수다를 떠는 것을 보고 대단히 기뻐했다. 나중에 악장 준마리가 고백한 것처럼 말이 없던 아이들은 말이 많아지고, 말이 많던 아이들은 말이 더 많아진 것이 우리 오케스트라 아이들의 가장 큰 변화였다. 연말 콘서트에서 지애가 엄마에게 들려주고 싶은 음악은 크리스마스 캐럴이다.

"엄마에게 캐럴을 들려주고 싶어요. 연말이니까 좀 신나는 노래로 한 해를 마치면 좋을 것 같고, 신나는 음악을 들으면 더 힘이 나니까. 내년에도 더 열심히 살 수 있으니까. 그래서 좋아할 것 같아요."

오케스트라가 끝나면 정말 서운할 것 같다는 지애는 가능하면 죽을 때까지 오케스트라를 하고 싶다. 의사가 아니라 음악가가 돼서 사람들의 마음을 고쳐주고 싶다.

"지애는 정말 수줍음이 많아요. 그래서 저는 지애를 위해서도 이 프로젝트가 계속 되길 바라요. 대부분의 아이들과는 친해졌지만 수줍음이 많은 몇몇 아이들과는 어색함을 많이 깨지 못했던 것이 아쉬워요. 그들과 더 많은 시간을 보내고, 이 아이들이 인생에서 무엇을 하고 싶은지 더 알아보고 싶어요."

용재 오닐은 지애의 가슴속에 들어 있는 꿈과 열정이 아름답게 무르익어 가는 것을 앞으로도 계속 지켜보고 싶다고 말했다.

우리들의
작곡 이야기,
'네버 엔딩
오케스트라 스토리'

'우리가 음악을 작곡할 수 있다고?!'

처음 선생님에게 작곡 수업을 받게 될 거라는 이야기를 듣고 모든 아이들은 똑같은 생각을 했다. 도저히 믿기지 않는 이야기였다. 하지만 9월 중순이 되자 김정선 선생님은 진짜로 작곡을 도와줄 선생님들을 모시고 왔다. 세상에나! 놀라운 일이었다.

"오늘은 자유주제로 짧게 동요를 만들어 볼 거예요. 어려울 것 같아요, 쉬울 것 같아요?"

선생님이 싱긋 웃으면서 물었다.

"어려워요!!!"

아이들이 소리 질렀다.

"어려울 것 같지? 그런데 엄청 쉽거든. 그냥 놀이처럼 자기 마음 상태를 그대로 표현하면 되는 거야."

선생님 이야기를 듣더니,

"음, 그럼 이 세상에 없는 노래를 지으면 되겠네요."

똑똑한 은아가 정답을 말했다.

"그럼, 앞으로 너희가 조를 나눠서 각자 작곡을 한 다음에 다 모아서 12월 공연에서 연주할 곡을 만드는 거야, 직접!"

"근데 왜 저희가 만드는 곡을 연주해야 되나요?"

아델리아가 고개를 갸웃거리면서 질문했다.

"연주하기 싫어?"

"아니, 저희가 만들면 왠지 이상할 것 같아서요. 제가 집에서 혼자 피아노 학원을 다녔을 때 곡을 만들어 봤거든요. 진짜 이상했어요."

아델리아가 계속 난감하다는 표정을 지었다.

"1조는 안경고기 조, 2조는 무지개별빛 조, 3조는 아그대 조, 4조는 메탈릭 조입니다."

4개 조로 나뉜 아이들은 기상천외한 조 이름을 지었다. 무슨 뜻인지 이해 하기는 어려웠으나 무척이나 독창적인 이름이었다. 앞으로 아이들이 만들어 갈, 이 세상에 없는 음악이 정말 기대되었다.

"음, 좋아요. 연말에 우리가 만든 곡을 연주한다고 하니 좋아요. 기대돼요."

"글쎄요, 뭔가 재밌을 것 같아요. 이번 공연에는 우리가 만든 곡도 있으니 까 훨씬 재미있을 것 같은데요?"

작곡을 앞둔 아이들의 소감이다.

각 조에 속한 아이들은 자신들이 생각하는 계이름을 적어놓고 그것을 직 접 컴퓨터에 옮겨서 소리를 들어보았다. 진짜 신기했다. 자기들이 그린 악보 가 음악이 되어 흘러나온 것이다.

"우와, 좋아요!"

현주가 자신들이 만든 곡을 들어보고는 감탄했다.

정해진 시간이 끝나고 모두 앞에서 각자가 만든 곡을 연주하는 시간. 수하가 만든 곡이 먼저 연주되었다. 수하는 부끄러워서 고개를 숙였다. 다 듣고 나서 아이들이 고치고 싶은 부분을 자유롭게 말했다.

"밑에 한 마디가 이상해요. 너무 높아요. 다른 걸로 바꿨으면 좋겠어요."

혜라가 손을 번쩍 들고 자신의 의견을 말했다. 선생님은 혜라의 의견을 받아들여서 다른 음으로 바꿔보았다. 음악이 한결 좋아졌다.

"와, 괜찮아요. 완전 좋아요. 중국 노래 같아요."

이번엔 현미가 신나서 말했다.

그렇게 몇 번의 작곡 수업시간이 지나가고 마침내 자신들이 만든 최종 곡을 연주하는 날이 되었다.

"지난 시간까지 우리가 다 개인적으로 작곡을 한 곡씩 했지? 이제 오늘은 진짜 중요한 날이야. 오늘 너희가 만든 곡을 가지고 연주를 할 거야. 다 들은 다음에 제일 마음에 드는 것을 두 마디씩 고르는 거야. 그렇게 여덟 마디를 고른 다음 이어 붙여서 한 장이 되고 그렇게 세 장이 모이면 한 곡이 되는 거야. 무슨 말인지 알겠죠?"

조금 어려운 설명이기는 했지만 어쨌든 자신들이 만든 곡 중에 어떤 것이 채택되어서 연말에 연주하게 될지 다들 가슴이 두근두근했다.

"흠, 세 번째 마디가 먼저 오고, 두 번째 마디가 그다음에 오는 게 더 좋을 것 같아요. 그게 더 신나는 것 같아요."

여덟 마디를 붙여서 음악을 들어본 다음에 준마리가 자신의 의견을 냈다.

"한 줄은 4분의 4박자니까 네 마디가 한 줄이잖아. 그럼 첫 번째 음은 좀 낮게 하고 끝에 있는 걸 높게 하는 거야. 그럼 반전의 묘미가 있잖아. 확 뒤집어지는 느낌. 끝말잇기처럼!"

독창적인 평은이의 의견에 아델리아가 전적으로 동의했다.

"콜~~"

"우리 음악은요, 처음엔 약간 우울했다가 후반으로 치달으면 즐거운 느낌이 나는 걸로 했어요. 왜 위인전 같은 걸 보면 어렸을 때는 진짜 암울했는데 나중에 가면 해피엔딩으로 끝나잖아요. 거기서 모티브를 얻었어요."

자신들이 만든 곡에 대해 평은이가 제법 작곡가 같은 설명을 곁들였다.

"아우~ 너무 빨라요. 이거 연주하면 다 틀릴 것 같아요."

자신들이 작곡한 음악을 듣는 선욱이가 고개를 절레절레 흔들었다.

"너희 이거 연습하려면 여기가 너무 어려운데?"

김정선 선생님도 조금 쉽게 고쳐야겠다는 의견을 냈다.

"저는 신나는 노래를 만들고 싶었어요. 슬픈 노래를 하면 사람들이 즐거워하지 않고 울잖아요. 하지만 음악을 즐겁게 하면 사람들이 웃고 신나니까. 그래서 신나는 노래를 만들었어요. 그리고 우리가 연주해야 하니까 좀 쉽게 만들려고 했어요."

작곡하는 게 아주 재미있었다는 현주의 이야기다.

"바이올린 파트가 좀 어려워서 연습해 봐야 알겠지만, 일단 우리 곡은 우리가 표현하고 싶은 것들이 잘 들어간 것 같아요. 우리가 작곡한 곡은 겨울에 눈이 내려서 밖에 나가서 막 뛰어노는 그런 걸로 작곡을 했어요. 신나는 느낌이랄까? 작곡은 잘된 것 같아요. 처음에 한위하고 현미가 작곡한 것을 가지고 약간 바꿨는데 괜찮은 것 같아요."

자신들이 작곡한 음악에 대해 준마리가 진지하게 평가했다.

"우리 아이들은 아주 자유로워요. 피아노학원도 다니고 작곡 프로그램도 배운 아이들이 음악을 만들면 어떤 정형화된 틀이 조금씩 나오거든요. 그런데 우리 오케스트라 아이들은 그런 게 없으니까 정말 독특한, 그런 선율이 나오는 것 같아요. 특히 한위 같은 경우는 중국문화에 익숙하잖아요. 그러니까 한위가 만든 곡에서는 중국 민족의 선율이 흘러나와요. 그런 것들이 참 재미있어요."

아이들이 작곡한 곡을 들으면서 김정선 선생님이 흐뭇하게 웃었다.

우리가 작곡한 곡에 이름 붙이기

자신들이 작곡한 음악을 처음으로 용재 오닐 선생님에게 선보이는 날이 왔다. 아이들은 선생님이 과연 어떤 평가를 내릴지, 자신들이 만든 음악을 좋아해줄지 걱정이 되었다. 다들 모여 있는 강당 안으로 용재 오닐 선생님이 들어섰다. 오랜만에 만나는 선생님이었다. 아이들은 팔짝팔짝 뛰면서 반가워했다.

"용재 티처~~~ 용재 티처~~~"

선생님도 반갑게 인사를 했다.

네 개의 조로 나눠서 작곡을 했던 아이들은 완성된 두 개의 곡을 가지고 왔다. 먼저 첫 번째 조가 자신들의 곡을 연주했다. 선생님이 고개를 갸웃거렸다. 솔직히 난해한 멜로디였다. 연주를 끝낸 아이들이 아쉬운 표정을 지었다. 다음으로 두 번째 조가 연주했다. 좀 더 안정감이 있었다. 선생님은 두 곡 모두 좋아했지만 두 번째 곡을 더 마음에 들어 했다.

"자, 이제 우리가 만든 곡에 직접 제목을 붙여 볼까? 먼저 첫 번째 조 대표는 선욱이가 맡고, 두 번째 조 대표는 완우가 맡아주렴. 대표를 중심으로 각 조가 모여서 아이디어를 내는 거야. 각자 자신들이 생각해서 좋은 것들을 칠판에 모두 쓴 다음, 너희의 의견과 선생님의 의견을 들어보자."

대표를 중심으로 모인 아이들은 각자 자신의 의견을 내면서 떠들썩했다. 누군가 '네버랜드'가 어떠냐고 하자, "아, 네버랜드 좋은데? 동심의 세상에 살고 싶다"며 맞장구를 쳤다. 한 아이는 자신이 좋아하는 게임을 말했고, 누군가는 요즘 한창 인기가 좋은 밴드 이름을 말하기도 했다. 중구난방으로 시끄러운 토론이 이어졌다.

"자, 이제 대표님들 나오세요."

용재 오닐 선생님 말에 완우가 먼저 나왔다. 완우가 자신들이 만든 곡의 제목을 칠판에 쓰더니 설명을 시작했다.

"우리가 만든 곡의 제목은 '네버랜드', '해피엔딩,' 그리고 '네버 엔딩 오케스트라 스토리'입니다. 네버랜드는 동심의 세상이라는 뜻이고, 해피엔딩은 행복하게 끝나자는 것, 그리고 마지막으로 '네버 엔딩 오케스트라 스토리'는 우리 오케스트라가 아직 끝나지 않았다는 의미이고, 앞으로도 끝나지 않았으면 좋겠다는 마음입니다."

아이들이 모두 공감한다는 듯 박수를 쳤다.

"잘했어요."

용재 오닐 선생님이 뭉클한 표정으로 칭찬했다.

오케스트라가 결코 끝나지 않으면 좋겠다는 아이들의 간절한 마음이 그 음악에 담겨 있었다. 연말 공연이 끝나고 나면 오케스트라가 없어지는 것이 아닐까, 우리는 이대로 헤어지는 것이 아닐까, 아이들은 불안했다. 그래서 자신들이 얼마나 오케스트라를 좋아하는지, 또 얼마나 계속 하고 싶어 하는지 모든 사람들에게 알리고 싶었다. 어느덧 가족보다 더 친해진 친구들. 어디에 가든 조금은 외로웠던 자신들에게 소속감을 심어주고, 자신감과 용기와 희망을 준 오케스트라. 그래서 오케스트라는 영원히 계속되어야 한다고 음악을 통해 말하고 싶었던 것이다.

다음으로 선욱이가 나와서 설명을 했다.

"우리가 작곡한 곡의 제목은 눈송이, 겨울날, 겨울밤, 세 가지입니다. 눈송이는요, 그 멜로디가 눈송이 같아서 지었습니다. 겨울날은 왠지 그 멜로디가 겨울 느낌이 나서 추천했고요."

간략한 선욱이의 말을 받아서 현주가 보충설명을 했다.

"겨울밤은요, 겨울밤에 행복하게 지내고 겨울밤에 악기연습을 많이 하라고 지었어요."

겨울밤이라는 제목을 직접 낸 준마리가 마지막으로 덧붙였다.

"이 노래는 겨울밤에 듣기 좋은 노래라서 겨울밤이라고 지었어요."

각 조에서 나온 세 가지의 이름을 놓고 투표에 들어갔다. 완우의 조에서는 '네버 엔딩 오케스트라 스토리'가 뽑혔다. 용재 오닐 선생님이 한글과 영어 두 가지로 제목을 쓰고 물었다.

"영어 제목과 한글 제목 어떤 게 더 마음에 들어?"

아이들은 일제히 영어라고 소리쳤다. 그렇게 해서 첫 곡은 'Never Ending Orchestra Story, 일명 NEOS'로 정해졌다. 선욱이 조에서는 '겨울밤'이 뽑혔다.

"자, 이제 너희가 직접 작곡한 곡의 제목이 정해졌어. 지금까지 너무 고생했고, 공연까지 얼마 남지 않았으니까 열심히 연습해서 부모님을 위한 공연을 하자. 지난번 세종문화회관 공연이 너희를 위한 공연이었다면 이번 공연은 우리 가족을 위한 공연이야. 그러니까 우리 진짜 열심히 연습하자."

선생님의 격려와 다짐에 아이들 역시 환호성과 박수로 자신들의 강한 의지를 보여주었다.

12월 30일, 아이들은 부모님과 가족을 초대한 그 무대 위에서 자신들이 작곡한 곡을 당당하게 연주했다. 모차르트나 엘가처럼 위대한 작곡가의 작품은 아니었지만 아이들이 만든 작품의 '순수함'은 그 자체로 빛나고 아름다웠다.

'네버 엔딩 오케스트라 스토리'는 아이들의 바람대로 수많은 사람을 감동시켰다. 그 자리에 있던 관객들은 오케스트라가 아이들에게 어떤 의미인지, 아이들이 음악에 대해 얼마나 뜨거운 열망을 가지고 있는지 알게 되었다. 그 간절함이 사람들의 눈시울을 뜨겁게 만들었고, 아이들의 호소에 귀 기울이게 했다. 그것은 훗날 이 오케스트라가 지속될 수 있는 기적의 발판이 되었다.

"저희 첫 공연은 도전이자 실험이었어요.
하지만 이번 콘서트는 아이들의 가족을 위한 무대였지요.
아이들을 키우느라 많은 희생을 했던 부모님과 할머니, 할아버지를 위한
공연이라서 더 의미가 있었던 것 같습니다.
우리 아이들이 깊은 의미를 가진 음악을 연주한다는 것은
굉장히 아름다운 것 같아요. 인생의 출발선에 선 아이들이
인생의 종착점에 관련된 주제를 가진 음악을 연주한다니…….
그것은 정말 환상적인 경험이었지요." - 용재 오닐

현미와 현주, 두 자매 이야기

현미와 현주는 한 살 터울의 자매이다. 현미가 언니이고 현주가 동생이다. 나이 차이가 많지 않아서 그런지 두 자매는 만나기만 하면 항상 티격태격한다. 인터뷰를 하기 위해 두 사람을 나란히 앉혔더니 처음부터 실랑이를 벌인다.

"사랑해~"

현주를 와락 껴안으면서 현미가 말했다.

"아, 하지 마. 나 이거 진짜 싫다고!"

질색을 하면서 현주가 언니를 밀쳐냈다.

"자매끼리잖아, 자매."

동생이 그러거나 말거나 현미는 웃으면서 현주의 팔짱을 꼈다.

"아이참. 저 이 사람이랑 같이 안 할래요."

현주가 벌떡 일어났다. 몇 번의 실랑이 끝에 두 자매가 나란히 앉았다.

"밥 사줘."

서로 좋아하는 색깔을 말하다 말고 현미가 갑자기 밥을 사달라면서 동생을 끌어안았다.

"하지 마! 휴~ 언니는 정말 정신이 저보다 더 어린 것 같아요."

현주가 툴툴거렸다. 언니와 동생이 바뀐 것처럼 현미는 어리광을 부렸고 동생은 의젓했다. 하지만 서로 싫다고 다투면서도 두 사람은 닮은 점이 많았다. 둘 다 노란색을 좋아했고, 같이 자전거 탈 때 기분이 좋았으며, 가족을 사랑하는 마음도 똑같았다.

가족에 대해 어떻게 생각하느냐고 묻자 자매가 약속이라도 한 듯 대답했다.

"우리 가족 전 완전 사랑해요."

현미가 힘차게 대답하자,

"우리 가족은 정말 화목해요. 그런데 저희 둘만 화목하지 않아요."

한숨을 쉬듯 현주가 대답했다. 실은 두 자매는 가정형편 때문에 몇 년간 떨어져 살아야 했다. 가족 모두에게 힘든 시간이었다. 그런 힘든 시절을 보내고 가족 모두가 모여 사는 지금이 사실은 가장 행복한 시간이다.

"저는요, 언니가 양보해줬으면 좋겠어요. 그리고 우리 언니가 착하고 친절하고 예쁘고 날씬하고 인기도 많았으면 좋겠어요."

현주가 조목조목 자신의 바람을 말했다.

"그럼 현주는 언니에게 어떤 동생일까?"

그 질문에 현주가 쑥스러워하면서 말했다.

"히히. 실은 저도 나쁜 동생이에요. 하지만 저희가 어릴 때는 마당에서 세발자전거 타고 놀았거든요. 언니가 앞에 타고 저는 뒤에 타고. 그땐 진짜 사이좋았어요."

어린 시절 좋았던 기억을 떠올리면서 현주가 미소 지었다.

"가족 중에 제일 안 좋은 사람은 동생이요. 히히. 하지만 사실 사이가 좋아요. 어떨 땐 좋았다가 어떨 땐 나빴다가 하지만 그래도 오케스트라 하면서 더 좋아졌어요."

장난만 치던 언니 현미가 의젓하게 말했다.

"저는 형제가 없어요. 실은 형제가 있으면 어떨지 상상이 안 돼요. 현주와 현미는 처음 오케스트라 시작할 때만 해도 항상 떨어져 있었어요. 처음에 저는 두 아이가 자매인 줄도 몰랐어요. 하지만 시간이 지나면서 둘이 같이 있는 모습을 많이 보게 되었어요. 그것은 이 프로젝트의 아주 중요한 성과인 것 같아요."

1년 동안 두 자매를 지켜본 용재 오닐의 말이다.

"제가 살고 싶은 세상은 음악을 잘 아는 세상, 폭력배가 없고 안 싸우는 세상, 왕따가 없는 세상. 아~ 마지막으로 다문화라고 놀리지 않는 그런 세상이에요."

현주가 야무지게 말하자 언니 역시 큰 목소리로 동의했다.

"맞아요!!"

늘 서로를 흉보고 다투는 것 같아도 현미와 현주는 아주 화목한 가정의 두 딸이고, 많은 것이 닮은 자매였다.

"현미 언니랑 안 싸우고 친해져서 같이 바이올린 하고 싶어요. 그리고 연말 공연에서는 부모님이 행복하고, 우리도 행복하고, 거기 있는 사람들도 다 행복했으면 좋겠어요. 그렇게 되기만 하면 이 공연이 정말 좋은 거잖아요." - 현주

엄마나라 말
배우기,
'반짝반짝 작은 별'

오케스트라 아이들의 엄마나라는 모두 열 나라이다. 따라서 많은 아이들에게 한국어는 모국어가 아니다. 그 아이들에게 모국어는 중국어, 러시아어, 일본어, 태국어, 필리핀어, 파키스탄어, 불어이다. 하지만 한국에 와서 살다보니 엄마들은 아이들이 빨리 이곳에 적응하기를 바랐고, 한국말을 잘하게 되기를 바랐다. 친구를 사귀기 위해서도, 학교 수업을 받기 위해서도, 책을 읽고 글을 쓰기 위해서도 한국어는 꼭 필요했다. 하지만 막상 한국어에 익숙해지자 이번엔 아이들이 엄마나라 말에 대한 흥미를 잃어버렸다. 알고 있던 단어들도 자꾸 잊어버렸다. 적극적으로 배우려 하지도 않았다. 엄마들에게 그것은 서운하고 마음 아픈 일이었다.

11월 하순, 부모님과 가족들이 초대를 받아서 아이들의 합숙 캠프에 왔다. 그동안 열심히 연습해 온 아이들의 연주도 듣고, 용재 오닐 선생님과 만나 이런저런 상담도 하기 위한 자리였다. 또 하나 중요한 일이 있었는데, 그것은 자신들의 모국어로 '반짝반짝 작은 별'을 가르쳐주는 것이었다.

강당에서 부모님들을 위한 작은 음악회가 열렸다. 지난여름 이후 부쩍 성장한 아이들을 보는 부모님들의 얼굴에서 흐뭇한 미소가 떠나지 않았다. 공연이 끝나고 가족과 둘러앉은 저녁식사 시간. 불과 며칠 만에 보는 얼굴인데도 낯선 곳에서 엄마, 아빠의 얼굴을 보니 왠지 반갑고 마음이 울컥해지는 모양이었다. 의젓하던 아이들이 엄마 앞에서는 자꾸 응석을 부렸다. 혼자서도 잘 먹던 아이가 엄마가 반찬을 올려줘야 밥을 먹었다. 그런 아이의 얼굴을 보는 것만으로도 엄마는 배가 부른지 기쁜 표정을 지었다.

저녁식사가 끝나고, 아이들이 묵고 있는 숙소의 방마다 커다란 종이가 나붙었다. 태국어, 중국어, 일본어, 러시아어. 친절한 안내문을 내건 곳도 있었다.

'태국어는 207호에서 하세요. 일본어는 210호에서 하세요. 러시아어는 여기서 하세요.'

이번 공연에서 아이들은 다섯 나라의 언어로 '작은 별'을 부를 예정이다.

어떤 아이들은 호기심 가득한 눈으로 신중하게 방을 선택했고, 어떤 아이들은 재빠르게 마음을 정하고 달려가는 아이도 있었다. 하나의 언어만 배우는 아이도 있고, 모든 방을 다 돌면서 다양한 언어를 배우고 싶어 하는 아이도 있었다. 저녁 동안 아이들은 각각의 방을 돌면서 자신들이 배우고 싶은 말을 얼마든지 배울 수 있었다. 졸지에 교실이 된 방에서는 오늘 하루 선생님 역할을 맡은 부모님들이 아이들을 기다리고 있었다.

태국어 방에서는 릿타 엄마와 가영이 엄마, 그리고 현주와 현미 엄마가 머리를 맞대고 고심하고 있었다. 다른 방에서는 벌써 노랫소리가 들리는데 이 방에는 뭔가 어려움이 있는 것 같았다. 알고 보니 태국에는 '작은 별'이라는 동요가 없었다! 전혀 예상치 못한 상황이었다. 고심 끝에 엄마들은 자신들이 직접 태국어로 노랫말을 만들기로 했다. 한국어 동요를 참고하면서 가장 적당한 단어를 찾아 노래를 만들었다. 사상 최초로 모차르트 작곡의 태국 동요

'작은 별'이 탄생하는 순간이었다.

"태국어에는 '작은 별'이 없어요. 우리 엄마가 가영이 엄마, 현주, 현미 엄마와 같이 '작은 별' 노래를 처음으로 만들었어요. 이거 태국 대통령에게 보내야 돼요."

릿타가 자랑스러운 얼굴로 말했다.

드디어 태국어로 된 '작은 별'이 완성되었다. 엄마들이 먼저 태국어로 노래를 불러주자 아이들이 한 소절씩 따라 불렀다. 노랫말이 어렵지 않은지 아이들은 생각보다 쉽게 따라왔다. 태국어로 노래를 부르는 아이들을 바라보는 엄마들 표정에는 뿌듯함이 가득했다.

중국어 방에서는 누리 엄마가 아이들을 모아 놓고 노래를 가르치고 있었다. 그 어떤 말보다도 중국어는 어려웠다. 종이에 가득 쓰여 있는 한자는 난공불락의 요새처럼 보였다. 배우려고 왔던 아이들 중에는 너무 어렵다면서 포기하고 가는 아이도 있었다. 그 와중에도 한쪽 구석에서 포기하지 않고 열심히 공부하는 아이가 있었으니, 원태였다. 원태는 한위에게 일대일로 중국어를 배우고 있었다.

"아…… 어렵다. 중국어가 이렇게 어려워!"

원태가 투덜대자, "내가 먼저 노래 불러줄 테니까 따라 해"라며 한위가 친절하게 발음을 한글로 써주고는 노래를 불렀다. 한 소절, 한 소절. 비록 엄마나라 모국어이지만 원태에게 중국어는 너무 낯설었다. 그래도 엄마나라 말이기에 열심히 배우고 싶었다. 어쩌면 이번 연말 공연에 엄마가 오실지도 모르기 때문이다.

은희의 할아버지와 할머니는 러시아에서 왔다. 오래전에 그곳으로 이주해 간 카레이스키, 고려인이다. 은희 할아버지는 러시아어뿐 아니라 일본어도 능숙하게 한다. 바울이와 다니엘은 흥미로운 표정으로 은희 할아버지에게 일본어를 배웠다. 헤라도 언제 왔는지 옆에 앉아서 열심히 따라 읽었다. 일본어는 한국어와 말의 순서가 똑같고 발음도 그리 어렵지 않았다.

옆방에서는 침대에 걸터앉은 은희와 평은이가 은희 할머니에게 러시아어를 배우고 있었다. 준마리, 지애, 미진이도 합류했다. 국제변호사와 대통령이 꿈인 평은이는 누구보다 열심히 배웠다. 언젠가는 전 세계를 돌면서 많은 일을 하게 될지도 모르기 때문이다. 하지만 마음과 달리 러시아어는 진짜 어려웠다.

"휴~ 일본어보다 3만 배는 어렵다."

일본어를 조금 할 줄 아는 평은이가 은희 옆에 앉아서 얼굴을 찡그렸다.

"이거 발음 듣고 똑바로 해야 돼, 언니."

은희가 깐깐한 선생님처럼 말했다.

"!@#$%^&*."

뭐라고 평은이가 말했지만 그건 러시아어도 일본어도 아니었다.

"발음 똑바로 해!"

은희가 어이없다는 듯 웃으며 말하자, "아, 나 토종 한국인이라서 한국어 발음밖에 몰라요"라며 평은이가 체념한 듯이 변명했다.

"러시아어 배운 아이들은 선물 주세요! 너무 어려워서 배운 아이들이 극소수니까. 아~ 아델리아는 좋겠다. 러시아어 안 배워도 돼서……."

평은이가 키르기스스탄에서 온 아델리아를 부러워하면서 툴툴거렸다. 잠시 후, 아델리아의 지휘 아래 준마리, 지애, 미진이, 평은이가 그동안 열심히 배운 러시아어로 '작은 별' 합창을 했다. 아이들의 노래를 듣던 은희 할머니는 군데군데 틀린 부분을 고쳐주었다.

그날 밤, 늦도록 불이 환하게 켜진 방에서는 각 나라 말로 '작은 별'이 돌림 노래처럼 울려 퍼졌다.

무대 위의 '반짝반짝 작은 별'

12월 30일, 폭설이 내리고 기온이 영하 10도 아래로 내려간 날. 과연 콧날이 베일 것 같은 맹추위와 꽁꽁 얼어붙은 미끄러운 눈길을 헤치고 사람들이 와줄까 걱정이 되었지만, 안산 문화예술의전당 해돋이극장은 관객들로 꽉 채워졌다.

연말 콘서트의 첫 번째 무대는 '반짝반짝 작은 별'이었다. 깜깜한 무대. 다들 숨죽인 가운데 몇 개의 불빛이 아이들을 비추었다. 피아노 반주가 시작되고, 첫 번째 아이가 목 쉰 소리로 '반짝반짝 작은 별' 첫 소절을 불렀다. 미경이가 부르는 중국어였다. 다음 소절은 완우가 일본어로 받았으며, 이어서 막내 수하가 러시아어로 노래를 이어갔다. 마지막 독창은 릿타였다. 릿타는 엄마들이 만든 태국 노랫말로 '작은 별'을 불렀다. 남은 소절은 모든 아이들이 한국어로 합창을 했다.

"동쪽 하늘에서도 서쪽 하늘에서도 반짝반짝 작은 별 아름답게 비추네."

각자의 엄마나라에서 온, 색깔도 모양도 다른 언어로 된 '작은 별'이 아름답게 완성되었다. 스물세 명의 별들이 마침내 하나의 별이 되었다.

"'반짝반짝 작은 별'은 공연 첫 곡으로 아주 좋았어요. 조금 어설프게 부른 노래가 오히려 더 감동적이었지요. 미경이는 추운 날씨에 연습을 많이 해서 그런지 목이 잠겨 있었고, 긴장해서 음정도 조금 어긋났지만 귀여웠어요. 완우는 참 잘해냈어요. 듣기도 좋았죠. 수하는 정말 귀여웠어요. 리허설 내내 웃어댔지만 무대 위에서는 굉장히 잘했지요. 릿타는 노래할 때 단연 스타였어요. 발음도 아주 명확했고요. 아이들 합창은 뭐라고 표현할 수 없이 환상적이었습니다."

용재 오닐의 말처럼 무대 위에서 아이들은 실수도 하고, 평소 연습만큼 못하기도 했지만 그 서투름이 오히려 감동을 자아냈고, 자신들의 모국어를 들은 엄마들은 감격에 차서 눈시울을 붉혔다. 모든 사람들 마음속에 반짝이는 별들이 환하게 빛을 발한 시간이었다.

누리가 엄마에게
들려준 음악

공연 전날 마지막 연습이 끝난 강당 앞. 누리가 바이올린을 챙겨 들고 언 손을 녹이며 건물 밖으로 나갔다. 뜻밖에도 현관 앞에는 커다란 인형을 들고 엄마가 서 있었다. 세상에서 제일 좋아하는 엄마가 예쁜 선물을 들고 서 있으니 누리는 너무 좋아서 활짝 웃었다.

"누리야, 이거 선물이야."

누리 엄마도 마주 웃으면서 인형을 건네줬다.

두 사람이 집으로 돌아가는 길. 엄마 머리 위로, 커다란 인형 위로 하얀 눈이 내렸다.

"내일 콘서트하는데 기분 어때? 좀 긴장돼?"

엄마가 물었다.

"가보면 긴장되겠지……."

누리가 말꼬리를 흐리자 엄마가 격려했다.

"괜찮아. 그동안 열심히 했으니까 좋은 결과 나올 거야. 아주 잘할 거야. 그치?"

"근데 왜 하필이면 눈이 와?"

누리가 얼굴을 찌푸렸다. 혹시라도 눈이 많이 와서 내일 공연에 지장을 줄까봐 걱정이 되는 눈치였다.

"눈이 오니까 안 좋아? 난 되게 좋은데. 난 눈이가 좋아."

"왜 좋아?"

"눈이 오면 온통 하얗고 깨끗하잖아. 그래서 난 눈이가 좋아."

엄마의 대답을 들은 누리가 조금 실망한 듯 혼잣말을 했다.

"난 또 엄마가 날 좋아한다는 줄 알았지."

'눈이가 좋다'는 엄마의 말을 '누리가 좋아'라고 들었던 모양이다. 엄마는 조금 샐쭉해진 딸이 무척이나 사랑스러워 꼭 안아줬다.

눈을 맞으며 집에 도착한 엄마와 누리. 옷과 머리에 쌓인 눈을 털고 소파에 앉으며, 엄마가 물었다.

"연말 콘서트 주제가 뭐야?"

"엄마의 자장가."

"엄마의 자장가? 그럼 자장가를 바이올린으로 연주하는 거야?"

"응. 엄마의 자장가라는 뜻은 준마리 언니가 어…… 엄마가 일하는 게 힘들어서, 들려주고 싶은 거야. 그래서 엄마 일하는데 힘들어하니까 우리가 자장가 들려주는 거야."

"준마리 언니가 그런 이야기를 했어? 그런 뜻이 있었구나."

아직 어리다고 생각했던 딸에게서 속 깊은 이야기를 전해 들은 엄마는 감동한 얼굴이 되었다.

"엄마~ 나 활이 두 개다."

바이올린을 꺼내던 누리가 자랑스럽게 말했다. 이번 공연을 앞두고 새로운 활을 받아서 신난 얼굴이었다.

"와, 좋겠다! 새 활도 가지고. 그럼 새 거 가지고 엄마한테 연주 한번 해줘 봐."

엄마의 요청에 누리는 잠시 망설였다.

"새 거 가지고? 새 거는 아끼는 건데……."

그렇지만 엄마를 위해서 누리는 새 활을 들고 그동안 열심히 연습했던 곡을 연주했다. 신나는 징글벨과 애절한 고향의 봄이 누리가 연주하는 활 끝에서 흘러나왔다.

"우와! 잘했어. 아주 잘했어! 진짜 잘했어!"

딸의 연주를 들은 엄마는 손바닥이 아프도록 박수를 치면서 진심으로 감탄했다.

누리가 생각하는 좋은 어른은 '착한 사람'이고, 앞으로 살고 싶은 세상은 '평화로운 세상'이다. 무거운 바이올린을 메고 집까지 걸어가는 길이 멀어서 힘들 때도 있지만 그래도 바이올린을 연주하는 것이 정말 재미있어서 누리는 오케스트라를 계속 하고 싶다.

라디오에
출연하기,
〈손석희의 시선집중〉

연말 공연을 며칠 앞둔 크리스마스 당일 아침, MBC 표준 FM 95.9MHz에서는 평소와 다른 음악이 흘러나왔다. 〈손석희의 시선 집중〉의 힘찬 시그널 대신에 캐럴이 흘러나온 것이다. 전문적인 음악가가 연주한다고 보기엔 다소 서툴지만 뭔가 사람의 마음을 잡아끄는 힘이 있는 선율이었다. 고요한 성탄 아침에 거리와 택시 안과 시장골목 사이를 바이올린과 첼로와 비올라 소리가 부드럽게 누비고 다녔다. 라디오를 듣는 사람들 얼굴에도 잔잔한 미소가 지어졌다.

"평소의 시그널과는 다른 음악이 나가고 있습니다. 그렇습니다. 징글벨이 나가고 있는데요. 잘하는 건가요? 잘하는 것 같기도 하고, 아마추어 티가 나는 것 같기도 하고요. 사실 이 팀은 아마추어 팀입니다. '안녕?! 오케스트라', 다문화가정 아이들이 너무도 유명한 비올리스트 용재 오닐 씨와 만나서 오케스트라를 만들었습니다. 들려드린 음악은 조금 전에 '안녕?! 오케스트라'가 직접 연주한 곡입니다."

익숙한 목소리로 진행자 손석희 씨가 아이들을 소개했다.

아이들이 방송사 라디오 스튜디오에 간 것은 12월 19일이었다. 영하 10도를 밑도는 추운 날. 준마리, 가영이, 원태, 평은이, 선욱이, 그리고 용재 오닐 선생님이 〈손석희의 시선집중〉 성탄 특집 출연을 위해 방송사에 간 것이다. 사실 아이들은 그 프로그램이 대한민국에서 얼마나 유명한지 알지 못했다. 심지어 진행자 손석희 교수에 대해서도 잘 몰랐다. 오히려 아이들과 동행한 선생님과 제작진이 흥분해서 들떠 있었다.

성탄절 특집은 아이들을 배려해서 녹음으로 진행되었다. 녹음 몇 시간 전, 아침 일찍 서둘러서 방송사에 도착한 아이들은 연습실을 빌려서 맹연습을 했다. 시간은 많이 남지 않고 마음은 조급한데 연습은 생각대로 되지 않았다. 라디오에서 제대로 연주를 할 수 있을지 걱정이 되었다. 무엇보다 용재 오닐 선생님을 부끄럽게 만들어서는 안 된다는 생각에 입안이 바짝 타들어 갔다. 오지 못한 친구들의 선망과 질투를 한 몸에 받으며 왔기에 평소보다 잘해야 한다는 부담도 있었다.

두 시간을 맹렬하게 연습하고 나니 배가 고팠다. 짧은 시간을 이용해서 식사를 했다. 방송사 식당, 그것도 유명 연예인이나 뉴스 앵커만이 들어갈 수 있다는 귀빈실에서 처음으로 밥을 먹는 역사적인 사건임에도 불구하고 아이들은 그 감흥을 느낄 겨를조차 없었다. 아쉽게도 식당 안에는 유명 연예인이나 스타의 모습도 보이지 않았다.

드디어 녹음 시간, 사방이 방음벽으로 둘러싸인 라디오 스튜디오의 한쪽 구석에는 그랜드 피아노가 놓여 있었다. 제법 큰 스튜디오였다. 기다랗고 둥근 원탁의 테이블 위에는 재미있게 생긴 마이크가 놓여 있고, 한쪽 벽으로는 아이들이 가지고 온 악기들이 세팅되었다. 각자 자신의 자리에 앉은 아이들은 긴장한 기색이 역력했다.

뭔가 신기하면서도 낯설고 비현실적인 공간. 창 너머에 있는 부조종실에서는 각종 기계들의 그래프가 재빠르게 움직이고, 라디오 프로듀서와 엔지니어가 그곳에서 많은 버튼을 조작하고 있었다. 비록 생방송은 아니지만 자신들의 목소리가 그대로 전국에 방송될 생각을 하니 심장이 쿵쾅거렸다. 그나마 용재 오닐 선생님이 함께 있어 다행이었다. 스튜디오 정면의 램프에 빨간 불이 들어왔다. ON AIR.

"안녕하세요. 저는 비올라 파트를 맡고 있는…… 아, 아니……."

진행자의 오프닝 멘트가 끝나고 처음으로 인사를 하게 된 준마리가 당황한 나머지 자신을 비올라 파트라고 소개했다. 덕분에 팽팽하게 감돌던 스튜디오의 긴장감이 깨지면서 다들 한바탕 크게 웃었다.

"비올라가 굉장히 하고 싶었던 모양이에요. 악장이죠? 준마리 양. 비올라가 하고 싶었던 바이올리니스트."

싱글싱글 웃으면서 손석희 씨가 악장을 다시 한번 소개하자 곁에서 평은이와 선욱이가 키득키득 웃었다.

"그 옆에 노란 옷을 입은 학생……"

진행자의 말이 끝나기도 전에 평은이가 받았다.

"이건 단호박죽 색깔이에요. 노란색이 아니고 단호박죽 색깔."

단호하게 자신의 옷 색깔을 정정한 평은이가 당당하게 "저는 첼로를 맡고 있는 김평은입니다"라고 자신을 소개했다. 각자 자신을 소개하면서 조금씩 긴장이 풀린 아이들은 밝게 웃으면서 생각보다 빠르게 라디오에 적응해갔다. 손석희 씨가 부드럽고 편안하게 아이들을 이끈 덕도 컸다.

"준마리 학생에게는 오케스트라를 하면서 어떤 변화가 있었을까요?"

이런저런 이야기를 나누던 끝에 손석희 씨가 준마리에게 물었다.

"친구들이 제가 음악을 얼마나 좋아하는지 알게 된 것 같아요. 그전에는 제가 학교에서 피아노를 치거나 바이올린을 켜거나 할 일이 없었잖아요. 제가 수업시간에 그렇게 열심히 듣는 편도 아니고 밥만 열심히 잘 먹고. 그래서 아이들이 전에는 그냥 공부 못하는 아이로 알았는데 이젠 공부는 못하지만 음악은 열심히 하는 아이로 생각할 거예요."

유머러스한 대답에 다들 웃었지만 '음악을 좋아하고 열심히 하는 아이'라고 스스로를 말하는 준마리에게서 음악과 오케스트라에 대한 자부심이 묻어나왔다.

"오케스트라가 선욱이에게는 어떤 의미일까요?"

이번엔 선욱이에게 질문이 갔다.

"사실 오케스트라를 하기 전에는 그냥 뛰어노는 아이였어요. 그런데 오케스트라를 하게 되면서 관련된 책도 읽고 클래식 음악도 듣고 용재 오닐 선생님의 동영상도 보고 그렇게 되었어요."

이젠 어엿한 음악가의 면모를 풍기게 된 자신의 제자 선욱이를 보면서 용재 오닐이 흐뭇한 아빠 미소를 지었다.

"녹음 시작 전, 스튜디오에서 징글벨을 연습할 때 선욱이가 악보를 보지 않고 저와 눈을 마주 보면서 연주를 하는 걸 보고 감탄했어요. 그만큼 굉장히 열심히 연습을 했기 때문에 악보를 보지 않고 상대방과 호흡을 맞출 정도가 된 거죠. 사실 선욱이뿐 아니라 모든 아이들이 이번 콘서트를 위해 정말 열심히 연습하고 있습니다."

용재 오닐이 뿌듯한 목소리로 아이들을 칭찬했다.

아이들은 '징글벨'에 이어서 두 번째 곡으로 '섬집 아기'를 연주했다. 용재 오닐이 개인적으로 가장 좋아하는 곡이며, 이번 연말 콘서트에서 엄마들에게 바치게 될 의미 있는 곡이었다. '섬집 아기'를 들으면서 진행자 손석희 씨는 새삼 놀랍다는 표정을 지었다. 그뿐 아니라 스튜디오 안과 밖에 있던 모든 사람들이 숨을 죽이고 아이들이 연주하는 음악에 빨려 들어갔다. 뭣에 홀린 것 같은 분위기였다. 오직 음악에만 진지하게 집중하면서 눈을 반짝이는 이 아이들이 조금 전까지 명랑하게 재잘거리던 그 어린 학생들이 맞나 하는 생각이 들 정도로 놀라운 변화였고, 놀라운 연주였다.

"섬집 아기. 정말 감동적이었는데요. 앞의 독주는 선생님이신 리처드 용재 오닐 씨께서 해주셨지만 그 뒤에 여러분이 받쳐주는 연주가 대단했던 것 같습니다. 아까 인터뷰할 때 봤던 느낌하고, 연주할 때 느낌하고 완전히 다르네요. 굉장히 집중해서 그렇게 진지할 수가 없네요."

손석희 씨가 진심으로 감탄하면서 말했다. 아이들과 함께 연주한 용재 오닐 역시 뿌듯했다.

"저 또한 그런 아이들을 보면서 매번 감동을 받습니다. 조금 전까지 장난치고 떠들던 아이들이 갑자기 진지한 표정으로 연주를 하고 있는 것을 볼 때면 아이들이 정말 자랑스럽습니다."

방송이 끝나갈 무렵 아이들이 작곡한 음악에 대한 이야기가 나왔다.

"하나는 '네버 엔딩 오케스트라 스토리'를 줄여서 'NEOS'이고요, 하나는

'겨울밤'이라는 노래가 있군요. 앞의 곡은 여러분이 계속 오케스트라를 하고 싶어 하는 마음인 것을 잘 알겠습니다. 그런데 '겨울밤'이라는 제목은 어떻게 짓게 되었을까요?"

"겨울밤은 진짜 분위기가 겨울밤 같다고 해서 '겨울밤'이라고 지었어요."

평은이의 답변은 질문한 사람이 허무할 정도로 짧고 간단했다. 손석희 씨가 웃음을 참지 못하고 말했다.

"하하하. 간단하군요. 알겠습니다. 그런데 춥겠다, 조금."

장난스럽게 말을 걸자, 평은이가 무심하게 대답했다.

"어차피 겨울이니까요. 12월 30일."

그 이야기에 다들 더 이상은 참을 수 없다는 듯 웃음을 터뜨렸다.

"평은 양하고는 인터뷰를 좀 더 하고 싶은 마음이 드네요."

"제가 원래 좀 매력이 있어요."

그 뒤로도 시사프로그램의 최고 진행자인 손석희 씨와 오케스트라의 대모 평은이는 개그 만담이라도 하듯 이야기를 주거니 받거니 했다. 옆자리에서 준마리와 선욱이는 터져 나오는 웃음을 참느라 얼굴이 벌겋게 되었다.

이렇게 해서 아이들의 매력을 숨김없이 보여주었던 라디오 방송이 무사히 끝났다. 비록 매끄럽게 말을 잘하거나 자신을 멋지게 포장하는 기술은 없었지만, 아이들이 보여준 순수함과 솔직함, 그리고 서투름 속에서도 진지하고 아름답게 연주한 음악은 많은 사람들에게 깊은 인상을 남겼다.

한위가 들려주고
싶은 노래,
'아베 마리아'

연말 콘서트에서 한위가 꼭 초대하고 싶은 사람은 외할머니이다. 가족 중에서 한위가 가장 좋아하는 사람도 외할머니이다. 어릴 때 한위는 중국에서 외할머니와 같이 살았다. 여섯 살이 되던 해 부모님이 한국으로 일하러 가시면서 외갓집에 맡겨졌고, 그 후 몇 년이나 떨어져 살아야 했다. 때로는 네 명이나 되는 이모들과 살기도 했다. 멀리 있는 부모님을 자주 볼 수는 없었다.

어린 한위는 오랜만에 엄마를 만나면 "저 예쁜 이모는 누구세요?"라고 묻곤 했다. 한위가 그런 말을 하면 엄마나 이모가 슬퍼했지만 너무 오랫동안 엄마를 보지 못한 한위는 엄마가 낯설게 느껴졌던 것이다. 한위를 위해서, 한위에게 앞으로 좋은 삶을 물려주기 위해서 당분간 헤어져 지낼 수밖에 없었지만 그런 부모님의 마음을 다 이해하기엔 한위는 아직 어린 나이였다. 어린 한위에게는 그때가 참 외로운 시간이었다. 그런 한위를 누구보다 사랑하고 따뜻하게 감싸 안아 주었던 분이 외할머니였다. 이후 한위는 한국으로 오게 되면서 중국에 계신 할머니를 자주 볼 수 없게 되어 슬펐다.

중국에서 외할머니와 한위가 살던 곳은 시골 마을이었다. 그곳에는 산도 있고, 밭도 있고, 강아지도 있었다. 지난번 보성으로 여행을 갔을 때 한위는 할머니와 살던 시골이 떠올랐다. 모든 풍경이 비슷했다. 장작을 지펴서 불을 피우는 것도 같았다. 친숙한 산과 밭을 보니 할머니 얼굴이 생각나고, 자신이 키우던 강아지도 생각났다. 슬프고 그리우면서도 또 뭔가 가슴이 설레는 기분 좋은 느낌이 마음속을 돌아다녔다.

그때 친구들과 함께 외양간의 가축들에게 바이올린 연주를 해줬다. 처음엔 동물들이 조금 무섭기도 했지만 자신이 좋아했던 강아지를 생각하면서 소와 닭에게 '섬집 아기'를 연주해줬다. 소와 닭은 눈만 껌뻑거리면서 아무런 반응을 보이지 않았다. 그게 자장가라는 걸 모르는 것 같았다. 그래도 친구들과 연주를 하면서 한위는 재미있고 즐거웠다.

가끔 할머니가 못 견디게 보고 싶을 때면 전화를 건다. 할머니 목소리를 들으면 자꾸 눈물이 나서 얘기도 잘 못 하지만 참을 수 없이 그리워지면 또 전화를 건다. 외할머니를 공연에 초대할 수 있다면 한위가 꼭 들려주고 싶은 노래가 있는데, '아베 마리아'이다. 외할머니는 '아베 마리아'를 무척 좋아했다.

중국에 있을 때 할머니는 친구의 딸들이 피아노나 플루트 배우는 것을 보면 부러워하면서 한위에게도 악기를 배우면 좋겠다고 말하곤 했다. 할머니는 지금 한위가 바이올린을 배운다는 사실을 잘 모른다. 자신의 손녀딸이 바이올린으로 멋지게 연주하는 모습을 보면 정말 기뻐할 텐데 그럴 수 없으니 안타깝다. 할 수만 있다면 중국으로 찾아가서 할머니가 제일 좋아하는 '아베 마리아'를 연주하고 싶다. 할머니가 자신의 음악을 듣고 감동하면서 "아이고, 우리 손녀딸이 바이올린을 배웠네" 하며 사람들에게 자랑하고 기뻐하는 모습을 보고 싶다.

용재 오닐은 이토록 순수한 마음을 간직하고 있는 한위를 참 좋아한다. 서로를 레이디 가가, 레이디 용재라고 놀리면서 장난도 치고 속 깊은 이야기도 나눈다.

"언젠가 문성이를 설득하기 위해서 안산에서 저녁 시간을 보낸 적이 있는데, 그때 선욱이와 한위가 저를 많이 도와주었어요. 아이들과 보낸 몇 달보다 그날 하루 동안 배운 것이 더 많았어요. 아이들이 자라고 배우는 환경을 보게 되었거든요. 그날 한위가 영어로 'oh my god!' 대신에 'oh my lady gaga!'라고 하는 걸 보고 굉장히 재미있다고 생각했어요. 그 뒤로 저는 한위를 '레이디 가가'라고 부르고, 반대로 한위는 저를 '레이디 용재'라고 놀리게 되었죠."

어느 날, 한위가 어디서 악보를 구했는지 용재 오닐 선생님에게 와서 '아베 마리아'를 연주해달라고 했다. 그때 비로소 그 노래 속에 담겨 있는 한위의 절절한 그리움을 알게 되었다. 그 뒤로 용재 오닐은 한위를 위해 여러 번 '아베 마리아'를 연주해주었다. 용재 오닐 역시 열여섯 살 이후 어머니와 떨어져 살고 있기에 어머니가 몹시 그리울 때가 있다. 그래서 할머니에 대해 가지고 있는 한위의 마음을 누구보다 잘 이해한다.

"저는 진짜 한위가 좋아요. 한위는 사랑스럽고 저에게 기쁨이 되지요. 그리고 정말 재미있어요. 그 아이의 순진한 얼굴을 보고 있자면 절로 웃음이 나와요. 마치 아베 마리아의 얼굴 같아요. 이번에 제가 공연에서 연주하는 '아베 마리아'를 한위가 좋아해줬으면 좋겠어요. 한위를 위해서 연주한다는 것을 알았으면 좋겠어요."

용재 오닐은 연말 공연에서 '아베 마리아'를 연주했다. 그 곡은 한위의 할머니가 좋아하는 곡이자 자신의 어머니가 좋아하는 곡이기도 했다. 용재 오닐 선생님이 그 곡을 연주할 때 한위는 마음이 뭉클해졌다. 공연장에 있던 많은 사람들도 눈물을 흘렸다. 용재 오닐이 연주하는 비올라 선율에는 아련한 그리움과 가슴 먹먹함이 담겨 있다. 누구에게나 마음속 깊은 곳에는 그리운 추억과 보고 싶은 사람, 남들에게 말하지 못하는 애틋한 사연이 있기 때문인지도 모른다.

비록 연말 콘서트에 할머니를 초대하지는 못했지만 한위는 그날 엄마와 아빠를 초대했다. 부모님이 일이 바빠서 못 올지도 모른다고 생각하면서도 한위는 내심 그날을 기다리고 있었다. 멋진 무대 위에서 근사하게 달라진 자신의 모습을 부모님에게 보여주고 싶었기 때문이다.

"엄마 아빠가 오게 되면 깜짝 놀랄 것 같아요. 어…… 이제 제가 한국말도 알고, 중국어도 할 줄 알고, 악기 연주도 할 줄 알고. 막 놀랄 거 같아요."

12월 30일 연말 콘서트 당일, 바빠서 못 올지도 모른다던 한위의 부모님이 공연장을 찾았다. 지난 1년간 한위가 열심히 연습했던 곡들을 들으면서, 부쩍 성장한 딸의 모습을 보면서 많이 놀라워하고 기뻐하셨다. 한위의 부모님은 누구보다 열심히 박수를 치면서 기특한 딸을 응원해주었다.

한위가 제일 좋아하는 친구, 선욱이

한위에게 진짜 친구는 '힘들 때 도와주고, 슬플 때 같이 이야기하고, 다른 친구가 저에게 뭐라고 나쁜 말을 하면 하지 말라고 해주는 그런 친구'이다.

사실 중국에 있을 때 한위는 친구들에게 엄마, 아빠 없는 아이라고 놀림을 많이 당했다.

"나도 아빠 엄마 있는데 왜 아빠 엄마가 없다고 하는지……."

그때를 생각하면 자꾸 눈물이 난다. 화장실에 가려면 문을 닫고 못 나가게 하거나, 문틈에 물통을 달았다가 한위에게 물이 쏟아지게 한 적도 있고, 공책에 나쁜 말을 써 놓기도 했다. 그럴 때면 한국에 있는 부모님이 무척이나 보고 싶었고, 때론 야속하기도 했다. 엄마 아빠가 있는데 왜 그런 놀림을 받아야 하는지 이해할 수가 없었다.

한국에 와서 부모님과 같이 살게 돼 참 좋지만, 이곳에 와서도 친구들에게 놀림을 받는다. 한국말을 잘하지 못한다고 놀림을 받고, 학과 수업을 잘 따라가지 못해서 놀림을 받는다. 잘 알아들을 수도 없는 욕을 하면서 괴롭히는 아이들도 있다. 하지만 한위는 더 이상 슬퍼하지 않는다. 왜냐하면 나쁜 친구들보다 좋은 친구들이 더 많기 때문이다.

"이제 선생님도 좋고, 친구도 생기고요. 저 더 이상 슬퍼하지 않아요. 이제는 저 행복해요."

한위가 눈물을 닦으면서 말했다.

"사람이라면 당연히 힘들 때, 슬플 때가 있죠. 용재 쌤도 힘들고 지칠 때가 있다고 했잖아요. 그때 비올라가 제일 좋은 친구가 되었다고 했어요. 저도 그런 친구 있어요. 저도 속상할 때 바이올린 연주해요. '작은 별', '섬집 아기' 그런 거 연주해요."

아직도 눈물이 그렁그렁한 눈으로 한위가 웃으며 말했다.

처음 오케스트라에 왔을 때는 다들 말도 없고 조용했다. 하지만 이젠 모두들 친해져서 사이좋게 지내고 장난도 치고 시끄럽게 수다도 떨고, 진짜 재미있다. 처음 만났을 때와는 많이 달라진 것이다. 이곳에 와서 새로 사귄 친구들이 많지만 오케스트라에서 한위가 가장 좋아하는 친구는 선욱이다.

"선욱이는요, 착하고 활발해요. 그리고 얼굴이 말랑말랑해요. 선욱이 얼굴 만지면 기분이 좋아요."

한위가 선욱이 이야기를 하면서 활짝 웃었다. 정말 행복한 표정이었다. 다른 사람들이 모두 선욱이처럼 자신을 대해줬으면 좋겠다고 생각한다. 만약에 선욱이에게 무슨 일이 생겨서 선욱이가 울거나 슬퍼하면 자신도 정말 슬프고 걱정될 것 같다. 그렇게 좋은 친구를 만나게 해준 것이 바로 오케스트라였다.

"저에게 오케스트라는 아주아주 중요한 존재예요. 여기 오면 친구들이 많고 차별이 없어요. 친구들과 같이 장난도 치고, 아무도 놀리지 않아요. 어떨 때는 용재 쌤이 아빠 같고 친구들이 모두 언니나 동생 같아요. 그리고 바이올린은 제 친구이자 보물이에요. 그래서 오케스트라를 계속 하고 싶어요. 바이올린도 계속 배우고 선욱이도, 형진이도, 준마리 언니도 계속 만나고 싶어요."

한위가 꿈꾸며 살고 싶은 세상은 '평범한 세상'이다. 자신도 평범하니까 평범한 세상에 살고 싶다는 한위. 그 평범한 세상이 어쩌면 가장 이루어지기 힘든 세상인지도 모르겠다. 소박하고 특별한 욕심이 없는 한위에게 가지고 싶은 것이 하나 있는데 바로 보성의 한옥마을이다. 할 수만 있다면 통째로 가져오고 싶다. 그 마을의 맑고 조용한 분위기가 참 좋다. 어릴 때 살던 풍경과 닮아 있어서 그런지도 모르겠다. 한위는 앞으로도 그곳이 계속 그리울 것 같다.

"이 세상에서 제일 좋은 것은
우리 할머니, 바이올린, 맛있는 것, 친구.
그리고 싫어하는 것은 놀리는 사람들이에요." - 한위

아이 같은 나의 어머니,
용재 오닐의 눈물

"제 이름은 이복순입니다. 콜린 오닐이고, 리처드 엄마예요. 저는 리처드가 한국에 있는 아이들에게 음악을 가르쳐서 기뻐요. 리처드가 부럽냐고 묻더라고요. '아니야, 나는 기뻐'라고 말했어요. 저는 음악을 좋아하고, 리처드가 그 아이들의 선생님이기 때문입니다. 리처드는 좋은 선생님이에요. 그래서 기뻐요."

리처드 용재 오닐의 어머니는 자신의 아들이 한국에서 아이들을 가르친다고 했을 때 굉장히 기뻐했다. 그녀는 아이들에게 리처드가 좋은 선생님이라고 믿었고, 그래서 자신의 아들이 자랑스러웠다. 한국에서 사람들은 모두 용재 오닐이라고 부르지만 그녀는 자신의 아들을 리처드라고 불렀다.

연말 콘서트를 한 달 정도 앞둔 늦가을, 용재 오닐은 뉴욕과 LA, 한국을 바삐 오가는 일정 속에서도 오랜만에 시간을 내어 어머니를 방문했다. 어머니를 모시고 고향에 한 번 다녀올 예정이었다. 고향에는 자신이 어릴 때 살던 집이 있고, 할머니의 유골을 뿌린 바다가 있으며, 자신에게 처음으로 음악을 가르쳐준 스승이 있다. 또한 그곳은 지금의 세계적 비올리스트 용재 오닐이 있기 전 어린 소년 리처드가 꿈을 키웠던 곳이며, 남모르게 눈물 흘렸던 아픈 기억들이 있는 곳이기도 하다.

워싱턴 주의 작은 마을 스큄을 향해 가는 길, 안개가 잔뜩 낀 도로. 도로의 양옆으로는 침엽수림이 울창했다. 용재 오닐이 운전하고 옆 좌석에는 어머니가 앉아 있다. 백미러 위로 낯익은 풍경들이 스쳐 지나갔다.

"엄마, 내가 태어났을 때 기억나요?"

추억에 젖은 아들이 물었다.

"네가 태어났었나?"

어머니가 엉뚱한 대답을 했다. 어머니는 가끔 순진한 어린아이처럼 엉뚱한 말을 할 때가 있다.

"제가 언제 태어났는지 몰라요?"

혹시나 하고 용재 오닐이 다시 물었다.

"1978년에 태어났잖아. 12월 31일."

어머니는 이번에 정확한 날짜를 말했다.

용재 오닐이 태어난 날은 한 해의 마지막 날이었다. 그가 태어났을 때 그의 곁에는 그를 축복해줄 아버지가 없었다. 어머니는 아기를 돌보고 키우기가 힘든 분이었다. 대신 누구보다 헌신적인 할아버지와 할머니가 있었다. 자라면서 용재 오닐은 자신이 처한 상황이 다른 아이들과는 다르다는 것을 알게 되었다. 엄마는 다른 엄마와 달랐고, 평범한 아이들이라면 누구나 있는 아빠가 자신에게는 없었다. 작은 시골 마을에서 지적 장애가 있는 미혼모의 아들로 태어났다는 것은 인생의 시작부터 공평하지 않았다는 것을 의미했다.

"어렸을 때 엄마가 다른 엄마들과 다르다는 것을 알았어요. 할머니는 항상 저에게 말씀하셨죠. '나중에 할머니가 세상을 떠나면 네가 보호자다. 네가 엄마를 돌봐야 한다.' 그건 제게 큰 부담이었습니다. 나이를 먹고 사춘기를 지나면서 저는 빠르게 어른이 되어 갔고, 그녀의 아들에서 보호자로 바뀌어 갔어요. 그건 흥미로운 변화였어요."

용재 오닐은 다른 아이들보다 빨리 어른이 되어야 했다. 엄마에게 어리광이나 투정을 부릴 수도 없었다. 오히려 엄마를 돌봐야만 했다. 그 과정이 흥미롭다고 말했지만 실은 아프고 힘든 순간이 더 많았다.

"저는 제 인생의 많은 시간을 홀로 보냈습니다. 누구의 도움도 없이 혼자 고군분투하면서 살아야 했지요. 저는 어머니를 사랑해요. 이 세상 그 누구보다 사랑합니다. 하지만 제 인생에서 힘든 일이 생겼을 때, 엄마에게 달려가서 위로를 받을 수도 없었고, 전화를 해서 조언을 해달라고 말할 수도 없었고, 저를 도와달라고 할 수도 없었어요. 모든 것을 제 스스로 알아내고 해결해야만 했습니다. 그것은 너무나 힘들었어요."

용재 오닐은 혼자 감내해야만 했던 그 시간들을 되돌아보면서 눈물을 흘렸다. 모든 시련과 고통의 시간 속에서도 좌절하지 않고 불우한 환경에도 지지 않고 살아남은 사람만이 흘릴 수 있는 고귀한 눈물이었다.

"오케스트라를 하면서 저처럼 고통받고 있는 아이들을 많이 만났습니다. 그 아이들을 보면서 그들에게 '혼자서 그 고통을 다 감내하지 말렴. 넌 결코 혼자가 아니란다. 너희를 사랑하는 사람들이 있단다. 너는 네 모습 그대로 충분히 아름답단다'라고 이야기를 해주었습니다. 하지만 만약 제 어린 시절, 혼자 고통받던 그 시절 누군가 내게 그런 이야기를 해주었다면 얼마나 좋았을까, 그런 생각을 합니다. 그랬다면 내 인생은 어떻게 달라졌을까요? 나 혼자서 고통을 받지 않았으면 어땠을까요?"

이제 어른이 되었지만 여전히 어린 시절의 아픔을 간직하고 있는 용재 오닐이 눈물을 닦으면서 말했다. 어린 시절 누구에게도 도움의 손길을 받지 못하고 혼자 견뎌야 했던 소년. 하지만 그는 굳건하게 이겨냈고 그 모든 것을 이겨낸 자신의 삶이 스스로 자랑스럽다고 말한다. 어떤 고독한 상황도 그를 무릎 꿇게 하지는 못했다.

고속도로를 지나고, 구불구불 산길을 지나고 드디어 옛집이 모습을 드러냈다. 아주 오래전 음악을 공부하기 위해 집을 떠난 외로운 소년이 어른이 되어서 옛집을 찾은 것이다. 오랜만에 자신이 살던 집을 찾은 용재 오닐은 감회에 젖었다. 세계 어디를 가든지 그의 마음속 깊은 곳은 자신이 자라난 워싱턴 주의 고향집을 떠나지 못하고 있다. 자신의 일부가 여전히 그곳에 머물러 있는 것이다.

"아, 기분이 이상해요. 모든 것이 그대로네요. 여름이 되면 풀들이 자라서 무성했죠. 옆집 친구 발브로가 농부였는데 저도 커서 농부가 되고 싶었어요. 아…… 나무들도 그대로, 집도 그대로네요. 저기가 제 침실이에요. 창문을 통해 산을 보곤 했죠."

농부를 꿈꾸던 소년은 그 창을 통해 모든 계절을 보았다. 그때 소년이 꿈꾸던 미래는 화려하지 않았다. 늘 자신이 보던 풍경 속에서 자연과 더불어 살아가는 농부의 모습이 가장 자연스러운 미래였다. 하지만 소년은 농부가 되는 대신 음악가가 되었다.

"그 집에서의 15년은 제게 정말 큰 영향을 끼쳤어요. 할아버지가 수백 개의 LP판을 가지고 계셨거든요. 저는 창밖으로 산을 내다보면서 몇 시간씩 거실 바닥에 앉아서 음악을 듣곤 했죠. 그곳에서 음악을 사랑하는 법을 배웠어요. 그리고 제가 살던 그 시골의 웅장한 화산, 황량한 바다, 녹음이 우거진 숲, 추위, 이끼 냄새. 그 모든 것들은 정말 아름다웠어요. 돌이켜보면 그런 곳에서 살 수 있었던 것이 정말 행운이었던 것 같아요."

그에게 자연은 음악만큼이나 소중한 삶의 요소였다.

어머니와 함께, 할머니가 잠들어 있는 바닷가로 갔다. 할머니가 돌아가시던 여름, 바닷가의 커다란 바위 위에서 할머니의 유골을 뿌렸다. 늘 할머니는 답답한 땅에 묻히기보다는 넓고 자유로운 바다에 뿌려지길 원했다. 그날 할머니와 마지막 인사를 했던 바위가 변함없이 견고한 모습으로 그곳에 서 있다. 물이끼가 껴서 미끄러운 바위 위에 엄마와 아들 두 사람이 서로를 지탱하고 섰다. 바람이 불어서 조금은 위험했다.

"엄마, 큰 파도가 와요. 조심하세요. 혹시 할머니에게 하고 싶은 말 있어요?"

아들이 말했다.

"엄마, 안녕하세요. 보고 싶었어요."

어머니가 자신의 어머니에게 인사를 했다. 지적 장애를 가진 딸과 그 딸이 낳은 아들까지 함께 키워야 했던 할머니. 용재 오닐에게 할머니는 진심으로 존경하고 사랑하는, '정말 특별한 분'이다. 그녀는 강인하고 자기희생적이고 금욕적이며 사랑이 넘치는 분이었다. 남들과 다른 환경 속에서도 용재 오닐이 반듯하게 성장할 수 있었던 것은 그런 할머니의 사랑 덕분일 것이다.

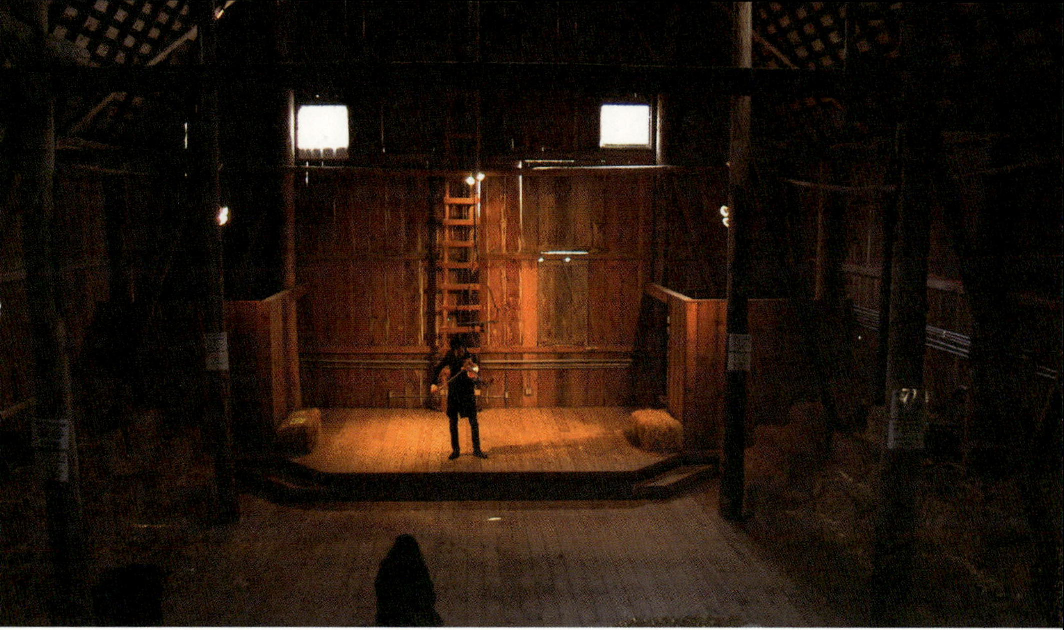

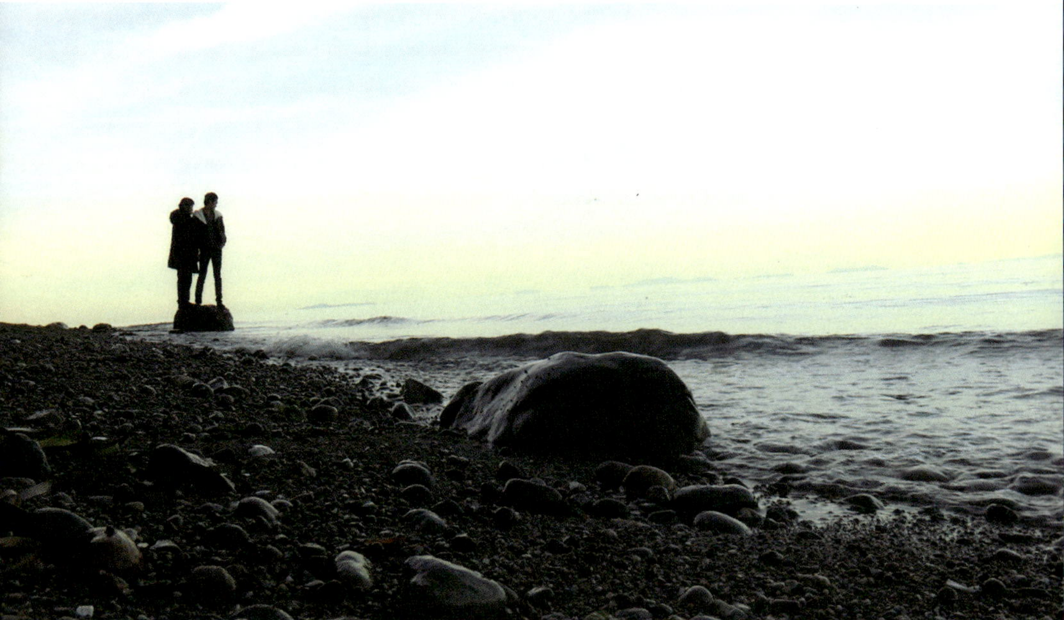

그리운 친아버지, 그의 소식을 듣다

"저는 선욱이 때문에 아버지를 찾기로 결심했습니다. 선욱이가 제게 아버지를 찾을 수 있는 용기를 심어주었거든요. 그 아이가 제 앞에서 진심을 말하면서 마음을 열었습니다. 남들에게 정말 하기 힘든 개인적인 이야기를 들려주고 가슴속 깊은 상처를 제게 보여주었죠. 그 모습이 제게 큰 용기가 되었습니다. 선욱이와 준마리는 이제 겨우 초등학교를 갓 졸업한 어린 소녀들이에요. 그런데 그 소녀들에게는 강인함과 진실성이 있어요. 어른도 존경스러워할 만한 강인한 내면을 가지고 있지요. 그 소녀들을 통해 제가 비로소 친아버지를 찾을 용기를 가지게 되었습니다."

용재 오닐이 처음으로 자신의 친아버지 이야기를 털어놓았다. 용재 오닐은 자라면서 아버지에 대한 어떤 이야기도 듣지 못했다. 아버지는 계속 숨기고 감춰야 하는 존재, 뭔가 알아서는 안 되는 존재였다. 그래서 용재 오닐은 아버지의 이름도, 아버지의 얼굴도, 아버지의 성품도 알지 못했다.

조부모님이 모두 돌아가시고 난 뒤 최근 몇 년 동안 용재 오닐은 친아버지를 찾아야겠다는 생각을 하고 있었다. 가장 큰 이유는 엄마가 궁금해하셨기 때문이며, 조부모님이 돌아가신 후 엄마와 둘밖에 남지 않게 되자 가족에 대해 더 애틋한 마음이 생겼기 때문이다. 그리고 용재 오닐 자신을 위해서도 자신이 누구의 뿌리인지, 어떤 사람의 혈육인지 알아야겠다고 생각했다. 그럼에도 그는 확신을 갖지 못하고 계속 망설였다. 고민만 하면서 결심을 미루었다. 그런 그가 아버지를 찾아야겠다고 결심하게 된 것은 선욱이와 오케스트라 아이들을 만나면서부터였다.

"아이들과 만나게 된 것이 제 인생을 바꾸어 놓았습니다. 저 자신의 문제에만 집중하던 것을 내려놓을 수 있게 되었죠. 누구보다 훌륭한 아이들이 자신의 마음을 터놓고 제게 개인적인 이야기를 하는 것을 듣고, 또 그들의 부모님을 만나면서 저는 제 안에 있는 것들과 맞설 수 있는 용기를 가지게 되었습니다. 아이들만큼이나 나도 용기를 가져야겠다고 생각했어요."

용재 오닐은 자신 안에 있는 두려움과 맞서, 용기를 내어 친아버지를 찾아 나섰다. 어머니와 주변 지인들이 가지고 있는 단편적인 기억들과 정보를 하나하나 꿰맞추면서 아버지라는 커다란 그림을 완성해갔다. 아버지의 실체에 다가갈수록, 그는 흥분했고 설레었다. 너무 오랜 세월 동안 그리워했던, 혹은 만나기를 두려워했던 아버지를 실제로 만날 수 있다니…… 그의 마음속에 살고 있는 어린 용재는 신나고 들떠 있었지만 또 다른 어른 용재는 너무 큰 기대를 하지 말고, 실망할 수도 있다고 어린 용재를 타일렀다.

드디어 아버지에 대한 소식이 날아들었다. 아버지와 그 가족을 찾았다는 기쁜 소식이었다. 그러나 곧바로 슬픈 소식이 이어졌다. 아버지가 이미 2004년에 돌아가셨다는 것이었다. 이젠 보고 싶어도 볼 수가 없고, 만나고 싶어도 만날 수가 없게 된 것이다. 아버지의 얼굴을 만져보고, 그의 목소리를 듣고, 그의 앞에서 음악을 연주하고 싶던 모든 꿈이 사라져버린 것이다. 용재 오닐은 너무도 큰 충격에 휩싸였다. 눈물이 멈추지 않았다. 오랫동안 가슴속에 응어리졌던 고통이 눈물로 터져 나왔다.

"저에게는 저를 사랑해준 가족이 있었지만 제 마음속 깊은 곳에서는 제가 태어난 것이 실수라고 생각했습니다. 어떨 때는 살아 있을 가치가 없다고 생각했습니다. 이 땅에 존재할 가치가 없는 사람. 왜냐하면 제가 이 세상에 태어난 것이 누군가의 사랑이나 축복에 의해서가 아니라 어쩔 수 없는 상황 때문에 실수로 이 세상에 오게 되었다고 생각했거든요."

평생 그를 괴롭혀 온 질문이 바로 그것이었다. 나는 왜 태어났을까? 나는 과연 어떤 존재일까? 부모님의 사랑에 의해 태어난 것이 아니기 때문에, 누구도 자신을 원하지 않았기 때문에 자신은 이 세상에 존재할 가치가 없는 아이라는 자책과 고통. 하지만 지난 1년 동안 아이들과 함께 시간을 보내면서, 아이들과 깊은 이야기를 나누면서, 오랫동안 그를 괴롭혀 왔던 질문에서 해방될 수 있었다. 자신이 어떠한 존재이고 어떤 가치를 가지고 있는지 확실하게 깨닫게 된 것이다.

"아이들이 가지고 있는 질문을 저도 가졌습니다. 이젠 아이들에게 이야기해주고 싶어요. 너희가 겪는 상황들이 너희 탓이 아니라는 것을……. 다 괜찮다고 말하고 싶습니다. 제 인생에 대해서도 그렇게 말하고 싶습니다. 사람이 이 세상에 오게 되었을 때 어떻게, 혹은 왜는 상관이 없다는 것을 말입니다. 인생은 그 자체로 선물입니다. 태어난 이유와 상관없이 삶이라는 것, 생명이라는 것은 그 자체로 가장 아름다운 선물이라는 것을 저 자신에게도, 아이들에게도 말해주고 싶어요. 제가 살아 있다는 것 자체가 선물이고, 제가 살아 있었기에 저는 음악가가 될 수 있었습니다."

아버지의 가족들과 연락하게 되면서 용재 오닐은 또 하나 중요한 사실을 알게 되었다. 자신의 탄생이 아버지와 아버지 가족에게 큰 기쁨이고 축복이었다는 사실을……. 그동안 서로 만날 수는 없었지만 그들은 자신의 아들을, 자신의 손자를, 자신의 조카를 태어난 그 순간부터 지금까지 변함없이 사랑해 왔다는 사실을 알게 된 것이다.

용재 오닐의 조부모님은 자신의 딸이 임신했다는 사실을 알았을 때 큰 충격에 빠졌다. 그 후 건강한 아기가 태어났지만 아기는 아버지를 볼 수 없었고, 아버지 역시 자신의 아들을 만날 수가 없었다. 그것이 그들에게 주어진 운명이었다. 자신의 아들이 이 땅에 태어났다는 사실을 알면서도 단 한 번도 얼굴을 볼 수 없었던 친아버지는 평생 그 슬픔과 아픔을 가지고 살아가야 했다. 그렇게 끝내 아들을 만나지 못하고 숨을 거두어야 했다.

"이제 아버지를 만나지 못한다는 사실과 직접 인사를 드리지 못한다는 사실이 정말 슬퍼요. 하지만 적어도 그의 가족을 만나서 그의 생애 동안 그를 보살펴주셔서 감사하다고 말할 기회가 생겼습니다. 그것에 감사합니다. 할 수만 있다면 아버지를 단 한 번만이라도 제 콘서트에 초대해서 오시게 하고 싶어요. 그렇게 할 수만 있다면 얼마나 좋을까요? 아버지 앞에 서서 '안녕하세요.' 이렇게 인사하고, '아버지, 제가 당신의 아들입니다. 제 연주를 들어보시겠어요?' 이렇게 말하고, 비올라를 연주해드리는 거죠. 만약 저의 비올라 연주를 들었다면 아버지는 저를 굉장히 자랑스러워하셨을 거예요."

그의 목소리는 다시 눈물로 젖어들었다.

어머니의 노래, '어메이징 그레이스'

12월 30일, 연말 콘서트에 용재 오닐은 자신의 어머니를 초대했다. 2004년 이후 처음으로 한국 땅을 밟게 된 어머니는 굉장히 행복해했다. 그 당시 한국으로 친가족을 찾으러 왔던 어머니는 기대와 달리 아무도 만나지 못하게 되자 크게 실망해서 다시는 한국에 오지 않겠다고 했다. 그런 어머니였지만 용재 오닐이 초대한 이번 콘서트에는 정말 오고 싶어 했다. 무엇보다 용재 오닐이 늘 이야기하던 그 오케스트라 아이들을 직접 만나보고 싶었다.

"제 어머니는 '어메이징 그레이스'를 굉장히 좋아하세요. 어머니가 그 노래를 부르시는 것만 들어도 저는 제 어린 시절로 바로 돌아가곤 합니다. 어머니의 목소리는 예전이나 지금이나 크게 변하지 않으셨어요."

용재 오닐의 어머니는 '어메이징 그레이스'를 대단히 좋아해서 용재 오닐이 집에 있을 때면 아들의 반주에 맞춰서 항상 그 노래를 불렀다. 약간 쉰 목소리에 가끔 음정이 불안정하기도 했지만 어머니가 부르는 그 노래에는 이상한 매력이 있어서 듣는 사람들을 숙연하게 만들고 마음에 울림을 만들어 냈다.

그날 공연장, 무대 앞 좌석에는 어머니가 앉아 있었다. 용재 오닐이 한국말로 적힌 인사말을 들고 마이크 앞에 섰다. 연주회를 할 때면 늘 서는 자리이지만 이날은 특별했다. 평소보다 더 떨리는 마음으로 용재 오닐이 관객에게 인사했다.

"안녕하세요. 용재 오닐입니다. 반갑습니다. 와주셔서 감사합니다. 오늘 제가 세상에서 가장 사랑하는 저의 어머니도 오셨습니다. 저의 연주가 제 어머니와 여기 계신 모든 어머니들에게 위로가 되길 바랍니다. 엄마, 잘 들어주세요."

그가 '어메이징 그레이스'를 연주하기 시작했다. 피아노 반주에 맞춰 비올라의 단순한 선율이 흘러나왔다. 음악을 연주하는 동안 그의 눈에서 눈물이 흘러내렸다. 바라보고 있는 엄마의 눈에서도 눈물이 흘러내렸다. 오랫동안 용재 오닐의 가슴속에서만 울고 있던 작은 어린아이가 무대 위에서 엄마를 위한 연주를 하고 있었다.

"어머니 앞에서 연주할 때 마치 어린아이가 된 것 같았어요. 무대에 올라가서 팔을 들어 비올라를 연주하는 그 순간 제가 무대에 있는 다른 아이들 중 한 아이가 된 것처럼 느껴졌어요. 그리고 제 삶이 두 번째 기회를 얻어서 다시 시작되는 듯했습니다."

그날 무대 위에서 다시 어린아이로 되돌아간 용재 오닐은 슬픔의 눈물이 아닌 기쁨의 눈물을 흘렸다. 늘 외로움 속에서 울고 있던 작은 어린아이 용재 오닐, 너무 빨리 어른이 되어야 했던 어린 용재 오닐은 그 무대에서 회복되었다. 온몸에 얼음조각처럼 박혀 있던 오랜 외로움과 그리움이 눈물 속에 녹아내렸다. 그의 눈물이 비올라 선율을 타고 공연장을 꽉 채웠다. 관객들의 마음을 어루만지고 모든 이의 상처를 치유하는 눈물의 연주였다. 틈이 벌어졌던 가족의 관계를 회복시키고 모든 갈등을 화해시키는 평화의 노래였다. 그곳에 앉아 있는 모든 이에게 자신이 얼마나 소중한 존재인지를 알려주는 위로와 격려의 노래이기도 했다.

"엄마, 공연에서 제가 엄마를 위해 들려드린 노래 어땠어요?"

공연이 끝난 며칠 뒤 용재 오닐이 어머니에게 물었다.

"네가 '어메이징 그레이스' 연주해준 거 정말 좋았어. 네가 날 울게 만들었어."

자신의 아들을 자랑스러워하면서 어머니가 말했다.

"이 세상에는 다양한 관계가 존재하죠. 특히 어머니와 자식의 관계는 아주 근본적인 것이라고 할 수 있어요. 어머니는 자신의 몸속에 자식을 잉태하고, 어머니와 자식 사이에는 아주 깊은 연결고리가 만들어지죠. 이번 콘서트는 자식들을 사랑하지만 잘 소통하지 못하는 부모님들을 위해, 자식을 위해 고군분투하고 있는 어머님들을 위해 바치는 공연이었어요. 그런 부모님들의 모습은 언제나 아름답습니다."

사랑해요, 엄마

"안녕하세요, 엄마. 저 다니엘이에요. 엄마, 절 낳아줘서 감사하고요. 그리고 저를 지금까지 잘 키워주신 것을 감사하고. 모든 것을 감사드립니다." – 다니엘

"엄마가 나를 낳아줬고, 맨날 챙겨주고, 나한테 밝게 웃어주니까 좋아." – 누리

"하늘만큼, 땅만큼, 바다만큼, 그리고 구름만큼, 태양만큼 좋아해." – 수하

"지금까지 저를 낳아주고, 정성 들여 키워주셔서 감사합니다. 그리고 여러 가지 설거지나 빨래, 청소 등 이런 거 많이 열심히 해주셔서 감사합니다. 앞으로도 제가 할 수 있을 만큼 효도를 하겠습니다." – 완우

"할머니, 캠프 와줘서 고맙고. 그리고 평소에 빨래도 해주고, 설거지도 해주고, 밥도 해주고, 그거 너무 고마웠어. 열심히 해서 꼭 훌륭한 어른이 될게." – 원태

"엄마는 나한테 잘해주고 공부도 잘 가르쳐주고 밥도 해주고 날 태어나게 해줬잖아. 엄마는 나한테 정말 소중한 것 같아. 만약에 엄마가 없으면 우리는 먹고살 수가 없어. 엄마한테 내가 더 잘할게." – 헤라

"엄마. 안녕……. 엄마 맨날 늦게 오고, 난 계속 집에 있는데 TV만 보고, 집안 정리도 못 해서 미안해. 엄마 아픈데 계속 더 아프게 해서 미안해. 엄마, 내가 말 잘 들을 테니까 우리 행복하게 살자. 그리고 사랑해." – 선욱

대형 스크린 위로 아이들의 사랑 고백이 흘러나오자, 무대 위에 앉아 있던 아이들은 쑥스러워서 어쩔 줄을 몰라 했다. 객석에 앉은 가족과 엄마들은 눈물이 그렁그렁해졌다. 아직 어리다고 생각했던 아이들이 속 깊은 이야기를 털어놓자 가슴이 벅차오르는 듯했다. 영상 고백이 끝나자 이번에는 스크린 위로 한 글자씩 문장이 만들어져 갔다.

"이제는 우리가 엄마에게 위안의 자장가를 들려드리려고 합니다."

아이들이 엄마를 위해, 그리고 부모님을 위해 들려주는 위안의 자장가가 시작되었다. 엄마가 아기들을 재우기 위해 나지막하게 불러주던 자장가. 하지만 정작 엄마들은 가족을 돌보고 때론 생계까지 책임지느라 제대로 쉴 시간이 없었다. 부모님들의 고단한 삶을 알지만 제대로 사랑을 표현하지 못했던 아이들이 지난 1년간 열심히 준비한 자장가를 연주한다. 자장가를 듣는 동안만이라도 모든 시름과 걱정을 내려놓고 편히 쉬기를 바라는 마음이 자장가 안에 고스란히 담겨 있다.

악장 준마리의 바이올린 독주로 시작되는 '모차르트의 자장가'를 들으며 준마리의 엄마는 차오르는 눈물을 애써 참았다. 늘 어리게 보이던 큰딸이 어느샌가 훌쩍 자라서 이젠 엄마에게 가장 든든한 버팀목이 되어 주고 있었다.

평소 용재 오닐이 가장 좋아하고 자주 연주하던 '섬집 아기'. 선생님이 앞에서 비올라로 이끌어주고 아이들이 화음을 받쳐주면서 세상에서 가장 아름다운 자장가가 연주되었다. 객석에 앉아 있던 누리 엄마는 기쁨과 감격으로 눈물을 흘렸다. 어린 딸이 자신을 위해 들려주는 자장가는 이 세상 어떤 것보다 위로가 되고 힘이 되는 노래였다. 바깥세상이 아무리 힘들어도 딸의 손을 잡고 얼마든지 헤쳐 나갈 수 있을 것 같은 용기와 자신감을 주는 노래였다.

"지난 1년 동안 이 아이들과 지내면서 배운 게 하나 있어요. 감정을 밖으로 표출하는 것도 괜찮다는 것을……. 다른 사람에게 의지하거나 손을 뻗는 것도 나쁘지 않다는 것을요. 이 프로젝트를 하는 동안 많은 사람들이 제게 와서 아이들을 위해 제가 한 일에 대해 고맙다고 말했습니다. 공연이 끝난 후에는 부모님들이 다가와서 눈물을 흘리며 고맙다고, 당신이 내 아이의 인생을 바꾸었다고 말씀하셨죠. 하지만 솔직히 말씀드리면 아이들을 통해 제가 받은 것이 훨씬 더 많습니다. 그래서 부모님들께 말씀드리고 싶어요. 저에게 이런 귀한 아이들을 맡겨주셔서 진심으로 고마웠습니다."

에필로그

먼 훗날의 수하에게

　　　　　　　수하야, 너는 천사와도 같구나. 너의 큰 눈과 티 없이 맑은 미소를 내려다보면 마치 한 줄기 햇살처럼 따뜻하단다. 언니 헤라에게는 이미 현실의 날카로운 화살들이 날아들기 시작했지만, 수하는 아직 방패막에 싸여서 순수함을 지켜내고 있는 것 같아. 하지만 수하도 곧 자라겠지. 그리고 언젠가는 바깥세상으로 나가야 하겠지.

　수하가 언니 헤라의 나이가 되었을 때 그 미래가 어떨지 예측할 수는 없지만, 그때에는 이 세상과 사람들이 수하와 헤라에게 좀 더 다정했으면 좋겠구나. 조금은 더 나은 세상으로 바뀌어서 우리 수하가 편안한 삶을 살고 있으면 좋겠구나.

　선생님에게는 큰 소망이 하나 있는데, 먼 훗날 선생님이 늙어서 이 땅을 떠나게 되었을 때 지나온 인생을 회고하며, 그래도 내가 열심히 살아온 덕분에 세상이 조금은 더 나아졌다고, 조금은 더 좋은 세상이 되었다고 추억할 수 있는 그런 삶을 사는 것이란다. 너무 큰 꿈일까? 그래도 선생님은 그 꿈을 포기하지 않고 노력하려고 해.

　지금은 우리 오케스트라의 막내이고 제일 어린 수하지만 그때는 최고 연장자가 되어 오케스트라를 이끌고 있을지도 모르겠다. 어쩌면 먼 옛날을 회상하면서 '그때 이상한 용재 오닐이라는 선생님이 있었는데 정말 괴짜여서 우리 언니랑 매일 싸우고 언니 얼굴에 매직으로 낙서를 했었지' 이런 이야기를 나누면서 나를 기억할지도 모르겠다. 또 어쩌면, '우리 언니가 초등학교 다닐 때 놀림받고 힘들던 시절이 있었는데, 졸업식 날 친구들에게 사과의 편지를 받았던 그런 시절도 있었지'라며 지난 시간을 추억하고 있을지도 모르겠다.

수하야, 부디 먼 훗날 미래의 수하에게는 이 사회가 더 친절하고 더 따뜻하고 더 너그러운 그런 사회로 변화되어 있기를 진심으로 기도할게. 언제나 너희를 사랑하고, 응원하고, 기억해주는 선생님이 있다는 것을 잊지 말아주렴……

너희를 사랑하는 용재 오닐 선생님이

사랑하는 아이들에게

　　　『정글북』을 쓴 인도의 소설가 루디야드 키플링 시의 일부를 너희에게 말해줄게. 제목은 '만일'이야.

만일 군중과 이야기하면서도 너 자신의 덕을 지킬 수 있고,
왕과 함께 걸으면서도 상식을 잃지 않을 수 있다면,
적이든 친구든 너를 해치지 않게 할 수 있다면,
모두가 너에게 도움을 청하되
그들로 하여금
너에게 너무 의존하지 않게 만들 수 있다면,
그리고 만일 네가 도저히 용서할 수 없는 1분간을
거리를 두고 바라보는 60초로 대신할 수 있다면,
그렇다면 세상은 너의 것이며
너는 비로소
한 사람의 어른이 되는 것이다.

　'안녕?! 오케스트라' 아이들아, 거울을 들여다보지 않아도 돼. 너와 나의 모습이 왜 다른지 살피지 않아도 된다고. 이제부턴 음악과 함께 울리는 너희의 내면만 바라보았으면 좋겠어. 나이가 한 살 한 살 들고, 세상 사람들을 많이 만나게 될수록 더욱더 깊이 너희 내면만을 바라보길 바라. 오직 나의 덕

을 지킬 수 있고, 이 세상 그 누구와 걸으면서도 진실된 상식, 예를 들어 '모든 사람은 피부와 국적에 상관없이 다 존엄하다'라는 의미 같은 것들을 잊지 않으면, 오히려 사람들이 너희의 지혜와, 음악을 아끼는 마음, 그리고 가족과 친구를 소중히 여기는 사랑을 배우러 올 것이야.

지금은 세상의 편견이라는 아름답지 못한 시선이 너희를 힘들게 할 수 있겠지만 그땐 저 시를 기억하렴. 그들과 거리를 두고 바라보는 60초의 인내를 기억하렴. 그것이 너희를 더욱 아름답게 만들어줄 것임을, 그리고 진정한 어른으로 만들어줄 것임을······.

너희와 함께한 시간은 내 평생에 잊을 수 없을 거야. 그리고 너희의 음악과 이야기도.

고맙다, 아이들아. 내게 너무도 소중한 것들을 가르쳐주어서······.

카이 선생님이

아이들의 끝나지 않은 이야기

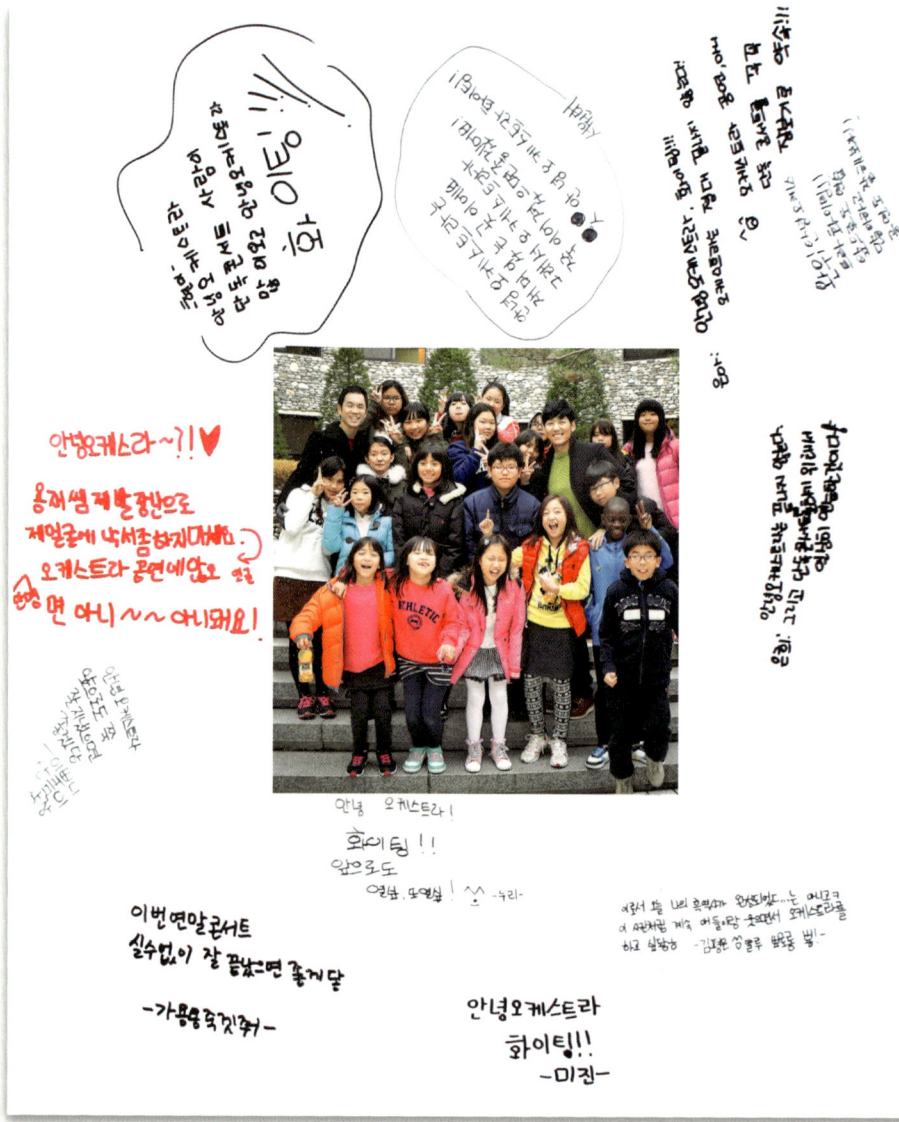

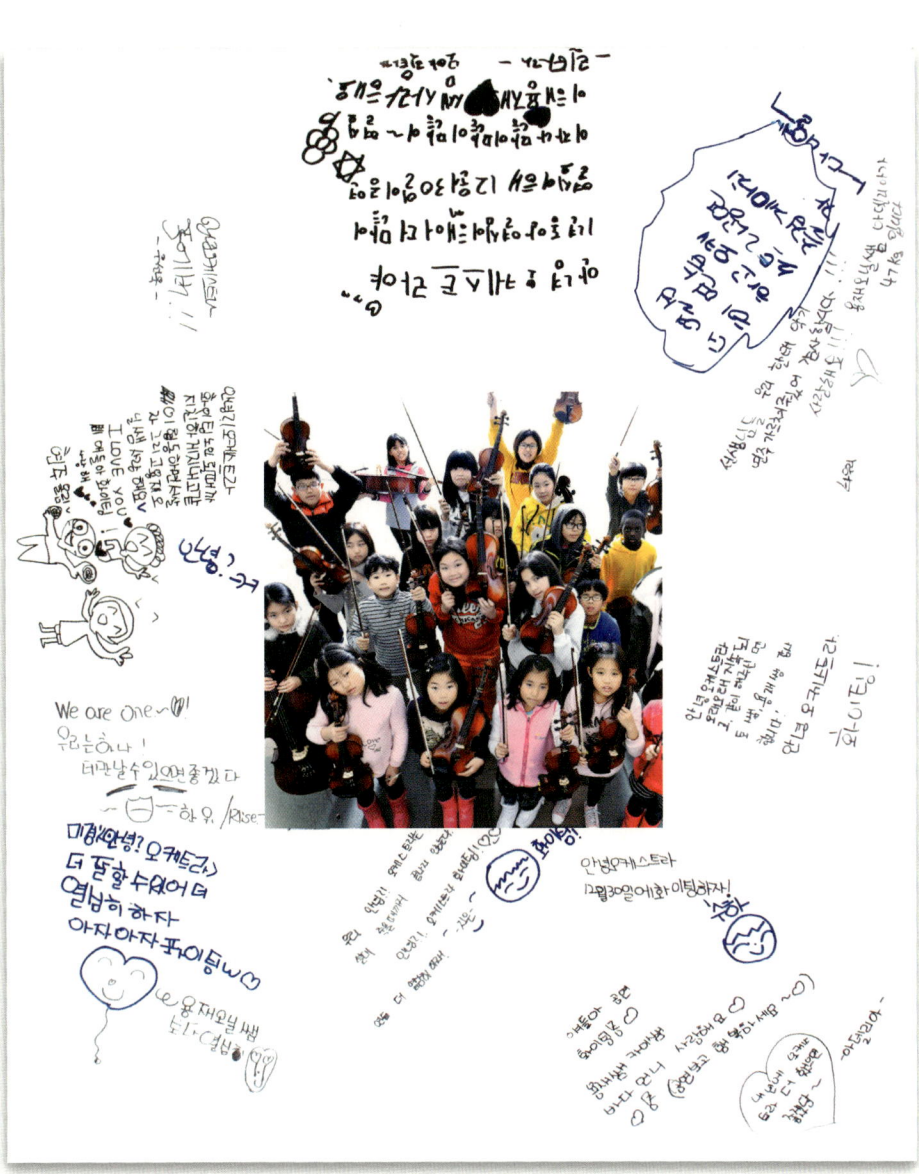

다큐멘터리 제작진

기획
이보영

책임프로듀서
김현숙

제작프로듀서
이재준

글/구성
김세미, 김현아, 최화영

연출
연왕모, 도수정, 장원재, 신미란

기획
mbc

제작
신미디어

안녕?! 오케스트라

예술감독/지휘
리처드 용재 오닐

음악감독
김정선

멘토
카이

재능기부
바이올린 | 원은영, 천현지, 강정은, 양옥경, 김다솜, 이혜숙, 권희진
비올라 | 최은선, 강예지, 김보경
첼로 | 박희경, 최학준, 기환희, 김성희

단원
제1바이올린 | 이준마리(악장), 이한위, 박가영, 이현주, 신미진, 최완우, 김지은, 임형진
제2바이올린 | 카드로바 아델리아(수석), 서원태, 이현미, 김은아, 오누리, 함미경, 장수하
비올라 | 우선욱(수석), 최바울, 다니엘 카샤마
첼로 | 김평은(수석), 릿타 싱루앙, 김은희, 박지애, 장혜라